厄介払いで結婚させられた
異世界転生王子、辺境伯に溺愛される

ヴィルヘルム
リュークが嫁いだメーテォス辺境伯家の当主。不愛想で王族嫌いだが、リュークには少しずつ興味を引かれている。
リューク
元日本人から転生した第十五王子。他の王族に冷遇され続け、逞しくマイペースに育った。前向きに雪国を楽しんでいる。
CHARACTER

ランドルフ
リュークの兄である第二王子。
弟を気にかけている様子だが
何か裏もありそうで……
ルファニス
ヴィルヘルムの妹（男性）で
現在は公爵夫人。
故郷と兄が大嫌いな
強気の美青年。
ピモ
リュークのお世話係。
使用人の立場でありながら
ヴィルヘルムにも
意見ができるしっかり者。

第一章　嫁《とつ》ぎ先は極寒の地

俺はどうして……

「ばぶぅ……」

こんなところにいるのだろうか。

俺はただの平凡な会社員。結婚もせずパートナーも作らず、いや作れずに淡々と独身歴を重ねていた男だ。

それなのに、どうしてこんなところに寝転んでいるのだろうか。目の前にある天井には、見たことのない模様が描かれている。壁紙だって、赤に金色となんとも高級感がある。そして、俺を囲う手すりのようなもの。

「あらあら、起きちゃったのですね、殿下」

男性の声が聞こえてきた。聞き心地のいいハスキーな声だ。俺を上から覗いてくるが……なんか、顔が大きくないか？　いや、俺が小さいのか？

さっきから覚えるこの違和感はなんなのだろうか。

「ばあばですよ～」

「ばぶぅ」

俺に向かって手を伸ばしてきて、俺の手を掴んだ男。おいおいちょっと待て、手のサイズが違うんだが。この人の人差し指しか掴めないんだが。しかも、さっきから聞こえる俺の声。まさかのまさかで……

「まだ四ヶ月だというのに、全然お泣きにならないのよねぇ。手がかからない、というのは殿下のことを言うのかしら」

転生、した？　俺、もしかして今赤ん坊？

でも、もう一つ気になることがある。いや、嫌な予感がする。

「こちらにいらしたのですか、メイド長」

「えぇ」

どこをどう見ても男だろこの人。髪も長くて童顔みたいだけどさ、喉ぼとけあるし。でも、おねえ言葉で自分のこと〝ばあば〟って言ったし、さっき入ってきた男が〝メイド長〟って呼んだし。

いや、まさか。嘘だと言ってくれ。

「殿下も今日はご機嫌ですね、メイド長」

「本当に可愛らしいわね。将来は美人さんになるに決まってるわ」

「違いありませんね」

……マジかよ。

会社からの帰宅中にトラックにはねられた俺は、気がついたらまさかの赤ん坊になっていた。

俺が転生したのはとある世界の王子様。しかも、この世界の人間は全員男らしく周りは全員男しかいない。なんとまぁ変な世界に転生したものだ。

男ばかりだったら人口減少真っただ中だと思われるだろうが、ここの男達は少し違う。二種類の人種がいるからだ。子供を産むことが出来る男と出来ない男の二種類。子供を産める男のことをここでは《アメロ》と呼ぶらしい。

さっきのメイド長同様、アメロは童顔で背が低く男らしくない容姿をしている。だから見ただけでアメロかそうでないかは分かる。

つまり、BのLで溢れかえってるってことだよな。うわっ、マジかよって最初は思った。けど、受け入れないとここで生きていけないだろうな。これはもう腹を括《くく》るしかないようだ。

「メイド長、第七王子殿下の嫁《とつ》ぎ先が決まったそうです」

「そう……陛下は、リューク殿下をどうするおつもりなのかしら。こんな離宮に押し込むだなんて」

「仕方ありません。殿下は王族を象徴する銀髪に青い瞳をされているのですから。アメロである以上政略結婚、となるでしょうが……嫁《とつ》ぎ先を決めるのには時間がかかるかと思われます」

「そう、よね……」

俺には兄弟が十四人いる。俺は生まれたばかりだから当然一番下の十五番目。それに王族の証である銀髪青目ときた。当然権力争いというものが生まれてくるし標的にされる。だからこうして離宮で過ごしているということなんだろうな。

俺としてはこっちの方がいいけど。権力とか王太子とか国王の座とかいらないし。そんな面倒くさいものなんて渡されても熨斗《のし》をつけて返してやる。

◇

それからというもの、順調にここ離宮で歳を重ねて今ではもう十九歳。この国の成人年齢は十八歳だからもちろん成人している。だけど、歳を重ねていくうちに、不思議とこの体と中身が同化していっているように感じる。本来なら、前世の年齢プラス十九歳のはずだが、なんとなく十九歳の若者のような感覚なんだ。なんとも不思議だな。

俺には母がいない。俺を産んだ時に亡くなったそうだ。乳母の離宮メイド長が俺を息子のように可愛がってくれたんだけど、俺が六歳の頃に亡くなっているから彼ももういない。

寂しいかどうかは……分からん。ここは離れなだけに周りの使用人達も少ないけれど、俺に同情してるのか優しいし仕事もちゃんとしてくれる。けど色々と自由な者達でもある。王宮みたいに緊張感とかないしな。こっちの方が居心地がいいんだろ。俺、厳しく注意とかしないし。だから別に寂しいってわけではない気もする。

それに、教育とかそういうのも問題なかった。家庭教師はいなかったけど、乳母が勉強を教えてくれたし、他にも優秀なやつらが周りにいるのだから教えてもらえばいいだけで。

だからここまでなんとかなった。というか、暇だったから暇つぶしに勉強していた、という面もある。

そう、暇だ。毎日毎日何もなさすぎて暇なんだ。こうして離宮に押し込まれて、もう忘れ去られてるんじゃないかってくらい毎日が流れていく。

離宮には誰も来ないし、お金も最低限ではあるけれどちゃんと支給されているらしいから、食事とかも普通にとれてる。

ほら、俺こんな容姿だから他の兄弟に目をつけられる可能性はあるけれど、本当に何もないんだよ。俺、家系に入れられてないのかな？　なんて疑ったりもした。

まぁ、面倒なことになってないなら別にいいけどさ。とはいえこれから何があるか分からないし……でも平和ボケしちゃうくらい暇すぎる。

「この髪長すぎて面倒なんだよな。切っていいか？」

「ダメですよ。アメロは髪を伸ばすのがしきたりなんですから」

「ちぇ、面倒くさい」

「殿下、ご容赦ください」

しょうがない。高くポニテにしてるからそこまで邪魔じゃないし、慣れたしな。でもさ、切っちゃいけないなんて言っても、前髪は切ってるんだから別によくない？　とも思う。まぁ決まりだからしょうがないんだけどさ。

俺が十九歳になる間に何人か弟が生まれ、今では俺らは十九人兄弟だ。と言っても俺は十五番目で末端の方だ。ただ王族の血が流れているというだけ。忘れ去られているのなら、俺はここで静かに過ごせばいいかな。

そう思っていたのだ。

だがしかし、そんな素敵な生活は続くはずもなく……

「第十五王子、リューク・メト・トワレスティアにはメーティォス辺境伯に嫁《とつ》ぐことを命じる」

初めて訪れた王城の本宮。いきなり「来い」と呼び出され、離宮と違ってなんとも煌《きら》びやかな謁見室に連れてこられて告げられた言葉がこれだ。

あ、厄介払いな。と、すぐに理解してしまった。俺、男と言っても子供を産むことが出来るアメロだし。だから政治戦略として俺を嫁《とつ》がせるってところか。俺が忘れ去られてなかったことには驚きだが。

まぁ、俺は王族を象徴する容姿を持っている。色々と厄介だってことは自分でも分かってたしな。謁見室のど真ん中に立たされた俺が見上げているのは、さして面白そうじゃない顔をして玉座につく俺の父、国王陛下と、その横に立つ……兄弟？　俺と同じ容姿をしているやつが一人。確か第一王子の王太子だったか。そいつも「ふぅん」と言いたげな顔でこちらを見ている。別に期待することなんて一つもないがな。

「謹《つつし》んでお受けいたします」

そう一言、さらっと告げてその場を後にした。祝いの言葉すら貰わずに。まぁ貰ったところで嬉しくもなんともないが。

ただ、心残りが一つ。

「殿下ぁ！　お達者で!!」

「我々一同、殿下の幸せを心より願っております!!」

離宮のみんなを連れていけないことだ。そう、一人で行ってこいと言われてしまったのだ。生まれてすぐここに追いやられ、今は亡き乳母を含めたみんなに育ててもらった。全員俺が生まれてからのことを知ってるやつらばかりだ。十九年間、長い付き合いだった。なんか、寂しいな。けど、これは仕方ないことではある。

どうせ国から追い出されるわけでもないし、縁があればまた会うこともあるだろう。元気でな。

とりあえず、寝床があって美味しいご飯を食べさせてもらえれば俺は幸せだ。辺境伯って見たこともないしどんな人なのか知らないけど、期待はしないでおこう。後でガッカリしないように。

でもさ、俺嫁《とつ》ぎ先の旦那の名前しか知らないんだけど。その他は全部知らない。荷物だってこの大きめのトランクのみ。まぁ文句は言えないのは分かってるし、黙ってよ。

「では出発いたしましょう、殿下」

「あぁ」

俺の他には、二人の役人が一緒に向かう。とは言っても辺境伯に婚姻届にサインをさせたらそれを持って帰る手筈だ。

それにしても、この役人二人やけに着込んでないか？　今は初夏でとても暖かい気温だから当然俺は半袖だ。それなのに一体こいつらは長袖を何枚着込んでるんだ。上着だって暖かそうなもん着てるし。え、もしかして風邪とか？　いや、それは勘弁してほしいんだが。風邪菌なんて貰いたくない。

なんて思いつつ外を見ていたら……なんだあれ。

「今回は移動魔法陣装置で辺境伯の領地へ向かうことになっています」

「へぇ、タウンハウスじゃなくて領地なんだ」

「メーテォス辺境伯は首都嫌いで有名ではありませんか。タウンハウスにはほとんどいませんよ」

あぁ、なるほど。だからか。でも自分の嫁を迎えに来ないってどうなんだ？

あ、魔法陣装置っていうのは、その名の通り魔法で移動出来る代物だ。大きな魔法陣の上に乗り、行き先を設定、発動するともうすでに装置が設置された別の場所に一分足らずで到着する。いやぁ、実に不思議なものだ。古代の偉人達が作り上げたらしいんだけど、現代では魔法を使える人はいない。途絶えた、が正解か。

俺は使うの初めてでさ、ちょっとビビっている。けど馬車で長い道のりを行くよりはマシだしな。

黙って外を見ていると、馬車が魔法陣装置に到着した。

確かに大きな魔法陣のようなものが白い線で、レンガ造りの床に描かれてる。そのちょうど真ん中に、俺の乗る馬車が停止した。

へぇ、だいぶ大きな魔法陣だな。これ、もっと大きな馬車も行けるんじゃないか？

失礼します、と役人の一人が馬車から降りた。外にいる騎士や役人達と喋っているが……手続き的なものをしているのだろう。そうして、役人は戻ってきた。

それから数秒後、移動魔法陣が発動し馬車が青白い光に包まれた。一体どんなものかとビビっていたんだけど……何事もなく、光が収まると外の景色がガラッと変わっていた。

そして、気温も。

……さっむっ⁉

え、何これ、雪降ってんじゃん‼　今初夏だぞ初夏‼　もうそろそろ夏だぞ‼　ここどこだよ‼

「ここは北区、一年の四分の三が冬です。王都での真夏の時期にはこちらも雪が溶けますが、それ以外は雪が降り積もっていますね」

「マジかよ」

「さ、屋敷に向かいましょう」

なるほど、お前らが着込んでいる理由はそれだったのか。離宮のやつらは首都のタウンハウスだと思っていたから半袖を用意してくれてたけど、一言言ってくれてもいいじゃん‼　何、いやがらせのつもりか？　凍え死ねと、そう言いたいのか？　マジでクソ野郎達だな。

本宮の連中はクソ野郎ってことは知ってたけどさ。王都から離れて正解だったかもしれない。

とりあえず、両腕をさすって寒さに耐えつつ馬車の揺れに身を任せた。早く屋敷に着いてくれ。

絶対屋敷の中は暖かいだろ。

「見えてきましたよ。メーティオス辺境伯の屋敷です」

そう言われ馬車の外を見てみると、見えた。結構デカい屋敷が。シンプルで、かつ全体的に青い。

今日からあそこで暮らすのか。暖かかったらいいな。だってここ一年の大半が冬なんだろ？　とりあえずちゃんとした暖房さえあれば大丈夫だな。

　そして、玄関の門まで辿り着き、馬車が止まった。役人達が降りて、俺も降りる。あ、手、差し出された。誰だ、と思ったら軽く武装してた警護のやつだった。でも手は素手。わざわざガントレットを外してくれたのか。初めてされたな。こういうの。

「いらっしゃいませ、王子」

「あぁ」

　使用人達が道の両脇に列をなして立っている。寒いだろうに、俺達が来るまで待ってたのか。でも震えているようではない。着てる服が暖かそうだからだろうな。ハイネックのある制服なんて初めて見た。

「お待ちしていました」

　そして奥から出てきた男性。服装からして……貴族。じゃあ、ここのご当主様、俺の旦那になる人か。シンプルで黒一色な服を着てるな。黒が好きなのか？

　……イケメンだな、うん。俺より体デカいし。あ、俺はアメロだから背が前世の成人男性の平均より低いけど。それにしても、辺境伯は俺のいた離宮のやつらより背が高い。少し伸びた黒い短髪に赤い瞳か。

　それにしても一向に俺を見ようとしない。それどころか、挑発するような目で役人達を見下ろしてる。え、仲悪いのか？

　確か、首都嫌いだって聞いたな。もしかして王族や貴族のやつらと仲が悪いのか？

「外は寒いですから、早く中へどうぞ」

「あ、うん」

うん、寒い。凍え死にそう。なんか雲行き怪しくなってきてるし。大雪でも降る感じか？　勘弁してくれよ。

屋敷の中は、外観と同じく青で統一されていた。と言っても少し濃いめの青か。とても綺麗だ。それよりも、屋敷の中暖かいな。玄関でもこの暖かさ。何か工夫されてるんだろうけど、どうやってるんだろ。

今日からここで生活するのか。いいな、離宮と違って住みやすそうだ。辺境伯や使用人達がどんな人達なのかは知らないけど、優しい人達だといいな。……と、言いたいところではあるけれど、ここに来るまですれ違った何人かの使用人達の俺達を見る目はあんま友好的ではなかったな。俺のせいか、それとも役人のせいか。後者だったらいいなぁ、なんてな。

なんて思いつつ、案内された客間に入ってソファーに座った。

「お久しぶりですね、メーティォス卿。去年の陛下のお誕生日パーティー以来でしょうか。と言っても、すぐお帰りになられてしまいご挨拶出来ずにいましたがね。相変わらずご多忙のようだ。それにここは大雪で外出出来ない日々が続いたりしますから。ですがこれから夏ですし、晴れが続いて落ち着くでしょうね。いかがですか、今度こちらの屋敷でパーティーなんて」

「メーティォスの天候を甘く見ていては最悪命を落とされますよ」

「はは、さすがメーティォス家ご当主だ。この領地をよく理解していらっしゃる」

「で？」

「は、はは……では本題に入りましょうか」

うわぁ、何今の。「で？」にだいぶ力が入ってたぞ。役人二人がビビってたし。さっきの会話には色々と突っ込みたいところがありありだったけどさ、俺は黙ってた方がいいよな。辺境伯は全然俺のこと見ないし。俺は空気か？

「ではこちらにサインをお願いします、殿下」

「あ、うん」

一枚の紙を目の前に出される。一緒に差し出された羽根付きのペンを持ち、紙に書かれている内容を読み進めた。

「こちらにご記入ください。まさか、ご自分のお名前は書けますよね？」

「……」

なんだよ、家庭教師付けてもらえなかったからって字が書けないって思ってんのか。書けるに決まってんだろ。しかも「ここですよ」と書く欄まで指示してくるし。そんなもん分かるわ。何、こんだけ急《せ》かすってことはもし読めたところで内容なんて知ってても意味ないとでも思ったか。バカにするなこん畜生《ちくしょう》。

だがここで文句を言っては面倒なことになるから黙ってサインをした。それから目の前に座る辺境伯もその下にサインを。

「はい、確かに確認しました。婚姻成立です。きちんと陛下にお届けいたします。では私達はこれで」

「あぁ、よろしく頼むよ」

ここに来て三十分もしないうちに、役人達は婚姻届を懐《ふところ》に入れてそそくさと帰っていった。うわぁ、どんだけここが嫌なんだよ。まぁ寒いから早く帰りたい気持ちも分からなくはないけどさ。吹雪とかになったら大変だし。

それにしても、実に呆気《あっけ》なかったな。これでもう俺は結婚しちゃったわけだし。実感ないな。

「では殿下、大切なお話をしましょう」

「え？」

辺境伯がいきなり俺に向かって話し出したことに驚きつつ、パッと彼を見た。お年寄りの使用人が、辺境伯に何か書類を渡す。そして、ローテーブルに置き、俺の方に向けさせた。

それは……《離婚届》。

わぁお、さっき婚姻届にサインしたばっかりなのにもうこれか！　この人は実にユーモアのある性格らしい。

「王宮で育った殿下にとって、ここは少し厳しい場所でしょう。悪いことは言いません、王都にある私のタウンハウスで何週間か過ごしてから王宮に戻ることを提案します」

「……」

「婚姻届を出してすぐ離婚届じゃ、国王陛下も受理してくださるか分かりませんからね」

「……」

「ここは一年のほとんどが冬ですから、色々と危険もつきものです。殿下にとっては過酷な場所だと思います。ですから戻られてはどうですか？」

マジかよ。ようやく喋り出したと思ったらそれかよ。嫁《とつ》いですぐこんなことを言われるとは思わなかった。

でも、俺王宮に戻れないんだよな。厄介払いされたわけだし、もしかしたら暗殺とかされるかもしれない。兄弟達に。そんなのごめんだね。

「殿下のお書きになる欄はここです。どうぞご記入を」

は？　この人までバカにしてくるわけ？　まぁさっき役人達の会話を聞いたからなんだろうけどさぁ……ちょっとカチンときたよね。

俺は出された離婚届を持ち、立ち上がった。そして……

ビリッ。ビリビリッ。なんとも気持ちのいい音が静かな部屋の中に響いた。そして、笑顔で手を離す。辺境伯の目の前で、離婚届だったはずの紙が無残にもバラバラにされ、ひらひらと舞いながらテーブルに落ちていく。カーペットとかに落ちたら片付けが面倒だしな。

うん、爽快。イライラしてたから余計だよな。でも少し挑発的だったかもしれない。その時の辺境伯の顔は、びっくり、というか、面倒くさそうな顔だった。俺が大人しくサインするとでも思ってたのか。残念だったな。

というか、この人笑わないのな。イケメンなのにもったいない。

「あは、冗談なんて酷いじゃないですか」

「この土地を甘く見ていたら死にますよ」

「好都合です」

「……好都合？」

「とにかく、よろしくお願いしますね、旦那様」

俺の父や兄弟達は、ここは過酷な地だからと選んだのだろう。くたばっちまえと。だったら暗殺者とかは回さず放ったらかしにするはずだ。それなら好都合。幸い、前世で雪には慣れてる。まぁ大雪とかは無理だが。でも俺のいられる場所はもうここしかない。ここでも追い出されるなんて真っ平ごめんだ。

何がなんでもここで生きてやる。


「奥様のお世話をさせていただきます、ピモと申します。どうぞよろしくお願いいたします」

「あ、うん、よろしく」

あの直後、知りませんからね、と一言残して辺境伯は出ていき、代わりに違う男性が入ってきた。俺と同じアメロなのだろうか童顔で背が低く、青い髪も長い。離宮でも俺のお世話係はアメロだったから、アメロが世話係になるのは常識なのかな。

それより奥様、か。ちゃんと奥様扱いされてるみたいだけど、なんか違和感がある。奥様だなんて前世だったら一生呼ばれないワードだろ。

「これから奥様に使っていただくお部屋はこちらです」

そう言って案内された部屋は……これまた素敵な部屋だった。青と白を基調とした壁紙やカーペット。それに家具だって白が多い。ベッドもそうだ。今まで見たことがないくらいすごくいい部屋。マジ？　ここ使っていいの？

「こんなに広い部屋使っていいの？」

「えっ？」

「ベッドふかふかじゃん！」

布団の触り心地最高。離宮でもまぁまぁいいベッドを使わせてもらってはいたけれど、こんなに寝心地がいいのは初めてだ。え、枕も最高！　俺はどんな枕でも寝られるけどさ、これはいい夢が見られそうだ。夜寝る時が楽しみだな。

というか、辺境伯とは別の寝室だったな。普通夫婦って同じ寝室を使うんだっけ。まぁ俺としては別なのはありがたいな。

なんて思いつつ大きな窓を見てみると、雪は相変わらず降り続いていた。今はパラパラとだけど、これもしかして時間経ったら猛吹雪になったりするのかな。間違えれば命を落とすって言ってたし。うわー、ここに来るのが少し遅れてたらそんな中移動するはめになってたってことじゃん。あっぶねー。

「山めっちゃデカっ！」

「……メーティ山脈です」

「山脈！」

白、というか銀色のでかい山が連なってる。すげー、こんな大自然の中で生活出来るのか！　首都と違っていい空気を吸いながら生活出来るってことだよな。

「……これから昼食となりますので、ご案内します。屋敷のご案内はその後にいたします」

「うん、お願い」

「……」

……ん？　なんかこの人、驚いてないか？　俺、なんか間違ったこと言ったっけ。思い当たる節はないんだが……ま、いいや。

「ここってさ、とっても屋敷の中暖かいな。暖房とかどうしてるの？」

「床下からの蒸気を建物全体の壁の中で巡回させています」

「へぇ、そんなこと出来るんだ！」

じゃあ床下に沸騰させたお湯があるってことか。こんなに快適なんだから色々手が加えられてるんだろうな。なるほど、蒸気か。王宮だと暖炉だったから結構新鮮だな。前世じゃエアコンだったし。ちょっと試しに壁を触ってみた。おぉ、あったかい。すげぇ。中見てみたいな。


そして辿り着いた部屋。とても広くて、大きなテーブルがある。ここは食堂か。

こちらへどうぞ、と椅子に座らせてもらう。けど、カトラリーとかの準備は俺のだけだ。しかも、その後俺の前に並べられた食事は、量がちょうどよかった。

貴族って残すくらいの量を出すじゃん？　そんなのが出てきたらどうしようって思ってたけど、これなら安心だな。

「これ何？」

「……シシ肉です。ここらではシシがよく出ますから、捕まえて食料にしているのです」

「へぇ、初めて食べた。臭みがなくていい」

「……」

「ここずっと冬だろ？　野菜とかってどうしてるの？」

「……寒さに強い野菜を栽培しております。あとは、この領地にはいくつか温室がございます。もちろんこの屋敷にも大きな温室がございます」

「へぇ～、後で行ってみたい」

「えっ」

「え？　ダメだった？」

「あ、いえ……かしこまりました」

なんか、反応おかしくないか？　周りの使用人達。王子っぽくないって言いたいのか？　すみませんね、ちゃんとした王子じゃなくて。俺こういう性格だからそれでよろしく。

「……お食事はお気に召したでしょうか」

「うん、食べたことないものがあったから新鮮で美味しかったよ」

「そうですか……」

だからその反応やめろ。

結局、昼飯に辺境伯は来なかった。仕事が忙しいらしい。

俺も手伝った方がいいのか？　とも思ったものの、この世界で奥方は仕事をしないのが決まり、というか常識だ。そんなんじゃ暇で死んじゃうに決まってる。と言っても、離宮でも何もやることなかったから一緒だけどな。とりあえず、俺はここに慣れるのが先決だな。

「……風呂広いな」

連れてきてもらった風呂は、まさしく大浴場。いや、ホテルの大浴場かよ。しかも大理石で白いから清潔感もある。すげぇ、ここに入っていいのか。じゃあ、これからも使っていいってことだよな。こんなに大きな風呂を俺一人だなんて贅沢《ぜいたく》すぎるとは思うけど、ありがたく使わせてもらいます。

というか、泳いでいい？

「では奥様、洗わせていただきます」

「うん、お願い！」

湯船の温度もちょうどいい。湯は透明で、床まで見える。うわぁ、ここまで大理石かよ。

「えっ……」

「ん？」

「あ、いえ、失礼いたしました……」

あ、もしかして俺の手に驚いた？　実はタコがあるんだよね。離宮生活の際、暇で色々やってたから。

「これ、ナイフ使った時のタコ」

「えっ⁉　あ、あの、アメロなのに、ですか？」

そう、アメロは危ないことは絶対してはいけない。剣やナイフを使うなんてもってのほかだ。

「俺は王子で兄弟もいっぱいいるからさ、王位継承権争いってやつに巻き込まれる可能性があるんだ。だから護身用に身につけたんだ。あ、でもそんなに強いわけじゃないし時間稼ぎとか？　他の人が来てくれるまでのな」

「……そう、ですか……」

とはいえ、これまで王位継承権争いなんて俺には関係なかったけどな。誰も来なかったし、離宮に。そして、この王族の血は結構優秀らしい。まぁまぁナイフを使えるようになったからな。これなら暗殺者に狙われても助けが来るまでなんとかなりそう。ま、寝てる最中とかに奇襲をかけられたらアウトだけどさ。でももう厄介払いされたから少しは安心？

「あっ、申し訳ございません、手が止まってしまって……」

「いいよ別に。あ、俺髪の量多いから洗うの大変かも」

「え？」

「一応言っとくな」

離宮のやつらはぶーぶー文句言いながら洗ったり梳《と》かしたりしてくれてたしな。長くて腰まであるし。

「ここの人達の髪って青が多い？」

「あ、はい」

「じゃあやっぱ目立つか。銀髪だと……」

「……奥様は、とても綺麗な銀髪です」

「え？」

「きっと皆、そう思っていると思います」

「……そうかな」

「はい」

こんな銀髪を？　王族の証である髪色なのに？

それよりピモ、自分から何か言うの、これが初めてか。距離が縮まった？　世話をしてくれるなら、もっと仲よくなりたいし頑張ってみよう。

「ここ、図書室とかってある？」

「はい、ございますよ。明日ご覧になりますか」

「ん〜、温室も見たいからその後にしようかな」

「かしこまりました」

いろんな野菜があるみたいだけど、どんな感じなんだろ。すんごく気になるな。知ってる野菜もあったし、他にもあるかも。

アメロは本来危険な場所には入ってはいけない。キッチンもそうだ。刃物などが沢山あるから当たり前のことながら、実は俺、離宮ではキッチンに入ってた。だい〜〜ぶ頼み込んで入れてもらって、料理とかお菓子とか作ってた。だからここでも出来ないかな〜なんて思ってたりする。まずは信頼関係を築いて、あとは食材の確認もしないといけない。

まぁ、あの辺境伯が許してくれるか分からないけどな。

そして夜、ふかふかのベッドにダイブし、雲のようにふわふわな布団に挟まれて熟睡したのだった。

◇

次の日、外はゴーゴーと吹雪だけど、めっちゃいい目覚めだった。なんだこの寝具は。まるで雲の上で寝てるみたいだった。今後もこれで寝ていいだなんて最高だな。

「おはようございます、奥様」

「うん、おはよ。外すごいな」

「今日一日吹雪の予報です」

「え？　分かるの？」

「空を見れば分かりますから」

「え、何それかっこいい。俺にも後で教えてよ」

「えっ？」

「俺も分かるようになりたい。よろしくな」

「は、はい……朝のご準備をしましょう」

「うん、よろしく」

服は半袖や薄手のものしか持ってきてなかったので、ピモが用意してくれた。とても着心地のいい服だ。やっぱり布とか形とかが違うよな。あったかくなるよう工夫とかされてるのかな。

「今日の朝食には、昨日の夕食で奥様が気に入られたスープが用意されているそうですよ」

「え、ほんと？　やった！」

ポタージュだよな、じゃがいもの。あれは本当に美味しかった。三食全部出てきても食べられる！　食事が美味しくなかったらどうしようって思ってはいたけれど、これなら安心だな。快適な結婚生活（？）だ。結婚した感覚ないし、結婚式とかそんな話も全くしてないけど。というかそもそも昨日客間で初めて会ってから全然辺境伯と顔を合わせてない。まぁ俺としては別にいいんだけどさ。

「今日は野菜用の温室に行かれますか？」

「うん」

「かしこまりました」

待てよ、今ピモ野菜用の温室って言ったよな？　じゃあ、他にも温室があるってことか。へぇ～、面白そう。

「他にも温室があるのか？」

「はい。そちらには観賞用の花などが植えられているのです。代々奥方様がその温室の管理をなさっていたのですが、今温室の鍵は旦那様が持っておられます」

へぇ、そんなところがあるんだ。観賞用の花か、見てみたいな。

そこは、何代か前の辺境伯が奥様とティータイムを楽しむために作られたそう。まぁでも、辺境伯が持ってるのなら仕方ないな。

「おはようございます、奥様」

「うん、おはよ」

周りの使用人達は朝の挨拶をちゃんとしてくれる。また変な反応されるかなと思ったけど、ないみたい。というか、なんか明るくないか？

「奥様の好物がまだ把握出来ておりませんので、料理長が色々と準備いたしました」

「え、俺そんなに食べられないよ？」

「ご心配なさらず。量を少なくして、種類を多くしましたので」

と、置かれたお皿には美味しそうなものが勢揃い。卵料理とか、お肉とか、野菜とか。魚はなかったんだけど、ここでは無理か。海は近くにないみたいだし。そもそも、ここにあったらカッキンコッキンの南極状態になるわ。

それより、この料理の数。一体いくつあるんだ？　お皿が何枚かあって、そこに料理が並べられてる。ポテトサラダみたいなやつとか、厚みのあるベーコンみたいなやつとか。後、フレンチトースト？　ワッフル？　みたいなやつとかも。これ甘いのかな。よく分からん。見た目と味が違うっぽいから食べてみないことにはな。

「これ、手間かかっただろ。後で料理長にお礼言っといて」

「かしこまりました。きっと料理長も喜びます」

うん、美味しい。どれも美味しくて一つに選べないな。それとポタージュも美味しい。最高。

「うまぁ♡」

ご飯が美味しいって幸せだな。これを毎日三食食べられるなんて最高でしょ。存分に味わわないと損するな。

なんというか、一つ星レストランに来たような感じがする。ありがとう、料理長、料理人の皆さん。

この屋敷は、とても大きい。東棟と北棟があるらしく、それは広くて長い廊下で繋がってる。ちなみに俺の部屋があるのは東棟な。そして温室があるのは北棟。というかくっついてる感じらしい。

「うわぁ、外出たら雪だるまになっちゃいそう」

「えっ？　雪だるま、ですか？」

「え？　知らない？」

「はい、初耳です」

へぇ、この世界にはないってことか？　こんな冬ばっかりのところに雪だるまって言葉がないってことはそうなのかな。

「じゃあ吹雪が収まったら作ってあげるよ」

「え？」

「約束な」

特大の作るか？　でも頭のせられるかな。誰かに頼んでのせてもらうか。うん、楽しそう。

そんなことを考えていたら、大きな扉の前まで辿り着いた。ガラス張りのような扉で、なんとも物々しい彫刻がされている。見たところこの扉の先が温室らしい。

「えっ……」

扉が開き中を覗いたら……なんか、すごかった。思っていた以上の広さだ。畑の列がいくつもあって、花が咲いていたり、茎が伸びていたり。こんな規模、見たことない。天井はガラス張り。雪が積もっていて暗いけど明かりがあるからそれほどではない。こんなに雪が深いところにある温室なんだから頑丈だろうな。

「結構大きいな」

「この領地で一番大きな温室ですから。ここでこの屋敷での食事、そして近くの街の食料を賄《まかな》っています」

「へぇ、運ぶの大変だろ」

「吹雪になる前に各自の家や倉庫に貯蓄しておく決まりですので、余程長い吹雪にならない限り大丈夫です」

「なるほど……」

この温室に、領地内の決まり、そして屋敷の暖房とか。俺が首都にいたら知らなかった話ばかりだな。知ることが出来て嬉しい気持ちになる。

植わっている植物達は、実っているものもあれば花が咲いているものもある。背が高いもの、低いもの、見覚えがあるものだったりと様々だ。おぉ、なんだこれ。すんごく背が低くて横にデカい花だな。これも食えるのか？　だけどこのショッキングピンクは勘弁してほしいかも。あ、もしかして食べられるのは球根部分？

なんて思いつつ見回っていたら、とあるものを見つけた。

「これ……」

「ここでしか咲かない花です」

この一角に咲く、青い花。これ野菜か？　と思ったけど違うらしい。

「貴重な花でして、熱病の薬の材料になるんです」

「へぇ……」

まぁ、こんな寒いところなんだから風邪とか引いたりするよな。確かに貴重だ。じゃあここには医者とかいるのかな。じゃなきゃ引いても薬貰えないもんな。薬草か……結構綺麗だな。小さい鈴みたいな花がいっぱいついてる。揺らしたらリンリン鳴りそう。いや、触らないけどさ。

「ここ広すぎるから全部見るの時間かかりそう」

「え？」

「全部見たいから午後の図書室は明日に変更」

「はは、かしこまりました」

大根、じゃがいも、白菜などの俺が知ってたものや、知らないもの。そして、畑にどう植わってるのか知ってたものと知らないもの。そんなのがあって結構楽しかった。

「ではこれは奥様の今日のお夕飯にいたしましょう」

「俺収穫したい！」

「えっ、ですが手が汚れてしまいますよ」

「汚れたら洗えばいいだけだろ。自分で収穫したのを食べられるって結構嬉しくない？」

「……そうですね、では収穫しましょう」

ここの管理をしている使用人を呼んできて、シャベルをくれた。使用人は結構驚いていたけど、俺は気にしない。貴族の奥様がやっちゃダメって決まり、どこにあるんだ？　って思うし。

「こんな感じ？」

「は、はい！　お上手です！」

「やった。じゃあこれ俺の夕飯ね」

「料理長に渡しておきますね」

「うん、よろしく」

こういう体験、前世じゃ一回もなかった。子供の頃にやったかな？　もう覚えてないや。でも、ここでやらせてもらえるとは思いもしなかった。結構楽しいな。明日も来ようかな。

「奥様！　僭越《せんえつ》ながらいただいたお野菜をふんだんに使った料理を作らせていただきました。いかがでしょう」

「うまっ。美味しいよこれ！」

「光栄です」

夕飯に出てきた料理は一段と美味しかった。自分で収穫したおかげもあるけれど、ここの料理長達の腕がよすぎるのもある。いやぁ、最高だな。こんな生活がずっと出来るなんて最高すぎるな。まぁ当然、今日も辺境伯には一度も会わなかったんだけどさ。別に気にしないが。

◇

さて、次の日。今日こそ外に、と思ったんだが……

「うわぁ、まだ吹雪かよ……」

外はゴーゴー音を立てて吹雪いている。見ただけでもぞっとする。早く止んでほしいんだけどな。これじゃあ雪だるま作りに行けないじゃん。外が暗いとなんだかどんよりしちゃうし、気分的に上がらないな。

とりあえずピモを呼んで朝の準備をした。

「これでよろしいでしょうか」

「うん、ありがと。ピモは本当に俺の髪が好きな」

「それはもちろん、こんなに素敵な髪色で手触りもいいのですから、いくらでも触れたくなってしまうくらいです」

ピモは、俺の髪を結う時は本当にルンルンしてる。風呂に入って洗う時も、風呂上がりに髪を拭く時も。俺としてはこんな長い髪なんてうっとうしい感じもしてたんだけど、ピモにそんな風に褒めてもらえるとなんか嬉しい。

今日も変わらず、ここの朝ご飯はとても美味しかった。ミシュランの一つ星よりも素晴らしい料理なのでは？　そんな料理を毎日食べられる俺はなんて幸運なのだろう。

「今日はいかがいたしますか？」

「ん～、図書室に行こうかな」

「かしこまりました」

……ん？　ちょっと待て、この味……

「ここって、しょうゆってあるの？」

「はい、ございますよ」

「へぇ～」

マジか、気付かなかった。これまで食べたのは洋食ばかりで、しょうゆ味はなかったからな。今日のメニューは一応洋食だけど、しょうゆの味がほのかにする。なるほど、しょうゆがあるのか……しょうゆ、そして沢山の野菜……

「あ」

「いかがされました？」

「なぁ、アレってあるか？」

「アレ？」

ピモにアレとは何か伝えたが、知らないようだ。なら、作るしかないよな。

「温室行こう」

「えっ？　図書室は？」

「それは後」

朝ご飯をちゃんと味わい、ご馳走様でしたと食堂を出た。行き先はそう、温室だ。

しょうゆは、前世で俺がよく知っている、日本人には馴染み深い調味料だ。それがまたこんなところでお目にかかれるなんて。王都の離宮にはそんなものなかったからだいぶ驚いている。

今日も温室は屋敷と違う気温になっている。そして、温室の管理者を見つけた。

「なぁ、《いんげん》ってあるか？」

「いんげん、ですか」

こちらにどうぞ、と案内された。とても不思議そうな顔をされたけど、俺はそれどころじゃない。というかこの世界にいんげんがあってだいぶ安心した。離宮ではいんげんを食べなかったからな。あるか不安だった。

「こちらです」

あ、よかった。あった。へぇ、こんな感じでぶら下がってるんだ。初めて見た。

熟しているものを教えてもらい、収穫。あとはじゃがいも、玉ねぎ、にんじんだ。

「あの、奥様？」

「肉……はキッチンにあるか」

よし、キッチンに行こう。

ピモに、これをキッチンに届けたいと伝えると、最初は他の者にと渋られたが、どうしても自分で届けたいと無理を言って、連れてってもらうことになった。


「こんにちは」

「おっ奥様っ!?」

「えぇ!?」

とっても美味しそうな匂いがしてくるキッチン。そこに顔を覗かせ声をかけた。まぁ、こうなるよな。アメロは危険な場所には行ってはいけない。もちろんここもだ。それを十分理解しているからきっと驚いたはず。というか夢にも思わなかっただろうな。

「お願いがあるんだけど、いい?」

「な、なんでしょう……?　何か召し上がりたい料理がございますか?」

「キッチン、かーして?」

しぃーん、と、この場が静まった。おっとっと、どうしたみんな。と、思ったら……

「奥様ぁぁぁ!!」

「なんということを!!　いけません!!　こんな危険な場所に奥様がお入りになるだなんて!!」

「奥様にもしものことがございましたらどうなさるおつもりですか!!」

「いや、大丈夫だって。そんなに危険じゃないでしょ」

「甘く見てはいけません!!　刃物も、火もございます!!　慣れない場所に入るのですから怪我をしてしまいます!!」

だいぶみんな必死なようだ。そんなに俺がキッチンを使うのが嫌なのかよ。まぁ、仕事の邪魔をすることになっちゃうから悪いとは思っているんだけど……

「……しょうがないな、じゃあ奥様命令」

「うっ……」

あ、料理長が黙った。何か言いたそうだけど、奥様命令を出されたらそりゃそういう反応するよな。でも俺としてもそんなことはしたくなかったんだよな。ごめんな。

「怒られそうになったら俺の名前出していいからさ。ダメ？」

「……私どもに、ご指示を出してくださるのでしたら……」

「やった！」

これで食べられるぞ！　日本料理が！

他の包丁などをしまえ！　一ヵ所以外の元栓を閉めろ！　と料理長に指示されてテキパキ動き出した料理人達。この後のご飯の準備とかあったはずなのにごめんな。

「作業は私どもが行いますのでどうぞご指示を。くれぐれも刃物や火のそばにお近づきにならないようお願いします」

「うん、分かった」

とりあえず料理長にお肉について聞いた。ちょうどよさそうな肉があったからそれを用意してもらって。じゃあまずは野菜を切るところからだな。

でもどうしても俺を包丁に近づけさせたくないらしい。野菜を切る、と言ったらピモと料理長が俺に視線を向けてきた。はいはい、近づかないから安心しろって。

けど、さすがここの料理人達。とっても手際がよくて簡単に準備出来てしまった。あの美味しい料理を作れるんだから優秀な人達ばかりなのだろうと思っていたけれど正解だったな。

「じゃあ炒めよう」

肉を炒め、それから野菜も入れて炒める。それから砂糖と水を投入。

「煮込み料理ですか」

「うん。じゃあさっきの調味料も入れて」

「かしこまりました！」

落としぶたをして、弱火で煮る。

「聞いたことのない料理です。これは首都でよく食べたのですか？」

「うん、そう。作り方は周りに教えてもらったんだ」

「使用人達に、ですか」

「そ。暇だったし」

「そう、でしたか……」

「奥様……」

……いや、同情心はいらないんだ。怪しまれないように説明しただけなんだけど。俺自ら作ってたって言えないから。

まぁとりあえず、後で使用人がくれたレシピを渡すと言っておいた。よく食べていた料理だから、みんなにも食べてもらいたいって言って。なんか感動しているような顔していたやつが何人かいた気がしたんだけど、多分見間違いだろ。

「うん、こんな感じか！　かんせ〜い！」

俺流肉じゃがの完成だ！

いや〜無性に肉じゃがが食いたくなる時ってあるじゃん？　まさに今俺がそうなってるわけで。肉じゃがが作れたなんてもう最高だね。しかもミシュラン一つ星の料理を作ってる優秀な料理人達の肉じゃがだぜ？　絶対美味《うま》いに決まってるじゃん！　俺が指示したんだけどさ！

「フォーク！」

「奥様！　はしたないですよ！」

「だいじょーぶだって！　みんな、このこと黙ってくれるならこれ食べさせてやるけど、どうする？」

もうさっきからみんなの視線は肉じゃがに一直線だ。結構いい匂いしてるし、食べたことのない料理で、しかも自分達が作ったんだ。食べたいに決まってる。

「はいっ！」

「決して口外いたしません！」

「はい、どーぞ！」

ピモも食べるか？　そう聞いたら唾を飲んだ。結局食欲に負けたらしい。よし、これでピモも共犯だ。

さて、みんなの反応は……あ、心配いらなかったな。めっちゃ美味《うま》そうに食ってるじゃん。作ってもらってよかったぁ～！

「料理長、後で持ってきたレシピ渡すな。たまに作ってくれると嬉しいよ」

「かしこまりました！」

「使用人達の食事にも取り入れてあげてよ。こういうのあった方が楽しいだろ？」

「我々使用人達のことまで気にかけてくださるとは……ありがとうございますっ！」

いや、そんなに喜ばれると俺どうしたらいいのか分からないんだが。まぁでも、喜んでくれることは嬉しいから別にいいか。

レシピ持ってきておいてよかったぁ。離宮のみんなが欲しいって言い出したから書いてやったやつの余りなんだけどさ。ごめんな、余りもんで。

◇

あんれまぁ、今日も吹雪ですか。と、次の日の朝起きて外を見た俺は、そんな感想と一緒に遠い目をしてしまった。果たしていつになったら外に出られるのだろうか。外が暗いと建物の中もどんよりして気が沈むんだよな。早く止んでほしいけど、これは仕方ない。

さ、今日は何しようか。そういえば図書室に行くと決めていたのに後回しにしてしまっていたな。そろそろ図書室を拝見しよう。

「おぉ、だし巻き卵！」

「はい、奥様からいただいたレシピで作らせていただきました。お味はいかがですか」

「ん～、だしが違うから、かな。いつも食べていたものとはちょっと違うけど、これはこれで美味しいよ。やっぱりここの料理人達は腕がいいね」

「もったいないお言葉です。ありがとうございます」

だし巻き卵、うん、めっちゃ美味《うま》いです。あの四角いフライパンがないにもかかわらずこんなに綺麗に巻けてるなんてさすがだな。

ここと離宮で使ってただしは別。このだしだったら、もう少し砂糖少なめでもいいかな、と料理長に伝えておいた。次にだし巻き卵が出てくるのが楽しみだ。


ピモに案内されて向かった先には、大きな扉があった。温室の扉ほどではないけれど、俺の部屋の扉より立派だ。

「わっ……！」

ピモが扉を開いた。目の前に広がったのは、棚。そう、ずらりと並んだ棚だ。入ってみると、独特な本の匂いがする。俺の身長より高い棚がずらりと列をなしていくつも並び、壁面にもある。うわぁ、天井高いな。

そして圧倒されそうな本の数々。これ一体何冊あるんだ？　そもそも、こんなにいっぱいある本をどこから集めてきたのか。分からん。

「先々代の奥様が本好きでしたもので、先々代の辺境伯様がこちらをお作りになられたのです」

「えぇ……マジか」

奥さんのためにこんなもん作っちゃったのか。すごいな先々代。

ここに何冊あるんだと質問してみたけど、ピモにも分からないそうだ。

「旦那様も把握されていないと思われますよ」

「まぁ、こんなにあるしな」

「よくこちらに足を運んでいらっしゃるので、もしかしたらこちらでお会いする機会もありましょう」

「……ピモ、それどういう意味？」

「……」

「辺境伯様が全く俺と会ってないってことに何か言いたいのか？」

「えぇと……」

まぁそうだろうな。結婚したくせに顔も合わせないなんて、って思ってるんだろう。俺としては別にそれでもいいんだけどさ、でもピモや使用人達にとっては考えるところがあって当然だ。

「辺境伯様は今どこ？」

「その……白ヒョウ狩りへ出かけていかれました」

「白ヒョウ狩り？　ヒョウがいるのか」

「はい。たびたび山から群れで下りてきては被害を出しているので、旦那様やこの屋敷の騎士団達が定期的に狩りをするのです」

へぇ、白ヒョウか。被害が出てるなんて領民達は怖いだろうに。

白ヒョウ狩りを定期的にってことは、辺境伯様やうちの騎士達は強いのかな。

そう思いつつ、本棚の方に向かった。

「あとは俺だけでいいからさ、下がっていいよ」

「えっ、ですが奥様、ここは初めてでは？」

「探し物とかじゃないから大丈夫。勝手にぶらぶらしてるから」

では何かございましたらこの呼び鈴を鳴らしてください。そう言ってピモは出ていった。

一人で本を読むっていつぶりだろう。だいぶ久しぶりじゃないか？

「離宮の本、全然読めない本ばっかだったからなぁ……」

論文とか、絵のない文字ばかりの本がずらりと並んでいて、子供の読み物とは言い難いものだらけだった。とは言っても俺は前世の記憶があるからまぁまぁ読めるには読めるけど、もっと小さかった頃の俺じゃさすがに全く分からなかった。本を開いて読んでみたらすぐに知らない難しい単語が出てくるっていう感じ。本は好きな方ではあったんだけど、あれじゃあ読みたくなくなるよな。

「あ、絵本だ」

薄い本が並ぶ本棚を発見した。表紙が綺麗だ。開くと、表紙と同様にとても綺麗な絵が広がっている。絵的には、プリンセス系か？　俺も小さい頃にはこれくらいの本が読みたかった。

「あ、やっぱりスカートじゃないのね」

この世界にはズボンしかない。俺の普段服は普通のズボン。けどパーティーとかになると、普通の男性は紳士服、アメロはパンツドレスとなる。スカートはないのだ。

この本に出てくるヒロインも、ちゃんとしたパンツドレスだ。なんか色々とキラキラしてるけどさ。てか俺パンツドレス着たことないんだよね。パーティー自体出たことないから当たり前か。ずーっと離宮で自由に過ごしてたからなぁ。

「へぇ、こんなのもあるんだ」

この図書室は幅広いジャンルの本で溢れているらしい。一応読めるっちゃ読めるけど、なんかよく分からないものもある。

これは古代魔法の本。これは世界論の本。頭が痛くなりそうなものばかりだな、ここら辺は。

もうちょっと俺が読めそうな本はないのか？　と思いつつぶらぶらし始めた。

の、だが。

……おっとっと、今俺どこにいる？

おっかしいな、さっきまでよさそうな本を選んで引っ張り出して、踏み台になってる階段の一番下の段に腰かけて読んでたはずなのに。でも俺今、ソファーに横になって寝てないか？　しかもブランケットがかけられてるし。ピモか？

テーブルには俺が選んで引っ張り出した数冊の本。外はゴーゴー吹雪。今何時か分からない。とりあえずピモを呼んだ。

けど……

「え？　そのブランケットは私ではございませんよ？」

「……じゃあ誰だ」

「さぁ？」

……いやちょっと待て、ピモ、その顔はなんだ。知ってそうな顔してるよな、笑ってるんだけど。

じゃあ一体誰だよ。

◆

メーティス辺境伯家当主である俺のところに、数日前国王陛下から手紙が届いた。そこには、とんでもない内容が書かれていた。

王子と結婚しろ、と。

今すぐにでも、この手紙を破り捨ててしまおうか。そう思ってしまった。

「……はぁぁぁぁぁぁぁぁぁぁ……」

「いかがしました？」

実に面倒くさい、目障りな手紙が来たものだ。

「王子と結婚しろ、だそうだ」

「お、王子と、ですか」

「それも、十五番目だ」

「十五番目、となると……銀髪に青い瞳の王子だったような……」

「そうだ。王族の証を持って生まれた王子だ」

執事もこれには驚きを隠せない様子だ。まぁしかし、考えてみればその可能性はあった。

メーティオス辺境伯家と王室は微妙な関係にある。現在この国に存在する派閥は四つ。国王陛下を支持する者達、第一王子を支持する者達、第二王子を支持する者達、そして、中立だ。メーティオスは中立の立場をとっている。

辺境伯は、いわば陛下の代理人。この広い国土は陛下自身で全て管理することが難しいため、目が行き届かないこの地を代わりに管理している。代理人なのだから国王陛下の派閥に入れと催促されているが、そんな茶番に付き合っていられるほど暇ではない。何より、こんなに忙しい地位を与えたのは本人だろ。バカなのか。

そう、メーティオスは最初からこの地位にいたわけではない。最初は力のある騎士だったが武功を重ねに重ねて、英雄と称えられるまでになった。

しかし、それを恐れた当時の国王は辺境伯という地位を与えてこの地を守るよう言いつけた。こんな住みづらい土地なんだ、きっと力を削《そ》がれ、音《ね》を上げて泣いて縋《すが》ってくるに違いないとでも思ったのだろう。まぁあっさり力をつけて統治してしまったがな。今では中立派の中で一番大きな家門となった。王族は代々バカらしい。

だが、今回、王族の証を持つ王子を嫁《とつ》がせてきた。この微妙な関係を少しでも修復出来たらと考えたのかもしれない。実に気分の悪い話だ。けれどこれは王命だから断れないな。

……はぁ、実に面倒くさい。王子を使って首都に引きずり出そうとするのだけはやめてほしい。


そしてやってきたのは小柄なアメロ。

俺は領地にばかりいるため会ったことがないが、十五番目と言ってもどうせチヤホヤされて生きてきたようなやつだろう。王位継承権争いは年上のやつらでどんぱちやっているのだから、十五番目の王子は関係ない。そしてアメロだからと守られて生きてきたはずだ。

しかも、こんな雪の地に薄着で来やがった。舐めやがって。こんなやつに、屋敷で我儘《わがまま》放題なんてされたらたまったもんじゃない。

だから脅して離婚届を出した。向こうの希望で離婚ということになれば、陛下も黙るだろうと踏んだのだ。……ところが、破りやがった。俺の目の前で。

面倒くさい……実に面倒くさい。こっちはこっちで忙しいというのに、こんなやつのお守りなんてやってられないぞ。

まぁすぐに音《ね》を上げて帰ると思うがな。そう思っていたのだが……

「……これ、なんだ」

「肉じゃが、でございます。奥様が持参されたレシピを元にご用意いたしました」

「ウチの料理長の料理にケチをつけたのか」

「いいえ。奥様はここの食事がたいそう気に入ったようですよ。大絶賛していました。奥様はじゃがいものポタージュがお気に入りだそうです」

　本当か？　じゃがいもだなんて、こんなイモを王族が食べるわけがない。そもそも、食卓に出されたら皿をひっくり返すだろうな。それか、王宮料理人を全員解雇か。それなのに、気に入っただと？　物好きなのか？

「首都で自分が食べていた料理をぜひ食べてほしいと私どもにまで配慮してくださった次第です。しかもこの野菜は全て奥様が収穫されたものですよ」

　一国の王子が土で手を汚して野菜を収穫しただと？　あり得んな。

　でも、ふと思い出した。

「……そういえば、王宮から荷物は届いたか」

「いいえ」

「は……？」

　初めてここに来た際、あの王子は小さなトランク一つしか持ってこなかった。使用人一人すら連れずに。ここは首都とは全く違う冬の地だから用意に時間がかかってるのかと考えていたが、まだ届いてないだと？　王子がここに来てどれくらい経ったと思ってるんだ。

「気に入ったと言えば、ここの服も気に入っておられましたよ。恐れながら私が奥様のお洋服をご用意させていただいたのですが、とても嬉しそうに見ておられました。気温が低いため、首都とは全然違う服ですからね。きっと初めてご覧になり面白く思ったのでしょう」

「……」

「いかがなさいました？」

「いや」

最初は不満げな顔をしていたくせして、楽しそうじゃないか。周りの使用人達も。

おかしな話だな、と思いつつ肉じゃがは綺麗に平らげた。


翌日の図書室。

「……何故こんなところにいるんだ」

仕事の息抜きとしてここに来た、のだが……王子が踏み台の階段に座って寝ている。膝に本を数冊重ねていて、今開いてる本は……何故絵本なんだ？　確か、自分でちゃんと名前は書いていたようだが……きちんとした教育を受けてないのか？

婚姻届にサインをする時にも引っかかった。あの役人はこの王子にずいぶん挑発的な発言をしていた。まさか自分の字は書けるだろ、と。しかし、今王子が持っている本。絵本の下には年相応のものばかりが積み上げられている。

あの時、自分が書くべき欄を教えてもらっていたが……あれは嫌味か何かだったのか？

……とりあえず、風邪を引かれては困るな。

仕方ない、と起こさないように担《かつ》いでソファーに寝かせた。近くにあったブランケットもかけてやった。なんとも手のかかるやつだ。……ん？

「……」

こいつの手のひら……アメロのやつには絶対にないタコがあるな。ナイフか？

何故だ？　アメロは守られて生きていく存在だ。それが、タコが出来るくらいナイフを握っていただと？

こいつは王族だ。王族となると、狙われる可能性があるにはある。だがそれは年上の王子達くらいだ。だというのに、自分を守るすべを身につけただと？

……俺は、何か勘違いをしていたのか？

「……なんだ、ピモ」

こちらを静かに見ていたピモが、満足げにニコニコしている。その笑顔は本当に腹が立つ。いつものことだが。

「いいえ、珍しく優しい旦那様が見られてとても嬉しいだけですよ」

「……」

「奥様とお話しにならないのですか？」

「……忙しい」

「そうですか。奥様、ここにいらしてから結構楽しんでおられますよ？」

「知らん」

「昼食はいかがでしたか？」

「……」

肉じゃが、と言ったか。初めて食べたが……美味《うま》かったな。俺は料理に興味があるわけではない。

美味しければそれでいいと思っていたが……また食べたいとは、少し思ったな。

はぁ、よく分からん。一体どうなってるんだ。

◇

あれから数日後、ついに……

「雪止んだぁぁ!!」

外はとってもいい天気。そしてだいぶ雪が積もってる！

声が聞こえてきたから、外を覗いてみたら……あ、雪かきしてる。機械みたいなので雪を飛ばして一ヵ所に集めていた。うわぁ、雪山すんげぇデカいんだけど。あんなにいっぱいだと結構大変そうだな……でも結構手際よさそう。いつもやってるからか。

「おはようございます、奥様」

「うん、おはよピモ！　なぁ、今日外出ていい？」

「えっ!?」

「ちょっとだけ！」

またまたピモを困らせてしまうが、この異世界に来て、こんなに積もった雪を見たことはない。だから結構テンション高いんだよね。早く遊びたいなぁ～！

「雪だるま、教えてあげるよ！」

「あ、以前おっしゃっていましたね」

「うん。簡単だから大丈夫！」

昨日までどんよりしてた分、余計テンションが高くなる。お日様の光に当たれるってこんなにいいもんなんだな。今まで普通にお日様の下にいたからなんか不思議だ。

ピモが許可してくれたので、沢山着込んで外に出た。滑ったりして危険ですから気をつけてくださいねとピモに念押しされて手を繋いでる。

「あっ奥様！」

「片手じゃ作れない」

手を離して、雪に触った。お、冷たい。そうだよ、こんな感じだよ雪って。だいぶ久しぶりだな。へぇ、ここの雪って結構ふわふわだ。昨日まであんなにゴーゴーと音立てて降ってたのに。

雪をいっぱい取って、ぎゅうぎゅうと丸い形を作る。じゃあこれ持ってて、と丸く固めた雪をピモに渡した。

「これが雪だるま、ですか」

「まーだ」

そしてさっきより小さめの球を作る。ん～、なんかないかな。なんて思いつつピモに渡した球とくっつけた。帽子はこんな感じか？　と小さい帽子もくっつける。

「本当はここに枝を二本刺して、口にも枝、あと石とかで目とボタン作んの」

「なるほど……人形みたいなものでしょうか」

「そ」

ここは屋敷の敷地だからそんなの落ちてないよなぁ。つまらん。

でも、ピモはこう言ってくれた。他の者に拾ってこさせましょうか、と。取りに行くの大変だろ、とは思ったけど、裏の方に落ちてるとのことなのでお願いした。

「おっきいの作っていい？　邪魔になる？」

「構いませんよ。きっと和《なご》みます」

「んじゃいっぱい作ろっ！」

「でも奥様、手がかじかんでしまいますよ。手袋を持ってこさせますからもう少しお待ちください」

「へーきへーき！」

「奥様!?」

よっしゃ！　デカいの作るぞ～！

そう意気込み腕まくりをした。丸い球を作って、どんどん転がす。ふわふわな雪だから簡単に転がせるな。いいじゃんいいじゃん！

「ゆっきだっるまっ！　ゆっきだっるまっ！」

「奥様！」

いや～何年ぶりかな。雪なんて。前世じゃこんな大はしゃぎしなかったのに、なんか子供に戻った感じだ。

とりあえず枝と石は持ってきてくれたけど、なんか物足りないんだよね。マフラーと手袋か？

でもここだと作るしかないよな。毛糸ってあるのかな。小さいのでいいわけだし、俺でも作れそうだ。もし毛糸があるなら、あのどでかい図書室に編み方の本もあるかも。後で探してみよう。時間はたっぷりあることだしな。

「旦那様⁉」

そんな時、ピモの驚く声が聞こえた。しかも、旦那様と呼んだ。

「こんなところで何をしてるんですか」

振り向いたら、いた。すんげぇ不機嫌顔。

あーはいはい、お久しぶりです辺境伯様。お会いしたの、俺がここに来た時以来ですよね。何をしてるのか、と言われるとなんと答えたらいいのやら。

「遊んでます」

「は？」

「雪だるま作ってます」

「……雪だるま？」

やっぱりこの人も雪だるまを知らないか。まぁいいけどさ。

てかなんで俺この人に話しかけられてんの？　ずっと会わなかったよな。

「あの、この雪の球、そこにのせてもらえません？　これ重いんで」

「は？　それより屋敷の中に戻ってください、風邪でも引かれたらこっちが困ります」

「のせてくれたら戻ります」

「……」

あ、心配してくれてんだ。いきなり離婚届出すやつだから意外だな。と、思っていたら、ため息をついてから持ち上げてくれた。

「ここですか」

「あ、はい、お願いします」

マジでのせてくれたよ。この人。えー予想外！

なんて驚きつつ、持ってきてくれたバケツに雪を入れてぎゅうぎゅうに。そして頭にのせようと持ち上げた、んだけど……取られた。

「これくらいいいじゃないですか」

「……この上ですか」

「あ、はい、そうです」

バケツをひっくり返して上にのせてくれた。それを取って、帽子が出来た。あとは持ってきてもらった枝や石などをくっつけたりすると……完成！

……いや、何くだらないことをやってるんだって顔しないでくださいよ。結構楽しいでしょこれ。達成感ってやつもあるし？

「ブサイクだな」

「失礼な」

聞こえてますよ、本音が。小さい声だったけど。バッチリ。そんなにブサイクじゃないでしょ。

ちょっと可愛くない？

「お久しぶりですね、旦那様」

「……」

「お忙しかったようで」

「……」

あーあ、黙っちゃった。まぁ別にいいけど。夫婦の初めての共同作業が雪だるま作りとか笑える。

「貴方は俺の旦那様なんですから、敬語なんて使わないでくださいよ」

「……」

これもダンマリかよ。てか目すら合わせてくれないとか……と、思ったら腕を掴まれた。引っ張られて、玄関に連行されてしまった。

「風邪引くぞ」

「俺、風邪には強いんですけどね」

「でもここの寒さには慣れてないだろ」

「おっと、俺の心配をしてくれるなんて旦那様はお優しいんですね」

「旦那が妻の心配をするのは驚くことか」

……マジか。そんなこと言われるとは予想してなかったんだけど。だって婚姻届にサインしてすぐ離婚届を出す人だよ？　あり得るか普通。

「早く手、温めろ」

あ、行っちゃった。仕事が忙しいのか。それなのに俺んとこ来たんだ、あの人。

……よく分からん。

その後、ピモから教えてもらった。俺達が作った雪だるまを見るたび使用人達が和《なご》んでいると。

まぁ、みんなの役に立っているのであればそれでいいけどさ。

もう一度作りに行きたいとは思ってるんだけど、そしたらまた辺境伯様が来ちゃうかな。絶対屋敷に連行されるよね。さて、どうしたものか。

◇

辺境伯様との共同作業が達成された次の日、早速俺は図書室に向かった。そう、目的は編み物の本だ。

昨日ピモに毛糸のことを聞いたら、編み物の道具と一緒に持ってきてくれると言ってくれた。屋敷に沢山あるらしい。俺が使っちゃっていいのかなとは思ったけど、ま、いっか。

さて、本はどこにあるかな。編み物ってどんなジャンルなんだろ。なんて考えつつ図書室の中をぐるぐる回った。

「……これか？」

毛糸……あ、細い糸で編むレースのやつもあるのか。へぇ～。でも俺の目的は手袋とマフラーだしいいや。

よし、じゃあ何冊か持って部屋に戻ろう。持ち出しは大丈夫らしいしな。辺境伯様に見つかったらなんか言われそうだから、さっさと退散しよう。


「わぁお、結構あるな」

「どうぞ使ってください」

ピモが持ってきてくれた編み物セット。道具も沢山あるし、毛糸も新品が何種類もある。こんなにいいのかなと結構ビックリしてる。

さてと、じゃあまずは練習だな。

本を読みながら色々と真似をしてみる。

へぇ～、こんな感じか。見たことなかったし、作り方も全く想像出来なかったな。でも結構楽しいかも。鎖編みとか、細《こま》編みとか、引き抜き編みとかあるらしい。いいな、これ。

「お上手ですよ、奥様」

「そうか？　ピモはやったことある？」

「そうですね、一応は」

「へぇ～、人から教えてもらったのか？」

「はい。アメロの教育の項目に入っておりますので」

なるほど、知らなかった。俺はちゃんとした教育を受けなかったしな。当たり前か。

でも、ピモは驚かないのな。俺が教育を受けてなかったことに。もしかして王宮での俺の生活を調べていたとか？　まぁそうだったとして俺は別に気にしないけどな。やましいことなんて全くないし。

そして色々なデザインに挑戦し、上手くいかなかったら毛糸を解《ほど》いて、とやっていたらなんとか綺麗なコースターがいくつか出来た。四角いものとか、丸いものとか。

これは結構上手くいったと思う。この花のやつ。

「ピモ、使うか？」

「えっ、わ、私、ですか？」

「あ、いらないならいいけど。でもこれ結構上手くいったと思うんだ。どう？」

「奥様が作ってくださったコースターをいただけるなんて、光栄です。ありがたく使わせていただきます」

まぁ、押し付けみたいな感じになっちゃったかもしれないけど、喜んでくれたのであればいっか。

俺、実は前世より手先が器用になったんだよな。王族の血を継いだからか？　おかげで、初めての編み物でこんなに綺麗に編めた。

次はマフラーいくか。別に人が使うくらいの長くて大きいやつじゃなくていい。小さい雪だるま用だしな。よしっ、やるぞー！

そう意気込み、数日後。ようやく手袋が完成した。親指付きの簡単なやつで、ちっちゃくはあるけれど、それでもまぁ綺麗に出来たと思う。

よし、じゃあ早速マフラー付き雪だるまを作りに行こう。そう思い外に出たんだけど……なんでこの前作った雪だるまが残ってるんだ？　後で壊していいってピモに言っておいたのに。

「……なぁ、ピモ」

「初めて奥様と旦那様が一緒に作られた雪だるまですよ。壊すだなんてもったいない！」

いや、そんなのいいから。残しておいてくれなくても全然いいから。てか辺境伯様はどう思うんだろ、これ聞いて。早く壊せとでも言うか？

まぁ俺は別にどっちでもいいんだけどさ。ピモがそうしたきゃそうすればいい。俺は知らないからな。

……じゃなくて、今日の目的はこっちだよ。

「おぉ〜！　いいじゃんいいじゃん！」

手袋とマフラーのサイズに合った雪だるまを作り、装着。可愛い雪だるまが完成した。

周りでソワソワとこちらを見ていた使用人達が、「おぉ〜！」と拍手をしてくれた。なんか嬉しいな。

実は手袋もマフラーもまだ沢山あるんだよな。やたら楽しくなっちゃって作ったんだけど、とりあえず雪だるま、作るか！

「奥様！　お手伝いいたしましょうか！」

「私もお手伝いいたします！」

いきなり寄ってきた使用人達。なぁ、そんなに目をキラキラさせないでくれ。

「仕事は？」

「休憩時間でございます！」

「あ、そう。じゃあお願い」

「かしこまりました！」

めっちゃ楽しそうじゃん、使用人達。ただの雪だるま作りなのに、そんなにか？

まぁ、気に入ってくれたのであれば別にいいや。でも俺が作った手袋とか、もうこれしかないぞ？

結果、数十分後には玄関前に何体もの雪だるまが並べられた。もうちょっと可愛いマフラーとかを編んでやればよかったかな、と思ったけど……これ、こんなところに並べちゃっていいのか？

辺境伯様に何か言われないか？　と、思ってしまった。


……が。

その後の夕食、いつもは一人だったのに同席者がいた。そう、辺境伯様だ。

「珍しいですね。同じ時間に食事だなんて」

「忙しいのが終わったんだ」

「それはよかったですね」

本当に忙しかったのか、それとも俺と食うのが面倒だったのか。果たしてどちらだろうか。

「今日は生姜焼きでございます」

「え、やった！」

俺の渡したレシピを使ってくれたのか。おぉ～、めっちゃ美味しそう！

お味の方は……うん！　とっても美味しい！　やっぱりここの料理人達は腕がいいな！

異世界で生姜焼きが食べられるなんて最高すぎる。あぁ、ここに米があったらなぁ。ないんだよなぁ、メーティスには。生姜焼きに米は必須じゃない？　でもないものは仕方ないよな。生姜焼きだけでも美味《うま》いから黙って食います。

……なんか、正面の人も結構美味《うま》そうに食ってないか？　それとも俺の見間違いか？　それにしても、この人食べ方が綺麗だな。イケメンだから余計か。さすがお貴族様だ。

初めての一緒の食事ではあったけど、これといった会話はなかった。けどまぁ、玄関前の雪だるまの件は何も言われなかったからよしとしよう。

◇

今日は野菜がいくつか入った木箱を持っている。温室からのお届け物、そして俺は配達員だ。隣では同じくピモも野菜を運んでいる。

「奥様、やはり他の使用人を……」

「いいって、これでもちゃんと腕っぷしはあるんだから。言ったろ？　小さい頃から色々習ってたって」

「えっ、い、色々ですか⁉」

「え？」

「ナ、ナイフだけでなく⁉」

「そうそう、ちょくちょく体を動かしてたし」

「それは聞いてませんよ！」

あれ、そうだっけ。まぁ今言ったんだからよくないか？　それにさして重要なことでもないし。

そうしているうちに、ようやくキッチンに到着した。覗いてみると、お願いしていた通り準備してくれていたようだ。

「奥様⁉　そんな重いものをお運びにならないでください！」

「別にいいって、運動運動！　これから美味しいもの食べさせてもらえるんだから腹空《す》かせといた方がいいだろ？」

「奥様……！」

おいそこのやつら、ジーンと目ウルウルさせんな。それより揚げ油の鍋に火つけろ。

そう、これから揚げ物を作ってもらうことになっている。もう味付けと衣付けが完了して揚げるばかりのようだ。

「奥様、油がはねますからお下がりくださいね」

「別に大丈夫だって」

「ダメですよ、火傷《やけど》なんてしてしまっては大変ですから」

大変、ね。まぁ、怪我した後に辺境伯様とバッタリ会って、怪我について問い詰められたら言い訳出来ないもんな。火傷《やけど》負うところって言ったらここくらいだもん。仕方ない、下がろう。

熱された揚げ油に投入された肉がジュワァァといい音を立てる。その音が食欲を誘う。めっちゃ楽しみなんだけど。

「二度揚げ、でしたね」

「そうそう、一度油から出して、油の温度を上げてまた揚げるんだ」

油に戻すと先ほどよりも大きな音が立つ。そして油から上げてちゃんと油を切り、出来上がったのは……

「はい、唐揚げの完成です！」

「うわぁ！　めっちゃいい匂いする！」

そう、唐揚げだ！　俺、結構唐揚げ好きなんだよね～！

「揚げたばかりですから熱いですよ」

「分かってる分かってる！」

このカラッと揚げられて茶色くなった肉！　食欲をそそられるこの香り！　美味《うま》そ～！

唐揚げがのせられている皿は二枚。一枚はそのままで、もう一枚にはレモンをかける。これも美味いんだよな～！　うん、これはビールが欲しいな。唐揚げにビールは必須だろ！

「なぁ、ビールってあるか？」

「ビール？　申し訳ありません、ここにはなくて……首都から取り寄せましょうか」

「いや、そこまではいいって。ただ聞いただけだから」

そう、この世界にはビールが存在する。そして俺は十九歳！　ここではちゃんと成人してるからお酒は飲んでOK！　だから、唐揚げとビールの組み合わせを楽しむのも夢じゃないってことだ！　もう最高だな！

よし、とりあえず唐揚げのお味は……と用意してもらったフォークで一つ刺し、ふーふーと冷ましてから一口かじった。

「ハフハフッ、ん〜〜！　うっまぁ！」

何これめっちゃジューシー！　やばい病みつきになりそう！　レモンの方もさっぱりしてて美味《うま》い！　あ〜やっぱりビールが欲しい！

みんなにも好評だ。もしかして唐揚げにはビールが合うということですか？　と料理長は見抜いていた。いやぁ分かってるね料理長。さすがだ。

……と、メチャウマ唐揚げを堪能《たんのう》していたその時だった。

「えっ!?」

「あっ!?」

カツカツと靴の音を鳴らして入ってくる人物が一人。俺は入口から背を向けていたから、誰が入ってきたのか気付くが一歩遅れた。そして……

「旦那様!?」

そんなピモの声と同時に、俺の右肩が掴まれた。

「おい、こんなところで何をしてるんだ」

「あっ……」

やっべぇ、見つかっちった。

一気に冷や汗をかいてしまった。俺はアメロ。当然こんな刃物や火があるキッチンになんて来てはいけないに決まってる。それは俺もよく理解してる。

　そして今の、辺境伯様のお顔は……やばい、鬼の形相だ。この場の気温が急激に下がったような気がする。

やばい、一体なんと答えれば……と考えた時に視界に入っていたもの。とりあえず、俺のフォークに刺さっていた唐揚げを、辺境伯様の口の前に持っていった。これはなんだと言いたげだ。

「美味しいですよ。どーぞ！」

冷や汗ダラダラ、ひきつった笑顔。もう耐えられん。

辺境伯様はそんな俺を軽く睨みつけてきた。俺、終わった……？　と、焦っていたら……唐揚げを一口で食った。いや、一口でいったのにもびっくりだが、まさか食べるとは思わなかった。これを食べ終えたら何か言われてしまうのではと、すかさずレモン味を出すと……それも一口で食べた。黙ったまま。

「美味しいでしょ。料理長が頑張ってくれたんです。今日作るって聞いて我慢出来ずにつまみ食いしに来ちゃったんですよ～あはは～」

「……」

「ほら、俺の持ってきたレシピだから味見は必要でしょ？　それにここで唐揚げ食べたことあるの俺だけだし！」

「……」

「……もう一個、食べます？」

「……」

え、マジ？　口を開けたぞ？　まだ食いたいのか。試しに「どっちがいいですか？」と聞くと「酸味のない方」と言われ、恐る恐る口に突っ込んだ。いや、こっち見て黙ったまま食わないでくださいよ。怖いから。

反応に困っていると、フォークを奪い取られた。彼は、そのフォークを台に置き……

「うわっ!?」

軽々と俵担《たわらかつ》ぎをされてしまった。いやいやいやちょっと待って。

「えっ、ちょっ、どこ行くんですか!!」

そして二人してキッチンを後にした。ポカーンとしている料理長達に、おい助けてくれよ！　と言いたいところだけど、それよりもう一個唐揚げが食べたかった。俺の唐揚げ～！

「どこ行くんですか！」

「本当にお前は危なっかしいな。あそこがどういうところか分かって行ったのか」

「……」

「怪我はないか」

「ない、ですけど……」

「ならいい。夕食まで我慢しろ」

「……そっちだって食べたじゃないですか」

「食わされた、の間違いだろ」

いや、最後は食いたいか聞いただろ。俺二個しか食ってないんだけど。あと一個食いたかった……ずるい。

仕方ない、夕食に出してくれるみたいだし、我慢するかぁ……

「……悪いの俺なんで、ピモや料理長達には何も言わないでくださいね」

怪我とかしなかったにせよ、本当なら止めるのが当然。でも強引に頼み込んだのは俺だ。何かあったら俺の名前を出せって言ってあるけど……俺のせいで罰とか受けなきゃいけなくなるのは嫌だ。俺が全面的に悪いんだし。俺の我儘《わがまま》聞いてもらっちゃったわけだし。

「あの」

「分かった」

「あ……りがとうございます」

え、マジ？　そんなあっさり許してくれんの？　何かしら言われると思ってたのに。もしかして唐揚げ効果？　すげぇ、最強だな。

「優しいですね、旦那様？」

「お気に召さないか」

「そんなことないですよ。心配してくれたんでしょ？」

「……自分の妻を心配するのは当たり前だろ」

あ、なるほど。そういうことか。

「……なら、俵担《たわらかつ》ぎってどうなんです？」

この人身長高くて、これ結構怖いんだよ。かなり揺れるし、俵担《たわらかつ》ぎされたのだって初めてだし。

だから降ろしてくれるとありがたいんだが。

そんな俺の言葉を聞き入れてくれたのか、肩から降ろされ……たまではよかった。

「……あの、俺足ついてるんで……」

何故だか横抱きにされてしまった。

「なんだ、これもお気に召さないのか」

「いや、そうじゃなくて。降ろしてもらえませんか」

「逃げるだろ。またキッチンに戻られては困る」

「いや、戻りませんって」

このイケメンフェイスめ……顔が近くて心臓に悪いんだって‼　分かっててやってるのか分かってないのか。とりあえずめっちゃ腹を立てつつも、俺の部屋まで必死に耐え抜いた。途中から顔をそらさないといけないくらい表情筋ぷるぷるしてたけど。

そして、その夕飯に出された唐揚げは超絶美味だった。あぁ、ビールが欲しい。米も欲しい。

「ふっ」

「……なんです」

「いや。そんなに好きか、これ」

今日も、夕食は二人でとった。忙しいのが終わったから、って理由なんだろうけど……本当にそうか？

「美味しいじゃないですか」

「まぁな」

あ、認めた。やっぱり唐揚げの威力は絶大だったな。

◇

今日は外の気温がだいぶ低いので屋敷の中で過ごすことにした。図書室にでも行ってみようかな、と思いつき朝早くから図書室に来てみた。

この家の図書室は本当に広い。そしてどこに何があるのかがちゃんと書かれていて分かりやすい。

「うわぁ、ラブロマンスかよ」

いや、そもそもこれラブロマンスじゃなくてＢＬだろ。この世界には男しかいないんだし。これ書いてるのも男ってことだろ？　うわぁ、なんか考えもんだな。自分から読もうとは思わないが、結構種類がある。

あ、こっちにはアメロ同士のもあるな。この世界での百合ってことか？　なんか変だな。

「お前、こんなの読むのか」

「ひぁ!?」

後ろにいたのは、辺境伯様だった。

はぁ、いきなり後ろから話しかけんなよ。変な声出ただろ。めっちゃ恥ずかしい……

「読みたいのはこれか？」

「違います!!」

あの、バカにしたような顔やめてくださいませんか。すんごくムカつくんですけど。その指差してるラブロマンスの本が読みたかったわけじゃないっつうの!!　ただ興味本位で眺めてただけだよ!!

というか、なんでこんな時間にこの人がこんなところに？　まぁこの人のスケジュールとか仕事とか全く知らないんだけどさ。

「お仕事は？」

「自分の妻のために仕事を中断させるのは悪いことか？」

「……」

いきなりそんなセリフ言われてめっちゃビビってしまった。何この人、最初と全然違いません？

とはいえ、このバカにしたような顔は一緒だけど。

そんな風に思っていたら、何か懐《ふところ》から出してきた。あ、これって……

「本来はお前が持つべきものだからな。好きに使ってくれ」

「ありがとう、ございます……」

鍵だ。俺が持つべき、となると……あ、ピモが言ってた、観賞用の花が咲いてる温室の鍵だ！

「ピモにこれを見せれば案内してくれる。と言っても、その顔じゃもうピモに聞いてるな」

「温室ですよね」

「そうだ。またキッチンに行かれては困るからな。行くならこっちにしろ」

「危ないことはしませんよ」

「本当だろうな」

「本当です」

「ならいい」

じゃあな、と俺に鍵を渡してどこかに行ってしまった。やっぱり忙しいんじゃん。それなのにこれ渡しに来たのか。誰かに頼めばいいのに。

でも、嬉しいっちゃ嬉しい。

すぐに俺は呼び鈴を鳴らしてピモを呼んだ。すると、待ってましたと言わんばかりにすぐにやってきた。さてはそこで待機してたな？

「ピモ、この鍵の温室まで行きたいんだけど」

「おぉ！《バラの間》の鍵ですね！ようやくですか！」

なんか結構喜んでない？

「今日はめでたい日ですね。この後、料理長に伝えて食事を豪華にいたしましょう」

「は？」

「だって！　この鍵を旦那様自ら渡されたということは、奥様をここのもう一人の主人だと認めたということです！　式も挙げず、婚姻届を出した矢先に離婚届にサインをさせようとした旦那様がですよ？　しかも奥様がこちらにいらして最初の頃はお話や顔を合わせることも全然しませんでした。ですがこれでもう安心ですね！」

あー、なるほどなるほど。辺境伯様自ら渡してきたことを知ってるのな。やっぱりずっとそこにいたんだろ。

ではご案内いたしますね。そう言ったピモと図書室を一緒に出た。

ここに来た頃に屋敷内を案内されたから、どこになんの部屋があるのか大体は分かるけれど、もう一つの温室の場所は知らなかった。温室ってことは一階か屋上にあるのだろうけれど……そんなところ見かけなかったし、あまり外を歩き回れないからな。

そんなことを思っていたら、そういえばこの道、俺行ったことなかったかもと気がついた。見覚えがない。へぇ、東棟にこんなところがあったんだ。

さぁ、着きましたよ。そう言われ足を止めた。目の前にあったのは、白く大きな扉。その扉には、花の装飾がされている。青い花だ。とても繊細で綺麗な……バラか、これ。ここの温室の名前もバラの間だしな。

ピモがその扉を開けた瞬間、ふわっと爽やかな花の香りがした。

「……！」

野菜が植えてあるあの特大の温室とはまるっきり違う、庭園のような感じ。扉からまっすぐに道があって、その両脇に大きな花壇が並んでる。その先には……茶色のガーデンテーブルか。丸テーブルと、ゆったり座れる二脚の椅子。ここでティータイムが出来るのか。

花壇の花は……分からん。見たことのある花もあるっちゃあるんだけど、俺、花は詳しくないんだよなぁ。後で図書室で花の図鑑を持ってきて調べてみようかな。

でも本当に綺麗だ。花自体も綺麗なんだけど、花の配色って言うの？　ここの管理をしている庭師のセンスのすごさが分かる気がする。あ、これコスモスって言うんだっけ。日本にあった花もあるんだな。なんとも不思議な空間だ。

続いて、テーブルの先。こっちの花壇には、バラが植わっていた。赤もあるし、他にも白やピンク、オレンジに黄色、そして青もある。

「青色のバラはとても貴重なのです。土や温度、水などの条件を揃えるのが難しいと言われていますからね」

「え？　じゃあここは合ってるってこと？」

「そうさせたのです、五代前の辺境伯様が」

「奥さんのために？」

「はい」

ここの人達、奥さんに尽くしすぎだろ。だいぶ珍しいバラを作っちゃうわ、大きな図書室を作っちゃうわで。それだけこの家のご当主さん達が奥さんを愛してたってことか。

青いバラ。なんか他の花とは違う不思議な感じがする。神秘的？　とかそういうやつ。

「トゲ、ないな」

「そう改良したのです」

「奥さんが怪我しないように？」

「そうです」

え、マジ？　うわぁ、奥さんに対して過保護だな。やばいな、なんか引いてきたぞ。まぁでも、おかげでこうやって俺も見ることが出来たんだから感謝か。俺も怪我せず済むし。いや、そもそも俺これ触っていいやつ？

「今日はここでティータイムにいたしましょうか。奥様のお気に入りの紅茶をご用意いたします」

「うん、お願い」

やった。もうちょっとここ見学したいなって思ってたんだよね。別に花が好きなわけじゃないんだけど、見ていたい気持ちもある。辺境伯様がわざわざこの部屋の鍵をくれたから、という理由もあるかもしれないけど。

あと、ここにいると心が落ち着くんだよな。あ、明日はここで編み物しようかな。なんかはかどりそう。うん、いいかも！


バラの間の鍵を貰ったその日の夕食。今日もちゃんと辺境伯様がいて、そして数時間前にピモが言ったことが実行されていた。

なんか、料理が豪華になってるのですが。辺境伯様、ピモのことだいぶ睨んでません？　これが誰の仕業なのかもう見抜いているとは、さすがだ。まぁでも、食べきれないほどの量ではないし、盛り付けが派手なだけで俺が渡したレシピの料理もいくつかある。うん、美味しそう。んじゃいただきます、と目の前にいる人の視線をガン無視で食べ始めた。周りの使用人達の視線も感じるけど無視だ無視。せっかくの料理をちゃんと味わわなきゃ料理に失礼だ。……うっっまぁ♡

美味しすぎて気にする余裕がない、というのもあながち間違いではないけれど。

「バラの間」

「え？」

「どうだった」

いきなり正面の人から話しかけられた。聞かれるとは思わなかったから結構びっくりしてしまった。顔には出さなかったが。

「すごかったです。青いバラなんて初めて見ました」

「ここにしかない花だから当たり前だろうな」

……マジかよ。咲かせるのが難しいってだけだと思ってたのに。俺、だいぶ貴重なもの見ちゃったってことだよな。え、いいの？

「王宮にはないんですか？」

「ない。育てる方法を教えてないからな」

「へぇ……」

あんなクソ野郎な国王陛下達だ。こんなに貴重な花なんだからきっと強引にでも聞き出そうとするはずなのに、ということは……ん～、もしかしてこのメーテオス辺境伯には王家も強く言えない何かがあるってことか？　なんだろう、気になる。

「聞きたいことがあるなら言ってみろ」

「あ、いいんですか？」

「お前はメーティォスの夫人だろ、どこがいけないんだ？」

　まぁ、確かにそうだな。

「……青いバラの育て方なんて王室が欲しがりそうですよね」

「実に貪欲なやつらだからな。だが、聞けない、が正解だ」

「聞けない？」

「メーティォス家が辺境伯という爵位を持っているからだ。この国は他より広大で、中央から離れたこの地までは国王陛下は管理しきれない。そのため我々辺境伯は代理人としてこの広い土地を管理している。我々が陛下を裏切れば相当な損失を生むことになるから強くは出られない」

　へぇ。辺境伯の役目っていうのは知っていたけれど、確かに裏切られたら結構な損失だな。そんなの考えたこともなかった。

「そしてもう一つ。ここは冬の地であるため大量の氷を製造し王室などに納めている。この国にとって氷は貴重だからな。それもあって強く言えないんだろう。この家の当主は代々気が短いせいもあるだろうがな」

　おい、ちょっと待て。それ、自分も気が短いって言ってるようなもんだぞ。マジかよ。

でも、ここってそんなにすごい家だったんだ。じゃあどうして俺がここに飛ばされたのかって思うと……厄介払いがてら、面倒な貴族に入り込まれるより王族が入った方がいいってところだろうか。それか、王室とメーティォス辺境伯家との繋がりを作っておいた方が好都合、とか？　うん、ありそう。

「どうせこっちが睨みを利かせれば黙るんだ、王室など余程のことがない限り気にしなくていい」

余程のこと、に俺との婚姻が入ってるのか。断れなかったんだろ、俺が突っ返されなかったってことは。一体どんな手を使ったんだ？

あいつらの思惑で俺がここに向かわされたってのがちょっと気に食わない。邪魔になっちゃってないか不安ではある。申し訳なさもあるにはあるから、何かこの家の役に立てることがあるとしたら頑張ろう。

と、思っていたのは数時間前。

なんで、俺こんなところにいるんだろう。どこかって？　辺境伯様の寝室だ。

「はぁぁぁぁぁぁぁぁ～……」

風呂に入れてもらい、自分の部屋に行くのだと思ってたら、この部屋に案内された。ファイトですよ！　と一言残してピモは戻っちゃったし……どうしろってのさ。

とりあえずそこにあったソファーに座ったけどさ、これ勝手に帰ったらアウト？　じゃあどうするべきか。この部屋の主人に説明してなんとかして、も……

「なんだ、お前か」

……マジでビビった。だから、背後から現れるのはやめてくださいよ。

「……あの、その、左手に持ってるそれ、は……」

俺の首に突きつけられている、銀色に光るソレ。

「あぁ、ナイフだ。暗殺者かと思ったからな。雪も止んでるし、この部屋に近づくことが出来るやつらとさっき別れたばかりだったから用心しただけだ」

悪かったな、と離れてはくれたけど……俺、殺されずに済んでよかったぁ。まだ首繋がってる、大丈夫。

というか、暗殺者って……恐ろしいこと言わないでくださいよ。

向かい側のソファーに座った辺境伯様は、持ってたナイフを無造作にテーブルに置いた。それは仕舞ってくださった方がよかったなぁ。……とは言えない。

というか、俺も同じものを着てるけど、この人の風呂上がりのローブ姿、色気駄々《だだ》洩《も》れだな。髪がちょっと濡れてるのもなんか相乗効果出てる。イケメンは本当にずるい。

「で、これはピモの仕業だな」

「そうです」

あ、見抜いてたんだ。さすがだな。いや、分かりやすいか。なんか面倒くさいとでも言いたそうな顔してるぞ。

「あの、俺帰っていいですか」

「ピモにまた何かされそうだが」

だよなー、うん、分かってて言った。この人になんとかしてもらおうかと思っていたけれど、これは無理そうか？

ピモにはファイト！　って言われたけどさ、もしかして、アレ？　結婚した日の夜にやるはずだった、アレをやれと？　そう言いたいのか？

「恐らく、今お前の部屋は引っ越し準備をされてると思うぞ」

「えっ、マジですか」

「寝室を一緒にしろとピモに何度言われたことか。そしたら鍵を渡しただけでこれだ。もう聞く耳を持たないだろうな」

マジかぁ……この家の主って誰だっけ。ピモじゃないよな、目の前にいらっしゃるこの方だよな。あと俺もらしいし。

ピモさん、あなた結構肝が据わってますな。尊敬するわ、マジで。そんな大胆なことを実行しちゃうのはすごいと思う。

「どの道ここで寝ることになる。だから諦めろ」

「ですよねぇ……」

「どうせやることになるのは知ってるだろ。俺はどっちでもいいから、お前が決めてくれ」

どっちでもいい、とはそういう意味だろ。やるかやらないか。そして、どうせいつかはやらなくちゃならない。初夜ってやつを。後継者を作らないといけないからだ。

でもなぁ、女の子じゃなくて男の俺が妊娠して産むなんて想像がつかないんだよな。本当に出来るのか？　なんか恐ろしく思えてきたんだけど。

とは言っても、それも俺の役目っていうの？　ここに来てからずっと遊んでたけど、ちゃんと仕事はしないといけない。……多分。

「……俺、よく知らないんですよね。だから全部お任せになっちゃうんですけど……それか後日ちゃんと勉強してからってことになります。その前にピモが何かしでかす可能性大ですが」

「あぁ、俺はどちらでも構わない。もう教育は受けているし、ピモ達に関してはまぁなんとかなる」

なんとかなる……大丈夫なのか、それ。なんか恐ろしいんだが。

じゃあ……まぁいつかはやらなきゃいけないことだし仕方ない。あまり知らない人だけど、俺の旦那様だしイケメンだしな。我慢、は出来る。

「お手柔らかにお願いします」

「あぁ、ゆっくりやるから安心しろ」

と、ソファーから持ち上げられ、また俵担《たわらかつ》ぎで担《かつ》がれてしまった。この前も思ったけど、この人背たっかいからマジで怖いなこれ。肩に担《かつ》がないでいただきたかった。しかもここちょっと暗いから余計だな。

ようやくベッドに到着し、降ろされた。が……

「やめたかったら言ってくれ」

なんとも意味深な顔で言われた。

え、何それ、なんか怖い。と思っていたら、辺境伯様が俺の上に覆いかぶさってキスをしてきた。俺これがファーストキスだったんだが。ファーストキスが男だなんて、って思ったけど、そもそもこんな世界に来た時点でアウトだったよな。

ここは異世界、しかも相手はお貴族様だ。そういった人たちのするこういう行為って俺の知ってるものと同じだろうか。そう考えていたら、どんどんキスが深くなってくる。こいつ、手練《てだ》れか？

カチンとくるな……と、その時。

「ひゃあっ⁉」

バスローブの間から入ってきていた手が、俺の性器を掴んでゆっくりと撫でてきた。されたことはともかく、まるで女の子みたいな変な声が出てしまったことが恥ずかしくてしょうがなかった。

「え、んっ⁉」

焦りつつも俺自身を握ってる大きな手の腕を掴む。でも、させないとばかりにキスで舌を捩じ込まれた。ヤバい、力入んない……ンッ……

「んんっ、んっ！」

ゆるゆると撫でられて、次第に力が入ってくる。ダメだ、そこを刺激されたら……

ゆっくりだった擦る手の動きが、次第に速くなってくる。

「ンッ……ん、ふぁ、んん……んんっ！」

待って、擦らないで、はっ、離せ‼　そんなに擦ったら……

その時、耳元で囁かれた。

「――イっていいぞ」

「アっ、あぁ、やぁぁっ‼」

辺境伯様のその言葉で、あっという間に出してしまった。しかも腰がガクガク震えてなかなか収まらない。こんな感覚、初めてだ。

けど、ここで終わるわけもなく、尻の穴に違和感を覚えた。少し恐怖を感じた。待ってくれ、そんなところ誰にも触らせたことがないのに。何触って……あっ‼　なんか冷たい、と思ったら何かの容器が床に転がってる。それもしかしてローション⁉　いつの間に⁉

「まっ、待って！」

懇願するかのように辺境伯様の腕を掴み、視線を向けて必死に頭を横に振った。

そんな俺の行動に辺境伯様は手を止めたが……ルビー色の目が光ったかのように見えた。

「んあっ⁉　やっ、まっ、ちょっ、やぁ⁉」

また俺の性器を掴み、今度は容赦なく先端を擦ってくる。それと同時に、尻に穴にも指が挿入《はい》ってきた。

「やぁっ⁉　まっ、だめだってっ‼」

「ダメ？　本当にダメか？」

「そこっ、やっ、ぁあっ！」

「お前から言ったんだろ」

指が容赦なく挿入《はい》ってきて、暴れてくる。辺境伯様を押しのけようとしても力が入らなくて全くびくともせず、刺激が強すぎて腰が動いてしまう。そして……

「イっていいぞ」

指をもう一本増やされ、ナカを掻き回してくる。そして、ぎゅぅぅっと、その場所を押された。

「ぁあっ!!」

途端にびゅっ、と勢いよく白濁が出てしまった。

「はぁ……っはぁ……」

息切れでなかなか整わない。この野郎、容赦なく擦りやがって……

しかも、この勝ち誇ったような顔……すっっっごく殴りてぇ……

でも、尻の穴を刺激されて射精して、恥ずかしくなる。性器を擦られるよりもこっちの方が気持ちいいなんて……知らなかった。ただ痛いだけだと思ってたのに……なんだこれ……

「もう一本、挿入《いれ》るぞ」

そんな恐ろしい声が聞こえたけれど、俺はそれどころではなく混乱の真っ只中だった。

こんなの知らない。そもそも尻の穴なんて使ったことがないんだから。こんなの……恥ずかしすぎる。

それからどれくらい経ったのか、もう何回イカされたかも分からない。それくらい快感が強烈すぎて、敏感なところにまた強い刺激を与えられて余裕は全くない。

「そろそろ……」

「……え……」

しゅるっ、と半分脱げかていたバスローブの帯を解かれた。辺境伯様も自分のバスローブを脱ぎ捨てている。

今、ちゃんと見たけど……体、すごいな。俺とは比べ物にならないくらいヤバい。色気とかも。

そして、見てしまった。——辺境伯様の、ソレを。

「え……」

「どうした」

最初の彼の言葉の意味がよく分かった。やめたかったら言ってくれ、ってやつの。そうか、こういうことだったのか。彼のソレ、俺と比べてだいぶ大きい。なんか血管が浮いてるし。なんだこれ。

「……やめるか？」

だけど、この諦めたような顔。男として気持ちはよ〜く分かる。

「その……ゆっ、くりで、お願い、します……」

「いいのか？」

「はい、あの、本当にゆっくり！　ゆっくりでお願いします！」

いつもは表情が読めないけれど、今は結構ビックリしてるのがよく分かる。俺がもうやめたいって言うと思ってたのか。でもそれを言われた時の傷つき加減は計り知れないはず。

大丈夫、よし、大丈夫！　デカいけど！

「……分かった。挿入《いれ》るぞ」

「は、い……っ!?」

や、ばい……で、デカい……なんかデカいの入ってくる……んんっ……でっ、かぁ……!?

我慢っ……とりあえず先っちょさえ挿入《はい》っちゃ、えば……んっ……

「んっ、んんっ……んっ、んんっ……」

「ちゃんと息しろ」

「んっ……はぁ……」

凄い圧迫感で、結構苦しい。ナカがだいぶ広がってる。これもっとナカに挿入《はい》るんだよな。は、挿入《はい》るのか……？　これがちゃんと……という不安を感じ取ったのか、辺境伯様はそこから先には進んでいかない。俺が慣れるまで止まってくれるつもりらしい。こんなにデカいから申し訳なく思っているのだろうか。

「大丈夫か」

「ッ……はい、動いて、大丈夫、です……」

「分かった」

やば、い、挿入《はい》ってくる……どんどんナカをこじ開けられてく感じが、す……

「ぁあっ!!」

とある場所を掠《かす》めて、触れた瞬間にビリビリと電流のようなものが走った。さっき辺境伯様にぎゅっと押された部分。けれど、先ほどとは比べ物にならないくらいに刺激が強い。

「んっ、んんっ……」

苦しい。けど、痛くはない。痛いというよりかは、感じすぎてむしろ怖い。そして、恥ずかしい。

「半分、挿入《はい》った」

「はぁ……」

「大丈夫か。痛くはないか」

「だ、だい、じょぶ……」

「動いていいか」

手が、俺の頬を撫でてくる。最初は驚いたけれど、安心感が生まれた。苦しいのも、なんとなく落ち着いてきた気がする。一つ深呼吸をしてから、コクコクと頷くと、辺境伯様が少しずつ動き出した。俺の弱いところを潰して擦りながら、どんどんナカをこじ開けてくる。

「あともう少し」

「あっ、んんっ……」

まだか、まだ到着しないのか、どこまでだ……そう思いつつ耐えて、耐えまくった。

これ、結構挿入《はい》ったよ、な……ど、どこまで挿入《はい》るんだ……？　普通は挿入《はい》らないところまで、挿入《はい》ろうとしてる……？

ちょっと怖くなってきた時、トン、とくっついた。到達した。奥に。

「〜〜〜〜っ!?」

また電流が背筋を走り、目の前がチカチカして、頭が真っ白になった。

止まった、けど、イッた。さっきとは違う快感に、息が出来なくなった。

思った以上に、奥まで挿入《はい》ってきた。ここまで挿入《はい》っちゃっていいのか怖くなってしまう。

「全部挿入《はい》った。大丈夫か、リューク」

俺の名前を呼ぶ声がしたような、しなかったような。でも呼吸が出来ずそれどころじゃなかった。

「ッ……」

彼の、少し苦しそうな声が聞こえる。多分俺のせいだ。緩めないと……とは思ったけど、ちょっと難しい。

「動かないから、安心しろ」

顔が近付いてきて、首元がくすぐったい。そして唇を落とされ、鎖骨あたりがちくっとした。次に、唇に。普通のフレンチキスだ。

少し落ち着けたのか、右手が温かいことに気がついた。さっきまでシーツを強く握りしめてたはずなのに、辺境伯様が俺の手を握っている。同じ男なのに俺よりずっと手が大きい。

「も、だい、じょぶ……」

「……あぁ」

最初は慎重に動くと囁かれて、コクッと頷いた。

「……ンッ」

ゆるゆると、自分のナカに挿入《はい》ってるものが動き出した。前後にゆっくりと。

でかいから、感じるところを全部刺激されて、すぐに射精してしまう。これだけでイっちゃうなんて、もっと動きが速くなったら……

「ンあっ……んっ、ンっっ、ンンッ」

「声、出していい」

「へっ、変な、声、でちゃ……」

「変じゃない」

「アァっ」

デカすぎるせいで俺の弱い部分を容赦なく全っっ部擦りあげていく。しかもめっちゃいいところを見つけられてそこばかりを突いてくる。逃げたくなるけれど、逃がしてもらえるわけもない。快楽を逃がそうとしても逃げ道がどこにもない。

「あっ、やぁっ、ぁあっ！」

そこっダメだって!!　こんなの知らないっ……快楽が強烈すぎて、頭がおかしくなりそうだ。

「出る……っ」

「ぁああっ!!」

最後に強く突かれ、そこから出てきた熱い何かを感じながら、俺もまたイった。目がチカチカする。体の震えも止まらない。

「はぁ……っ」

ヤバい、出されるの、ヤバい、俺これ無理。気持ち良すぎて、普通にイくより……け、ど……

「リューク……大丈夫か」

なんか、さっきよりデカくなってません……？

「すまん……そんなに締め付けないでくれ……」

デカくなってさっきより苦しいはずなのに、今はただこう思った。

マジ……？

抜くからちょっと待ってくれ、と言われたけど……でもこのままじゃ辛いのはよく知ってる。俺も男だし。

「……どう、ぞ」

「……いいのか？」

「いや……このままじゃ、辛い、でしょ……」

「無理しなくていい」

「いえ、ダイジョブ、です……」

たぶん。

痩せ我慢もあるが、気持ちはだいぶ、だいぶ分かる。それはつらい。

さっきよりデカくて怖くはあるものの、まぁなんとかなるはず。……さっきの、気持ちよかったし。恥ずかしすぎて顔から火が出そうで絶対言えないけど。

「……じゃあ、もう少し付き合ってくれ」

「あ……〝んっっ!?」

早々に後悔した。いきなり奥を思い切り突かれて、一瞬でイった。一回動かれだけで。

——ヤバい、奥やばい!!

混乱したのも束の間、二回目の突きでまたわけが分からないままイった。

俺の頬を触ってくる手にすら敏感に反応してしまって、もう絶頂の海に投げ出されたような感覚に陥る。

「っっ～～～!?」

イった、けど、えっ、うそ、で、出なかった……？

これ……中イキなんて、女の子みたいだ。そんなの、俺は男なのに……！

羞恥心《しゅうちしん》と恐怖で余計ナカを締め付ける。けど……待って……さっき出したのに……

「ぁあ～～っっ！！」

「リューク」

「また、イぐ、からっ、もっ……」

「イっていい」

「～～～っっっ!!」

さっきより激しく辺境伯様が腰を動かす。さっき一度目をナカに出したからか、粘着質な水音が聞こえてくる。聞こえるぐらいだなんて、量多すぎ。

「ジっっ」

ちょ、まって、奥ダメだって!!

その後もなかなか辺境伯様のが収まってくれず、一体何時まで続いていたかすらも分からない。

最後の方は、俺は起きていられなかった。

夢現《ゆめうつつ》にすまんって言葉を聞いたような、聞かなかったような。

とりあえず、寝させて。もう無理。

◇

外が明るい。もう朝か。

やばい、爆睡したんだけど。寝た記憶がないってことは、あのまま気絶……？

目の前には、カーテンが閉められた窓。隙間から陽が入ってくる。でも、なんか見覚えがないような……あぁ、ここ辺境伯様の寝室か。思い出した。……というか、なんか、背中あったかくないか？　密着感があるんだが……マジかぁ。なんか後ろからのしかかる重さがある。しかも腰に腕も回ってるし、俺の頭が固いものに乗っかってる。これ腕だろ。

多分頭上にあるであろう顔は……密着してるから見られない。起き上がろうとしてもこの腕が重すぎて無理だし。だからちらり、と後ろをなんとか見ると……いた。辺境伯様が。顔は見られないけど、多分そう。てか寝てんじゃん。俺が先に起きたのか。おーい、と起こしたいところではあるけれど……なんかいつも忙しそうにしてるから起こしづらい。重くても我慢しよう。

でも、ちょっと待て、なんだこの腕。すっごく筋肉がついた、俺とは比べ物にならないくらい太い腕だ。討伐とか行ってるって言ってたから筋肉もつくんだろうけど……すげぇな。まぁ、俺アメロだから成人男性より細いんだよな。

昨日のことを思い出すと……今更ながらに恐ろしくなってしまった。何あれ。特大だったし。アレ、どこまで挿入《はい》った……？　なんか挿入《はい》っちゃいけないところまで挿入《はい》ってなかったか？　途中からもっとでかくなったし。

今考えてみると昨日の俺、結構偉かったよな。あんな巨根相手に怯《ひる》まず立ち向かったんだから。

「ん……」

そんな低い声と一緒に、背中が軽くなる。あぁ、起きたのか。俺ちょっと動いたから起こしたのかな。

「起きたか」

「……おはようございます」

「あぁ、おはよう」

離れたため反対側、辺境伯様の方に体を向けた。

「……すまん、痛かっただろ、昨日」

「いえ別に？」

「えっ」

あぁ、謝りたかったらしい。でも痛くはなかった。今下ジンジンしてないし。恐ろしくはあったけど。

「苦しかったですけど、最初だけでしたし。血、出てました？」

「いや……」

「ほら。だから大丈夫ですって」

なんかびっくりしてるんだが。そんなに驚くようなことか？　それともそんなこと言われるはずがないと決めつけていたか？

「なら体の調子はどうだ」

「だるいですけどベッドから降りられないほどじゃないです。雪だるま作りに行けるくらいの余裕はあります」

あんなにしたのに動けるなんて奇跡に近いけどな。何回したっけ？　覚えてないや。

「ククッ、なんだそれ」

え、マジ？　この人笑ったぞ。初めて、俺の前で。……なんかときめいた。イケメンずるい。俺殺されそう。

……ん？

「……どうしました？」

なんか、じーっと視線を感じたんだが。イケメンに見つめられると恥ずかしいな。

「いや、昨日やりすぎたなと思っただけだ。全部挿入《はい》ったから、ついやりすぎた。悪かった、リューク」

……名前、呼ばれた。昨日も何回か呼ばれたけど、なんかそれだけで嬉しいかもしれない。というか、昨日と今日の彼が違う風に見える。こんなに自分の気持ちを出す人だったか？　今回のことで心を許してくれた感じ？　え、何それ嬉しいかも。

「いいって言ったの俺の方じゃないですか、旦那様」

「ヴィル」

「え？」

「ヴィル、でいい」

旦那様の名前、そういえばヴィルヘルムだったな。ヴィルヘルム、で、ヴィル。愛称は家族や本人に許された人しか呼んじゃいけないんだっけ。

そうか、俺、ヴィルって呼んでいいのか。

「ありがとうございます、ヴィル」

「あぁ」

家族、かぁ……俺、父親があんなクソで母は俺を産んですぐ亡くなったから、実質俺の家族ってあの離宮の使用人達だったんだよな。増えて嬉しいな。

あ、そういえば今何時なんだろ。ヴィルは仕事あるよな。

「仕事は？」

「遅れても構わない。どうせピモのことだ、執事達には俺が出てくるまでそっとしてろとでも言ってあるだろ」

あー、なるほどなるほど。ありそうだな。でも遅れても構わないって、いいのか？　あ、もしかして結構この人優秀だったり？　こんなにすごい家系なんだから優秀そうだな。優秀でイケメンですごい家系の当主。もう優良物件じゃん。俺が結婚して捕まえちゃったわけだけど。

「今日はここでゆっくりしてろ。雪だるま作りは禁止だ」

「このベッド居心地いいんで遠慮なくいさせてもらいます」

「今日からお前もここで寝ることになるがな」

「……マジすか」

「本来はそうなるべきなんだ、観念しろ」

今日からこのイケメンと一緒に寝るのか。俺の精神もつかな、自信ないんだが。

まぁでも、この顔を眺めながら寝たらいい夢見られそう。口が裂けても言えないけど。

「腹は減ったか」

「そう、ですね……ちょっと」

「ならこの部屋に用意させる」

と言って、ヴィルは呼び鈴を鳴らした。布団から出たヴィルの上半身、直視出来ん……色気、というか、なんというか……

そして、来たのはピモ。ベッドから出たヴィルが昨日のバスローブを羽織ってドアを開けるとニッコニコな顔が見えた。あぁ、ヴィルがこの格好だから察知したんだろうな。めっちゃ嬉しそうじゃん。

「俺とリュークの食事を持ってこい。あとリュークの着替えも」

「かしこまりました！」

うわぁ、ルンルンで行っちゃったよ。なんかムカつくな。

それからヴィルはクローゼットを開けた。そこから黒いハイネックとズボンを出してきて着替えていた。着替えしてる姿もかっこいいな。ズルすぎる。

みんなこの黒いハイネック着てるよな。俺もだし、使用人達もだし。これあったかいよな〜。

「俺のじゃリュークには大きいからな。着替えはもう少し待っていてくれ」

「あ、はい」

と、ベッドの横に座り頭を撫でてきた。なんか優しいんですけど、この人。

「なんか最初とは俺に対する態度が正反対ですね」

「ご不満か？」

「そんなんじゃないですけど」

「ここに来る貴族達は一日二日くらいで痺《しび》れを切らして帰るからな。お前みたいにここで楽しんで過ごすやつなんていない」

「変なやつだって？」

「いや、面白いと思ってな」

あ、はい、そうですか。ただ俺はここを追い出されたら後がないってだけなんだけどさ。あとは前世で雪に慣れてるから？　まぁ言えないけど。

それにここだと安全って理由もある。兄達に放ったらかしにしてもらえてるってのもあるし。

なんて思ってたらピモが来た。お着替えをお手伝いいたしましょうかと聞かれたけどヴィルが断った。その時のピモの喜びようと言ったら、な。マジでなんなんだあいつは。

「着られるか」

「大丈夫ですよ」

どうせ自分で服着たことあるし。と言っても前世の話だけど。

その間に、ヴィルは持ってきてくれた朝メシをテーブルに並べてくれた。ここの主人にこんなことをやらせていいのかとヒヤヒヤしたけど、まぁ自分でやったんだからいっか。

と、思っていたらこっちに来て……抱き上げられた。は？　と驚いていたが、当然のようにソファーまで運ばれる。ベッドから降りられるくらいの余裕はあると言ったはずだよな……

本当にどうしちゃったんだ。

「……昨日のせいで手が動かないなー」

「……」

「どーしよーご飯食べれないなー」

なんて冗談を言ってみた。……え、マジ？　隣に座って俺の皿の料理切り始めた。マジでする気？

ただの冗談のつもり、というかさすがにここまではしないだろっていう確認みたいなやつだったんだけど⁉

「あ、あの、腕動きます。ただの冗談ですから……」

「別にいい」

「あの、昨日のことは別にいいですから、罪悪感とか覚えなくて大丈夫ですから！」

「そんなのはない。ほら、口開けろ」

「フォークくださいよ‼」

「やらん」

「ヴィル⁉」

やっべぇ完全にやらかした！　冗談だったのに‼　しかもあんな分かりきった冗談に乗るなん

て!!　というかこの笑いよう!!　絶対わざとやってるよこれ!!

「ご飯、食えないんだろ？」

「だから冗談ですって!!」

「ククッ、何必死になってるんだ」

「ヴィルのせいでしょ!!」

面白がってぇ……じゃあ代わりにヴィルのフォーク使うぞ！

……と、思ったら、なかった。なんでヴィルの向こうにあるんだよ!!　分かっててやったな!!

「ほら、食え」

「むぅ……」

これは……食うしか、ない。腹減ってきたし。

恥ずかしいとかそういうのはない、うん、ない。なら食える。そう自分自身に言い聞かせて一口食べた。……うまっ。やっぱりここの料理はマジで美味《うま》い。

もう一口、と差し出され、それも食べた。てか、ヴィルはいつ食うんだよ。

「ヴィルは食べないんですか」

「なんだ、食わせてくれるのか」

「なわけないでしょ」

「つれないな、前にしてくれただろ」

「……」

唐揚げ事件か。いや、あれは命の危険を感じて仕方なくやったわけで、必死だったから出来たことだ。それとこれとはわけが違う。

「……そういえば、そろそろ夏ですね」

と、観念して仕方なく話を変えた。

「そうだな、本格的な夏になる」

「どんな感じです？　雪降らないんでしょ？」

「ああ。それに気温も上がって積もっていた雪がすぐに全部溶ける。それに、商会も忙しくなる」

「商会？」

「うちには商会があるんだ。主に野菜や天然水、そして氷を売り出している。首都はもうそろそろ猛暑。メーティオスの氷は需要が高いから、これから注文が殺到する。夏前までに用意しておいた氷をどんどん首都に運ぶことになる」

確かに昨日氷の話をしてたけど……そんなに需要があるのか。

「ここの天然水は定期的に売り出しているが、商会の中では一番の売り上げを氷が占めている。だいぶ前から注文分を首都に運び込んでいて、これからの大仕事に向けて準備に取りかかっている」

「そこまでですか」

「首都でも食用の氷は作られているが、ここは格別だ。天然水を使っているからな。リュークもここに来て気付いただろ」

「あ、はい。水がとても美味しかったです」

前世でも飲んだことのない、本当に美味しい水だった。この場所だからこそってことか。離宮じゃ、水は本当に美味しくなかった。けど夏は猛暑だったからマジで死にそうで、仕方なく氷にして口にしていた。まぁ慣れっていうのは怖いもので、小さい頃からそればかりだったせいでもう口が慣れてしまった。

こっちに来て飲んだ水の美味しさと言ったらね。マジで感動したよ。

でも知らなかった。ここには商会があるのか。こんな地でどうやって生計を立ててるんだろうって疑問だったけど、これだったのか。

ここは冬の地。生活するには結構酷《こく》な場所だ。ここに住むなんて言い出した最初のやつは一体誰なんだろうと思ってしまうけれど、きっとここしかなかったんだろう。それなのに生きるすべを自分達で見つけ、生きるために必要なお金を稼ごうと知恵を絞った。

本当に、すごい人達だ。ここにいる人達は。

「じゃあその氷でかき氷、食べてみたいです」

「……」

……ん？　なんだその反応は。いや、ちょっと待てよ、確か以前にもそんな反応をされたな。そう、それは雪だるまについてだった気が……

「《かき氷》とは、なんだ？」

やっぱりそうだったかぁ～！

じゃあこの世界にはかき氷というものがないということか。離宮では氷や水がマズすぎて言ったことなかったもんな。マジかぁ、かき氷がないのか。

「……氷を薄く削るんですよ。シャリシャリに。そこにイチゴとかのシロップをかけて食べるんです」

「削る、のか……」

やっぱりそういう発想ってここにはないのね。名前が違う同じものはないかなっていう期待もあったんだけど見事に打ち砕かれたな。

「どうやって削るんだ」

あ、食いついた。

とりあえず、説明した。家庭用のかき氷機についてを。ちゃんと伝わったのかどうかは分からないけど、「分かった」と言ってきた。でも何が分かったのかは分からない。まさか、作ってくれるとか、ないよな……？

そんなフラグを、数日後に回収することになることを今の俺は知らなかった。

朝食が終わり、ピモを呼んで片付けてもらう。

「今日はここで大人しくしてろ、いいな」

「はいはい」

「じゃあな」

ヴィルはそう言って頭を撫で、出ていってしまった。頭を撫でるのが好きなのか。

「奥様と旦那様の仲睦《なかむつ》まじい姿を見ることが出来て安心しました」

「ピモ、お前怖いもの知らずだな」

「なんのことですか？」

「……」

お前のその自信がどこから来てるのか教えてほしいわ。

これから、俺のクローゼットなどをこの部屋に運ぶらしい。少しうるさくなってしまいますがよろしいですか？　と聞かれたが別に気にしない。今日はここで本でも読んでようかな。

引っ越しと言っていたけれど……俺の荷物って言ったらトランク一つしかない。ここで用意してくれたものもあるものの、引っ越しなんてすぐに終わってしまうと思う。まぁ家具を運ぶのは大変だろうけど。

「そういえば奥様、一つお聞きしてもよろしいでしょうか」

「何？」

「奥様がお持ちしたトランクの中に入っていたものなのですが……」

「あぁ、クラリネットか」

「奥様は楽器もお使いになったことがあるのですね」

「まぁね。あれはプレゼントなんだよ、離宮使用人達から誕生日に貰ったんだ。ほら、色々と暇だったし」

「素敵なプレゼントでしたね」

「うん、まぁ嬉しかったかな。だから宝物なんだ」

使用人達がお金を出し合って買ってくれたらしい。使用人の中に経験があるやつがいたから教えてもらったんだけど……腕はまぁまぁってところかな？　センスありますよ！　ってだいぶオーバーに言われたものだ。

「下手くそだし演奏しないからな」

「そうですか？　奥様は色々と手先が器用ですから得意そうに見えますが……」

「いや、そんなんじゃないから。ヴィルにも黙ってろよ？」

「えっ旦那様にもですか⁉」

「聞かれたら別にいいけど、恥ずかしいから自分から言うの禁止」

だいぶ残念そうではあったけど、釘はちゃんと刺しておいた。やめてくれ、自分から痴態《ちたい》を晒すのだけはやりたくない。


今日はここにいろ、と朝言ってきたヴィルは昼になると部屋に戻ってきて、寝室で一緒に昼飯を食べた。そして夕飯はちゃんと食堂でとるからと迎えに来た。

「大人しくしていたか」

「なんです、子供相手みたいに」

「危なっかしいことをしでかすからそう言われるんだぞ」

「……今日ずっと部屋から出てませんよ」

「それならいい」

危なっかしいことをしでかす、とはキッチンに行くとかそういうのを言ってるんだろうな。あぁ、あと寒い中外に出たことも言ってるんだろうな。

部屋から出てない、とヴィルには言ったが……今日の昼飯を食べた後、眠すぎてお昼寝をしていた、が正解だ。昨日あんまり寝てなかったからだ。いやぁ、あんなフカフカ寝具でのお昼寝なんて最高だったな。でも、昼飯食ってからのお昼寝は太る原因になりそうだからもうしないけど。

今日はピモ達がヴィルの寝室への引っ越し作業をしてくれたので、当然今日から俺はヴィルの寝室で寝ることになる。あ、昨日も寝たけどさ。

夜、ヴィルより先に寝室に来た俺はもうすでにベッドの中だ。

「枕めっちゃピッタリなんだけど。やばいな、今日はいい夢見れそう」

元々使っていた持ち主が不在だし、来るまで待ちたいところだが……この寝具には勝てない。昼間ずっとここにいたけどさ、マジで気に入った。

「だいぶ気に入ったようだな」

「あ、お疲れ様です」

「あぁ」

風呂上がりのヴィルが帰ってきた。すでにベッドに入っていた俺のすぐ脇に座り、また俺の頭を撫でてくる。

「俺、今朝みたいに左側でいいですよね」

「好きな方でいいぞ。寝相は悪くなさそうだから安心だな」

「……バカにしてます？」

「さぁ、どうだろうな」

ムカつくな。このベッドの元持ち主だけど。

「さっさと寝ましょう、お疲れでしょ」

「そんなに疲れてはないが……早く明かりを消してほしいならそうしよう」

いや、そういう意味ではなかったのに。まぁいいや。

「お休みのキスは必要か？」

「いりません」

「ククッ、即答か。傷つくな」

「本当にそう思ってます？」

「本当だ」

そう言いつつ、断ったにもかかわらずキスをしてきた。昨日もされたけど……恥ずかしいんだが。

クスクス笑いながら隣に入ってきた。これ、絶対遊んでるよな。腹立つけど何も言い返せないから余計腹立つな。

誰かと一つのベッドで寝ることはまだ二度目だから妙な気分になる。なんて思いつつ仰向けに。

すると隣の人はこちらを向いて頭を自分の腕で支えていた。

「寝られるか」

「目、冴えちゃってます」

「昼寝したんだからそうだろうな」

「え、なんで知ってるんですか」

「さぁ、どうしてだろうな」

え、何それ。ピモにでも聞いたのか？　でもそれなら普通に言うだろうしな。分からん。まぁ別にいいけど。

「明日は何をするんだ」

「明日？　明日は……バラの間に引きこもって植物図鑑を開きます。これ結構楽しいんですよ」

「花を調べるのが？」

「はい。首都にないものが結構あるんで知らないのばっかりなんですよ」

「首都にはなかなか行かないからよく分からないな」

「え、行かないんですか。首都に屋敷あるでしょ」

「ほぼ行かん。あそこは貴族が集まりすぎて堅苦しいし息が詰まるからな。そもそも、あんな古狸の顔を拝みに行く必要が全くないのに、行かなければならない意味が全く分からん」

うわぁ、そんなに嫌なのか。しかも、古狸……その古狸が誰なのか分かっちゃうのはいかがなものか……

「でも、去年の陛下のお誕生日パーティーは行ったんでしょ？　すぐ帰ったって聞きましたけど」

そう、初めてここに来た時、一緒に来た役人がそう言ってた。

「さっさと行ってさっさとここに帰った。首都の屋敷には寄ってない」

「……そんなに嫌いですか」

「あぁ」

うわぁ、きっぱり言ったぞ。嫌いって。いいのか？　それとも、以前何かあったのか？　これは聞くに聞けないな。聞いちゃいけない気がする。

でもさ、その古狸の血を引く人が今ここにいるんだよ。と言っても、同じなのは髪と瞳の色だけで顔は似なかったらしいけどな。ちゃんと見たことはなかったからよく分からないが、これは離宮使用人達が言ってた話だ。あ、今陛下は銀髪じゃなくて白髪だけどな。

「古狸の話はもういい」

……そんなに嫌いなのか。

「……明日、一緒にお茶でもします……？」

「バラの間でか」

「はい」

古狸関連の話は今後もしないでおこう。

……あの、しょうがないなみたいな顔やめてもらっていいですか。頭撫でるのも。

◇

メーテォス家邸宅にあるバラの間。そこにはいくつもの種類の植物が植えてある。色鮮やか、というわけではない。緑も多いし、まだ蕾《つぼみ》のものだってある。でも俺はこの雰囲気が好きだ。

「本当にトゲがない……」

バラの茎には本当にトゲがない。それもすごいけど、青バラがあるってところにもびっくりだ。確か、地球では青いバラは自然界には存在せず着色とかしないと作れなかったはず。

「気に入りましたか？」

「うん。バラなんてそんな見たことなかったし、新鮮でさ」

ピモはニコニコと話しかけてくる。一体何を考えているのやら。あぁ、そういえばヴィルとこの後ここでお茶するんだったよな。

「ここは奥様の温室ですから、お好きなようにしていただいて構いませんよ」

「切ってもいいのか？」

「はい。どこかに飾りましょうか」

「ん〜、なんか可哀そうだからいいや」

「奥様はお優しいですね」

「そうか？」

優しいかどうかは分からないし、必要な時は切るけどな。

……目が覚めた。いつの間にか眠っていたみたいだ。

おかしいな、なんか、やけに暖かすぎる。温室で植物図鑑を開いて歩き回っていたはずだ。なのにどうして……

「起きたか」

「……なんでいるんです？」

「言っただろ、お茶すると」

「そういえば言いましたね」

「自分で言ったのに忘れてたのか」

「……いや、一応覚えてました」

「本当か？」

「はい」

でもさ、俺はどうしてヴィルの膝に乗ってるんだよ。しかもヴィルの肩に頭をのせて寝てたのか。ヨダレついてない？　大丈夫か？

「頬に本の跡がついてたぞ」

なるほど、席に座って読んでたら寝たと。まだヴィルの膝に乗っていた理由は分からないのだが。起きた瞬間イケメンの顔なんて心臓に悪い。

というか、あったかかったのはヴィルの上着が肩にかかってたからか。あとヴィルの体温。そりゃ暖かいわけだ。

ところで、その俺の腰に回してる手、どかしてくれませんか。俺、降りられないんですけど。

「寝ちゃってすいません、降ります」

「別にいい」

と言いつつキスをされた。なんか、ご満悦じゃありません？

何故かいなくなっていたピモを呼び鈴で呼び出しお茶の準備をさせた。すんごくニコニコだったのは、これが理由か。まぁさすがにお茶が来た時は降ろしてくれたけど。

バラをバックにお茶を嗜《たしな》むイケメンの絵は眩しかった。危険なくらいに。

◇

ヴィルヘルム・メーテォス。こいつは出来る男だ。

「う、わぁ……かき氷機だ……」

俺がかき氷の話をしてから数日後、ヴィルが俺のところに持ってきたのだ。かき氷を作る機械を。試作品だから見てくれ、と。もう見た目はかき氷機そのもの。こいつ知ってて同じもの作ったのか？

ハンドルを回すと、下に置いたお皿に向けて削られた氷が落ちていった。ガリガリじゃなくて、ちゃんとシャリシャリしてる。そして作ってきたイチゴのシロップっぽいのをかけて、食べた。

「どうだ」

「うっま！　かき氷だ……完璧です！」

「そうか」

すご、もう出来ちゃったなんて。というか冗談半分で喋っただけなんだけど、まさか実現させるだなんて思ってもみなかった。一体どうやって作ったのか聞きたいところではある。

ヴィルも食べますか、そう聞こうとした時には、スプーンはもうヴィルの口の中。そう、スプーンを持ってる俺の手を掴んで勝手に食ったのだ。一言言え、一言。

「味わったことのない食感だな」

「美味しいでしょ」

「あぁ。首都のやつらが欲しがりそうだな」

「あははっ、今頃俺の兄弟達は暑さにヒーヒー言いながらここの氷を食べてるでしょうね」

そう考えるとなんか滑稽《こっけい》だな。こっちは優雅に氷を美味しくいただいてるわけだしさ。

「これ、みんなにもおすそ分けしてきていいですか？」

「みんな？　使用人のやつらにか」

「はい。今日の俺はかき氷屋さんです」

「ぐるぐる回すのが楽しいんだな？」

「あはは、バレてました？」

「ククッ、顔を見ればな。じゃあ行ってこい」

そう言ってキスをしてきた。いやちょっと待て、ピモがそこにいるんだが。最近こういうの増えてないか？　え、まさかのヴィルはキス魔？　マジか、全然そうは見えないのに。

かき氷をヴィルと食べ終えてから、ピモにかき氷機を持たせて部屋を出た。キッチンに行ってもいいが中には入るなよ、とヴィルに釘を刺されたけれど。

お皿とかが必要だからキッチンに行って給仕用の台車とお皿とスプーンを貰おう。あ、あと一番忘れちゃいけない氷な。

実は、氷が溶けないようにするためのクーラーボックスみたいなものがあるらしいんだ。だからそこに氷を入れて歩き回ればいいってことだ。


「奥様!?」

「こんにちは、みんな」

やっぱり俺がキッチンに来るとそういう反応になる。この前強引にここに入れさせてもらった上にヴィルに見つかっちゃったことを悪かったなって思っていたから、まずはキッチンのみんなに味わってもらおう。

「休憩中の人はいる?」

「あ、はい。いかがしました?」

「日頃の感謝を込めて、かき氷を作らせていただきます」

「えぇえ!?」

ということで、ピモが用意してくれた氷を設置して、ぐるぐる回し始めた。ここの人達はこれを見るのは初めてだからか、休憩中の料理人や給仕の人達がこぞって集まってきた。

グルグル回して、シャリシャリ氷が削られていき、そして下に置いたお皿に落ちていってこんもりお山が出来た。うん、これ結構楽しいよな。

「はいどうぞ。ごめんな、イチゴ味しかなくて」

「いえいえ！　ありがとうございます！」

「奥様が手ずから作ってくださるのですから光栄です！」

「はは、ありがと」

後で、他のシロップも作ってみよう。作ったことがないけれど、ジャムのゆるいバージョンって感じかな。ま、美味しければいっか。

本当ならよくあるあのサイズのかき氷にしたかったんだけど、時間がかかるし溶けちゃうから小さめバージョンでみんなに振る舞った。うん、美味しそうに食べてる。よかった。

「奥様に色々とよくしていただけて、いつも光栄に思っています」

「はい、奥様のおかげで私達幸せです。来てくださってありがとうございます」

え、いきなりなんだなんだ。

「そんな大げさな」

「大げさではございませんよ。ここは隣国と一番近い場所ですし、住みづらくもあります。首都や他の地方からは、野蛮人達の集まりだとよく言われています。ですから、代々このメーティオス《※》へ嫁入りしてくださる方はなかなか見つからず苦労していたそうです」

「恐れながら、こんなところに来てしまい、最初はすぐにお帰りになるのではと思っていまして……ですが、奥様がこんなに穏やかに、楽しくここで過ごしてくださる姿を見ると、私達も気分が穏やかになるんです」

「奥様のおかげです。ありがとうございます」

「ありがとうございます」

「あ、うん、こちらこそ」

あ、そう思われてたんだ。知らなかった。というか、面と向かって言われるとなんか照れるな。

確かにこんな遠い雪だらけの土地じゃ嫁入りは難しいっちゃ難しいか。でもそう考えると、ここにある大きな図書室も、バラの間と青いバラも、それがあって作られたのかな。

とは言っても、俺はここで十分楽しく過ごせてるから別に関係ないんだけどな。ほら、ヴィルにこのかき氷機も作ってもらったし。

これから毎年夏にはみんなに日頃の感謝を込めてかき氷を作らせてもらおう。ほら、これでもう一つ楽しみが出来た。こういうことだよね。

ここの人達も、みんな親切にしてくれてるし。何不自由なく過ごしてる。ありがとう、みんな。

◇

本格的な夏が始まる前に、とある人物達が来訪してきた。

「お久しぶりです、辺境伯様、夫人」

「……」

俺がここに嫁《とつ》いできた時に一緒についてきた役人達だ。あんなにここを毛嫌いしていたのにどういう理由で来たんだ？　すんごくニコニコ顔だし、俺のことを無視しないし。

一人が何かを大切そうに抱えてる。なんだ、その小さめで古ぼけた箱は。

「国王陛下の代理として参りました。夫人の持参金を送るのが遅くなってしまい申し訳ない、とおっしゃっていました」

持参金？　まぁ結婚する際に持参金を持って嫁《とつ》ぐのは当たり前のことだけど、用意なんてしてくれるやつらじゃないだろって思ってた。

でも、今更？

一体何を持ってきたのやら。そう思いつつ、ふたを開けた箱の中身を見た。……おいおいちょっと待て、コレが⁉　俺の持参金⁉

「夫人は大切な王子でした。ですから《古代遺跡の発掘物・王の盃》くらいは必要だろうと国王陛下はおっしゃっておられました」

う、わぁ……何それ。普通持参金ってお金じゃなかったっけ。古代遺跡の発掘物なんて……

一体どんな価値があるんだ？

「国王陛下からは、貴殿と縁が結べたことを、嬉しく思う。長い付き合いとなるであろうから、これからもよろしく頼む。とのお言葉でした」

「……なるほど、な」

なんか、まずいことに、なった？　そんな気がするんだが。一体、この品物はどんなものなんだろう。

やつらが帰って、客間を出ようと思ってたら、ヴィルが座ったまま考え込んでいた。やっぱりこれ、まずかった？

「ヴィル」

「……いや、なんでもない」

なんでもない、ねぇ。

……なんでもないわけないだろーが。よく分からないけど、古代遺跡からの発掘物だぞ！　しかもヴィルのその顔！　全然問題ないわけないだろ！

俺は、さっきまで座っていたヴィルの隣に戻り、両手でヴィルの両方のほっぺたを思い切り挟んで強引にこっちを向かせた。

「なんでもなくないでしょ。俺今の状況がどうなってるのか分からないですけど、俺のせいでなんかまずいことになったのは分かってます」

「いや」

「だから教えてください。俺のせいなのになーんにも知らないのは嫌です。俺にも出来ること、あるか分からないけど、ヴィルの助けになりたいって思ってるんです」

もうここしか居場所がない俺を追い出さなかった。ここに置いてくれて、楽しい日々を送らせてもらってる。

だから、恩返し、したい。

「……仕方ないな」

はぁ、とため息をつきつつもそう言ってくれた。やった、と喜んでいたのも束の間、後頭部を掴まれてキスをされた。まぁコレくらいは、と思ったけどなかなか離してくれない。意地悪か？　意地悪なのか⁉

「っはぁ……」

やば、唾、線が出来てる……なんか恥ずかしい。と思っていたら今度は優しいキスをされた。

「俺の可愛い妻の頼みだからな。お望み通りにしてやろう」

「……」

「ご機嫌斜めか？　そんな顔しないでくれ」

「させたのはどこのどなたですか？」

「それは大変だ。なら早くお願いを聞いてやろう」

そうだよ、俺は困ってる理由を聞きたかったんだよ。話をそらすな。

「まずは、結婚の際に持参金が必要だということは知ってるだろう。だが、暗黙の了解で、王族を貰い受けたらそれ相応のものを返礼として献上しなければならない、というのは知ってるか？」

「えっ」

何それ、俺知らないんだけど。暗黙の了解？　じゃあこの《王の盃》レベルのものを献上しなきゃいけないってわけ？

「これは金額で表すことが出来ない代物だ。ということは金は献上出来ない。となると、ものになる。ウチで一番王族が欲しがるものはなんだか分かるか？」

「青バラ‼」

「そうだ」

え、マジ⁉　アイツらやっぱりここの青バラ狙ってるのかよ⁉

あれは、ここの何代か前の当主が奥さんのために研究を重ねて作ったバラなんだろ？　そんなの渡せるわけないじゃん‼

「だが、それに値するものがもう一つある」

「えっ？」

もう一つ？　なんかあったっけ？　と言っても俺ここのことあんまりよく知らないしな。

ヴィルは隣にいる俺を抱き上げ立ち上がった。いや、そんなことしなくていいから。

「執事、いるか」

「はい、こちらに」

「《白の間の鍵》を持ってこい」

「かしこまりました」

と答えて、執事はどこかへ行ってしまった。

白の間の鍵とは？　聞き覚えがないんだが。と思っていたら、俺を抱き上げたままのヴィルが部屋を出た。

「あの、さっきの王の盃を客間に放置していいんですか」

「あんなガラクタになんの価値があるんだ。どうせ腹いせによこしてきたんだろう」

「えっ？」

「何代か前の当主が王族に向かってこう言ったんだ。クソなお前らの支援なんていらない、とな」

うわぁ、なんてことを。でもなんかヴィルも言いそう。血は争えないって言うしな。


そうして辿り着いた場所にあったのは、白い扉。バラの間とは違って雪の結晶が彫刻されている。

鍵を持ってきた執事が扉を開いた。


「う、わぁ……」

とても、煌《きら》びやかだ。俺の部屋より少し狭いけど、それでも十分広い。床も壁も天井も、輝く白。

そして部屋の中には、まるで博物館のように、台の上の透明な箱に入れられた宝石がいくつも飾られている。

どれも大きいし、輝いている。けど、宝石と言っても加工されてない原石の状態だ。

「……これ、もしかして、何代か前の辺境伯様が奥さんのために集めたやつとか……？」

「あぁそうだ」

やっぱりそうかぁぁぁぁぁ!!

なんか、この家の人達の執着心ってやつ？　ヤバすぎだって!!

そして、ふと視界に入ったのは、奥にあった大きな箱。

「さっき言ったのはこれだ」

近づき、中を覗いたら……呆然としてしまった。というか、魅入《みい》られてしまった。

なんだ、コレ。透明で、その中に銀色の線がいくつも見える。割れてるわけじゃない。すごい、とにかく、すごい。

「これはスノーホワイト」

「へぇ……」

「雪山の奥に鉱山があるんだが、白ヒョウなどのおかげでコレしか掘り出せなくてな。だからここにしかない」

「……これ、王室は知ってるんですか？」

「いや、知らない」

「なる、ほど……」

「だが、コレには手をつけたくないのが俺の考えだ」

「……はい。俺もそう思います」

きっと、青バラにも手をつけたくないってヴィルは考えてると思う。あんな汚い手を使ってくるやつなんかに渡してたまるか！

とは言っても、じゃあ何を献上するかって問題がある。

ん～、どうしたものか。

しばらく悩んで……俺は思い知らされた。

考えてみれば、俺、ここの奥方なのになーんにもここのこと知らない。まぁ、嫁《とつ》いできて一年も経ってないけど。

でも俺、このままでいいのかな。もう一人の主人だろ。

部屋に戻り、ピモにこう告げた。

「なぁ、ピモ。お願いしていいか」

「はい、いくらでもおっしゃってください」

「この領地に関する本、全部持ってきてよ」

「えっ、全部、ですか」

「そ、全部」

俺、もっと勉強しなくちゃダメだ。ここに来て少ししか経ってないから分かんない、じゃダメだよな。

みんなのために。ヴィルのために。

「奥様はお仕事などはされなくてよろしいのですよ？」

「いーの、早く持ってきて」

と、部屋から追い出した。

そして数分後、ピモが何冊かの本を抱えて戻ってきた。なんかどれも分厚そうなんだが。

「これで全部？」

「また持ってまいります」

「うん、よろしく」

え、そんなにあるの？　と思ったが自分で言い出したんだから弱音吐いちゃダメだろ。

さてさて、まずはどれから読もうかな。見たところ、古そうな本から比較的新しい本まで様々だ。

そのうちの一冊を読んでみたところ、書かれていたのはこの領地の歴史や、現在の人口などなど。

ちょっと難しくはあったけど、まぁなんとか理解は出来そうだ。

「なぁピモ、ここって温泉があるのか」

「はい。この屋敷にも使われていますし、領地にも湧き出ていて領民達が利用しています」

「銭湯とか？」

「はい。皆仕事終わりに銭湯を利用するのです。旦那様が管理されていて、ここの領民でしたら好きなように入れるのですよ」

そんなのあったんだ。知らなかった。けど、こんなに寒い地域じゃ温泉に入りたくなるよな。しかも好きなようにってことは無料で入れるってことか？　いいなぁ～、俺も入りたい。

待てよ？　じゃあ領地の外から温泉目当てに来る人っているのか？　こんな寒いところだし、奥方として来てくれる人を探すのも大変だって言ってたのに。

「なぁピモ、領民以外でここに来る人っているのか？」

「そうですね、仕事関係で来る方々以外はごく少数ですね。領民達と繋がりのある者達がほとんどです」

なるほど、まぁそうなるか。

でもなんか勿体ないな、とも思う。領地の人達が使えてるのだからそれでいいじゃん、とも思うけどさ。

「あ、白ヒョウ」

ページをめくったらその記述があった。俺達を困らせている迷惑野郎。ったく、どうしてこの地域に来たんだ？　後から聞いたけど、最初はここには生息していなかったんだろ？　……って、

「二・五メートル⁉」

「いかがしました？」

「し、白ヒョウって、体長二・五メートルもあるの……？」

「えぇ。オスの中で比較的大きいものでしたら三～四メートルのものもいます」

……地球にある動物園にいた黒ヒョウってどれくらいの大きさだったっけ。たぶん倍以上になるよな、こっちのヒョウって。

え、こっわ。こんな巨大なやつが暴れたらひとたまりもないだろ。そりゃ問題になるわな。恐ろしっ。

「これ、よくヴィル達は討伐出来るな」

「そりゃ、このメーテォス辺境伯の騎士団はそこいらの騎士団よりも優秀ですから。それに、一番は旦那様の存在ですね」

「え？　強いの？」

「強いなんてものではございません。旦那様がいればとりあえず命の危険はないと考えてもよろしいくらいです。凶暴化したオスの白ヒョウを単独で倒してしまうのですよ。怪我して帰ってきたことは全くありませんし」

……スゲェなあの人。最強か？　まぁあんなに筋肉ついてたし。

「昨日なんて捕獲されたのですよ。捕獲は殺すより難しいですが、生態の研究のため連れて帰ってきたのです」

「え、マジ？」

「えぇ。被害を少なくするためです」

なる、ほど……

やっぱり、ここの当主は生半可《なまはんか》なやつじゃ務まらないってことか。すごいと言うかなんと言うか。

なんて思っていたらもうお茶の時間じゃん。

「なぁ、バラの間行っていい？」

「かしこまりました」

手に植物図鑑を持って、バラの間に向かった。

難しい本ばっか読んでたからその息抜きってことで。

「本日のお菓子はマドレーヌですよ」

「あ、料理長作ってくれたんだ」

「頑張ってくれました」

料理長は俺の渡したレシピから頑張ってあれこれ作ってくれている。お菓子は難しいかなと思ってたんだけど、ＯＫだったみたいだ。材料とかの心配もあったけど色々と揃ってるらしい。首都と繋がってる魔法陣があるから運ぶのは簡単か。

いやぁ、毎日美味しいものが食べられるって最高だね。

「……ん？」

とある本のページに、俺は目を留めた。それは……

「……確かあったよな、ここに」

本を持って、早歩きで向かった。背の高い花とかが生えてる先にある、緑たっぷりな一角へ。お、あったあった。

大きめの葉っぱに、小さくて可愛い白い花がついているこの植物。

「なぁ、これって何に使われてるの？」

「え？　観賞用ですよ？」

「あ、やっぱり？」

本にもそう書いてあった。俺の知ってる使い方はしないらしい。

「これ、摘んでいい？」

「え？　これ、ですか。構いませんよ。ここは今奥様の温室なのですから」

と、いうことで摘ませてもらった。そして、俺にはこの後向かうところがある。

そう、ヴィルのいるであろう執務室だ！

ピモに執務室の前まで案内してもらい、コンコンとノックをした。中から、ヴィルの声がした。誰だ、と聞かれ俺だと答えると、少しの間があったものの入れと言ってくれた。

「失礼します！」

あ、中に何人かいた。お仕事中だから仕方ないよね。

初めて執務室に入ったけど、結構広いし、本棚が沢山ある。ソファーにローテーブルもあるし。へぇ、こんな感じなんだ。

「なんだ？」

「昨日、白ヒョウ捕まえたんですよね？」

白ヒョウ、という言葉にヴィルは眉毛を動かした。

「……誰に聞いた」

「見せてもらいたいなぁ、なんて」

「ダメだ」

キッパリとそう言われてしまった。さっきの反応でもしかしてと思ったけど、やっぱりか。

「えぇ～！　ちょっとだけ！」

「ダメなものはダメだ。白ヒョウは危険な動物だ。お前を近づけさせるなんてこと出来ないに決まってるだろ」

「じゃあヴィルが近くにいればいいじゃないですか」

「ダメだ」

「だってヴィル強いんでしょ？　あれ、捕まえてきたのヴィルだって聞きました。捕まえるの、殺すより難しいんでしょ？　それだけ強いヴィルが近くにいれば安全じゃないですか」

「……ダメだ」

「ケチ」

これじゃあ埒《らち》があかないな。せっかくこれ持ってきたのに。

けど、このまま引き下がるわけにはいかない。だってヴィルのためだもん。なら、腹括《くく》るしかない。

「それで、その花はなんだ」

「……」

カツカツカツと、資料などが積まれたテーブルの向こう側に座るヴィルの方に回った。おい、と呼ばれたのを無視して、花をテーブルに置きガシッとヴィルの両頬を掴んで……

ちぅ～～～～。

思いっきり、キスをした。使用人達がいるし、ピモもいるけど今は恥ずかしがってる場合じゃない。

うわ、めっちゃびっくりしてるよこの人。

「ダメ？　ヴィル」

「……」

「ねぇ、ダメ？」

あ、渋ってる。もう一押しか。と思ってたけど……後頭部をがっしり掴まれた。

「んぅ⁉」

そして、なっっっがいキスをされてしまい、息切れ寸前のところで離してくれた。

あっぶねぇ、死ぬところだった。もう恥ずか死にそうではあるんだけど。

「おい、騎士団長と副団長、あと精鋭部隊を地下に呼べ」

「か、しこ、まりまし、た……」

「行くぞ」

と、硬直している使用人に命令したヴィルに抱き上げられてしまった。

……これ、上手くいった？　とはいえ、この体勢は恥ずかしいんですけど。え、このまま行くの？　もうすでに恥ずかしいのにこんなことまでされたら死にそうなんですけど。

「絶対に俺から離れるなよ。勝手なこともするな」

「は、はい……」

俺、なんかマズった？　まぁでも白ヒョウに会わせてくれるのであればいっか。

「それで、この花はなんだ？」

「あぁ、プレゼントです」

「俺に？　賄賂《わいろ》か」

「違う違う」

「じゃあ誰にだ」

「秘密で〜す」

「……」

白ヒョウに、って答えたらどんな反応するんだろ。ここで言ったら会わせてくれない可能性が出てくるから黙ってよ。

昨日捕まえてきた白ヒョウは、この屋敷とは違う棟の地下にいるらしい。と言っても意外と近くだった。白ヒョウがいるんだからもっと屋敷から離れてると思ってたのに。あ、何かあった時ヴィルが早く対処出来るように？　うん、そうかも。

玄関を出ると窓から見た通りいい天気で日差しが暖かい。吹雪じゃなくてよかった。あ、さっきヴィルが執務室で言った騎士の人達が集まってる。すごくかっこいい銀色の武装だ。ここに最初来た時、馬車を降りる際に手を貸してくれた人もいるな。騎士の人とかと接点ないからあんま会わないんだよな。

「旦那様」

「地下の鍵は」

「こちらに」

何やら頑丈そうな鍵が見えた。あ、白ヒョウだから頑丈な鍵じゃなきゃダメなのか。逃げちゃったら大変だもんね。

白ヒョウがいる棟は、屋敷と違ってコンクリート？　みたいなやつで固められた建物だ。堅そう。

もしかしてここにいるのは白ヒョウだけじゃないのかも。

「ここ、白ヒョウだけじゃないんですか？」

「いや、白ヒョウだけだ」

へぇ、そうなんだ。白ヒョウと一緒にしちゃったら他のが食われちゃう？

なんて思っていたら建物の中に招かれた。中も外と同じような壁で、なんとなく薄暗い。ちっちゃい窓しかないせいだろうけど。

それに、変な匂いがする。獣の匂い？　の他に、なんだろ。しかもなんか出そうな雰囲気も感じる。あ、俺別にビビりとかそういうんじゃないから。

中には何人かの騎士の他、研究員なのか白衣を着た人も数人いる。

「お話は聞いております。白ヒョウは今眠っている状態です」

「分かった」

あ、寝てるんだ。どうりで鳴き声とかがしなかったわけだ。

どうぞ、と扉を開いた研究員らしき人。うん、なんかゴォォォォっていう効果音がしそうな感じ。外より寒いし。だからヴィルは俺に上着をもう一枚着せたのか。

でも、ヴィルはいつも通りだけど大丈夫か？　まぁ寒さには慣れてるだろうけれど。

扉を通ると、階段があった。カツン、カツン、という音は鳴らない。俺抱きかかえられて自分じゃ歩いてないから分からないんだけど、音が出ないようになってるのか？　もしかして音で白ヒョウを刺激しないように？

「う、わぁ……」

階段の下に着いた。ここは外より暗いからちょっと落ち着かない。……あ、見つけた。遠くに、太めの格子の大きな牢屋が見える。

あれの中に？　と指をさしてヴィルに聞いてみたら、頷いてくれた。牢屋の中に何かいる、くらいしか感じない。もっと近づかないと。

少しずつ近づくと、だんだんその白い毛が見えてきた。あと黒い模様。動物園で見たことのあるヒョウとは全然違う。ホワイトタイガーなら見たことあるけど、あれだってこんなにデカくなかった。

「デカく、ないですか……？」

「こいつはオスで大人だからな。オスの中でも大きいのを見つけて捕まえてきたんだ」

「……すごいですね」

俺が読んだ本に書かれていた内容によると、白ヒョウの体長は二・五メートル。でもこれはもっと大きいだろ。

もうちょっと近づけないですか？　と視線で問いかけてみたものの、ダメだと視線で返された。ケチ。

と、思っていたら……動いた。白ヒョウが。そして、鳴いた。予想していたより高い声だけど、猫より低い。へぇ、こんな感じなんだ。

「下がるぞ」

「えっ」

やばいやばい、と焦りつつも、俺は持ってきたものを思いっきり振った。それに気がついた白ヒョウ。鼻をクンクン動かし、そして次の瞬間……

ニャオ～ゥン。

「えっ」

「え」

さっきとは違った、なんか高めの鳴き声が聞こえてきた。おっとっと、なんだこれ。座っていたのに、腹を見せたぞ、こいつ。しかも図体がデカいからちょっと床揺れたし。

そんな白ヒョウの行動に皆がびっくりしてる。ヴィルもそうだ。そして、俺を見つめた。何をした、という目で。

「本の通りでしたね」

「本？」

「これ、白ヒョウ好きなんですって」

「……マタタビか」

「マタタビですか!?」

研究員が大興奮。俺の持ってたマタタビを渡してやると、興味津々で観察し、白ヒョウに近づいて振っていた。もちろん白ヒョウも大興奮。楽しそうで何よりだ。

「ネコ科の動物ってマタタビが好きなんですって」

「それ、王宮で読んだのか」

「はい。と言ってもだいぶ古い書物でしたけど」

実際は、離宮にそんなものはなかったが。世界中から本を集めたというあの図書室にもなかった本を俺が読んだとあればちょっと引っかかるだろうけれど、まぁなんとかなるか。

「役に立ちました？」

「……」

うん、なんかヴィルがまたびっくりしてるんだが。俺、変なこと言ったか？　と、思っていたらキスをされた。

「ありがとう」

お礼を言われるとは。今度は俺がびっくりだよ。

「白ヒョウがこんな行動を取るなんて全く知りませんでした！　これは大発見です！　これで対策が打てそうです！」

「あぁ、よろしく頼む」

「はいっ！」

まぁ、役に立てたのであればいいや。被害が縮小したら嬉しいな。

ふいに、ヴィルがくんくんと俺の匂いを嗅いできた。俺臭いかな、と聞きたかったんだけど、後は頼むと一言残し、俺を連れて地下から出ていってしまった。

「ヴィル？」

「マタタビの匂いがする」

「そりゃずっと持ってましたから」

「あの猫、ずっとリュークを見ていた」

白ヒョウが俺を見ていた……だから心配でもしたのか？　マタタビで大人しくなってたはずなんだけど。

「ほら、ヴィルがいたから俺怪我しなかったでしょ」

「……」

「ありがとうございます」

「……」

なんか、深ぁぁぁぁいため息つかれたんだけど。俺何かしたか。

なんて思っていたら、ヴィルが近くにいた使用人に風呂の準備をさせ始めた。え、風呂？

「そんなに臭いですか」

「マタタビ臭い」

「じゃあ一緒に入ります？」

「……」

冗談のつもりだったんだけど……あれ、断ってこないんだが。なんか考え込んでるよ。

「下にある風呂でいいか」

「いやいやいや仕事中でしょ。冗談ですって。一人で入りますから」

「自分で言ったんだろう」

「だから冗談って言ってるでしょ！」

ニヤニヤしてこっちを見るヴィルのその顔を殴りたい。けど顔がいいから殴りたくない。すんごく腹立つぅ！


……結局。

「……あの、こんなに広いのにどうして俺の後ろにいるんです」

「一緒に入った意味がない」

「あ、はい、そうですか……」

あれだけ冗談だと断ったのに、ヴィルと風呂に入ることになってしまった。しかも後ろから抱えられてるんだが。

風呂に入る前だって、ヴィルに全っ部脱がされた。テキパキと、一瞬のうちに。そしてまた抱きかかえられて風呂に入れられてしまったわけだ。

前にも裸を見たけど、この前とは違ってここ明るいし。湯気がモコモコしてても恥ずかしいったらありゃしない。

「何恥ずかしがってるんだ。もう全部見ただろ」

「そういう問題じゃないっ！」

「なら慣れろ」

「うぅ……」

んなもん慣れるかっ‼

ったく、いきなりマタタビ臭いから風呂に入れだなんて……そんなに臭かったか？　ヴィルってマタタビ臭嫌いだった？

「……ヴィル」

「ん？」

「俺、役に立ちました？」

「役に、か……あぁ、大いに役立った。お前の知識のおかげだ」

と言っても前世の知識なんですけどね。なんかすんません。口が裂けても本当のことは言えないけどな。

「これなら、白ヒョウ達の生息地をずらせるのではと考えてる。白ヒョウ達の生態は長年調べてきたからな。上手くいけば領民達も白ヒョウに脅《おびや》かされることがなくなるし、色々と問題点も解決する」

「あっ、じゃあ鉱山！」

「あぁ、上手くいけば、の話だがな」

やった！　俺何も知らないからヴィルにおんぶに抱っこになっちゃうってちょっと気落ちしてたんだよね。

まぁこの後はヴィルにお願いするんだけど、その糸口が見えたってことだろ？

「じゃあ持参金の件も、なんとかなります？」

「……あぁ、そうだな」

「やった！」

これで、ここのもう一人の当主になるための階段を上《のぼ》れたかな。もっと頑張ってヴィルに追いつこう！　……いや、ヴィルは見上げても見えないくらい上にいそうだから一生かけても並べない可能性大だけど。

◇

数日後、ヴィルの執務室で白ヒョウのことを聞いてみた。その話をヴィルから全然してくれないから自分から質問したわけだ。

「白ヒョウか。民間の被害がぐんと下がったぞ」

「本当！」

そっかぁ、元の被害がどれくらいだったのか知らないけど、被害が減ったのは嬉しいことだ！

「白ヒョウ達が山からこちらに下りてくるルートがあるんだ。そこに配置している騎士達にマタタビを持たせたところ……数匹の白ヒョウに懐かれたそうだ」

あははー、まぁそうなるわな。捕まえてきた白ヒョウもあんな反応したんだから。

「それと、仲間と思われたのか、主人と思われたのか、果物を持ってきたんだ」

「は？」

「楽しそうに咥えていた、と言っていた」

「果物ですか」

「あぁ。キンキンに中まで凍った、ミンスという果物だ。と言っても、この世で食べたことがあるのは何代か前のここの当主や当時の使用人達のみだろう」

「じゃあ出回ってない、話にしか聞いたことのない果物、ということですか」

「そうだ。しかもその果物が実る木が雪山のどこかにあるというなら、探さない手はないだろ」

うわぁ、目が輝いたぞ。この人って果物好きだっけ。こんな様子なんだからそうなのか。

「だが、それは食べてみてからだ。その何代か前の当主は、日記を残していてな。大絶賛していた。この世のものとは思えない美味さだったと」

「なる、ほど……」

うん、食いたい……めっちゃ食いたい……!!

こんなに期待させられたんだ、もう食う以外の選択肢なんてないっ!!

そこにタイミングよく使用人が来て、ご用意しましたと報告してくれた。二人でワクワクしながら……いや、ヴィルがワクワクしているのか分からんけど、顔は少し緩んでた。

でも待てよ、俺がここに来なかったらその果物は食えなかったってことか？　ヴィルの独り占め？

「なんだ、自分が来なければ食わせてもらえなかったと思ったのか」

「違うんですか」

「あんなに絶賛していた果物なんだ、妻を差し置いて一人で食べてしまうなんてことはしないさ」

……本当か？　まぁいいけど。あ、到着。

扉を開け食堂に入った瞬間に、漂ったその香り。嗅いだことのない、甘くて、爽やかだけど濃厚な、そんな香りがした。入口まで漂ってくるなんて、どんだけ香りが強いんだよ。

俺とヴィルの席の前には、皿が用意されていた。俺の目はもう、その果物にしか向いていなかった。座ることを忘れ、独特な香りに酔いしれる。

「座れ、リューク」

「あっ」

ヴィルに言われて我に返った。目の前の俺の皿は、二枚。そのままのものと、カットされたものが並んでいる。

大きさは……りんごより大きいか。でも色は薄めの黄緑色だ。見た目からして硬そうだな。

中身はちょっと黄色がかってるけど、白いな。ツルツルしてなさそうな感じ。少しぼこぼこしてるか？

「触っていいですか」

「あぁ」

そのままのを持ってみると……そんなに硬くない。ブヨブヨしてるわけでもないけど、りんごほどの硬さはないな。すんすんと匂いを嗅ぐと……ぶわっと濃い果物の匂いがする。甘くて、爽やか。なんというか……ラフランスっぽいような……なんか表現が難しいな。

「食べてみよう」

と刺せた。

「あ、はい」

果物を皿に戻し、フォークを持った。小さくカットされた果物を、刺す。ちょっと硬めだけど、スッと刺せた。

それを口に入れたら……口の中に果汁が溢れた。

なんだこれ！　シャキシャキ感と、あとみずみずしさ。甘みがあって、なのに甘ったるくない。

そして濃厚！　味は梨みたいなんだけど、なんかちょっと違くて……とにかく、美味《うま》い!!

なんだこれ、なんだこれ！　名前なんだっけ、忘れたけど、すっっっごく美味《うま》いっ!!

「ヴィル！　ヴィル！」

「あぁ、美味《うま》い」

ヴィル笑ってんな。やっぱり美味《うま》いもんを前にして笑顔にならないやつはいない。というかこれを食べて無表情でいるのは無理だ。

一つ一つ、味わっていると口の中が幸せになる。そしたら使用人がもう一皿持ってきた。

あれ、同じ果物？

「完全に解凍する少し前のものです。こちらもきっと美味しいと、料理長がご用意しました」

「なるほど……他の果物でもこの状態の方が美味《うま》いものがあるからな。試してみよう」

確かに、そういうのもあるよな。んじゃいただきます。

ちょっと刺しづらかったけど、使用人が持ってきてくれたスプーンで食べてみた。

……やば、うっま。さっきとは違った、シャリシャリな食感。しかもここまで味が違うとは。

「いいな、どちらも気に入った。もう少し凍らせてもいい」

「うんっ、それも美味しそう」

「かしこまりました。料理長にそう伝えます」

美味《うま》かった……最高に、美味《うま》かった……

てか、白ヒョウはこんなの食ってたのか。羨ましいな。

「それで、だ。陛下への貢物が決まった」

「え？　あの宝石ですか？　それとも……これ？」

「いや、どちらも違う。……ミンミンの織物だ」

み、ミンミンの、織物……？　なんじゃそれ。またまた知らないものが出てきたぞ。

「ミンミンってなんです？」

「白ヒョウの生息している山に住む動物でな。ようやく見つけた」

「もしかして、その毛を使うんですか？」

「そう。白ヒョウがここに来たことで隠れてしまってな。雪の中に隠れるのが得意だから、なかなか見つけ出せなかったんだ。だが、白ヒョウを懐柔《かいじゅう》したおかげで雪山の奥まで入れたんだ。捜査を進めて、隠れていた場所をついに見つけた」

「……白ヒョウってだいぶ厄介なやつだったんですね」

「そりゃそうだ。あんな凶暴で図体のデカい動物なんだから、あそこに生息していた動物達も怯えて逃げ出す」

うわぁ、迷惑極まりないな。まぁでも、俺がマタタビを見つけて懐柔《かいじゅう》させられたんなら、よかった。

「それでだ。ミンミンの織物はとにかく貴重でな。ここにしかミンミンは生息していないし、織物にするには特殊な製法が必要になる。そして白ヒョウが来た時から全く出回っていない」

「希少性が極めて高い、ってことですか」

「あぁ、そうだ。扱いにも腕がいるしな。その上、ミンミンの織物はとても美しい。王族は喉から手が出るほど欲しがることだろう」

「じゃあ、そっちですか」

「あぁ、当時織物を製作していた職人もまだいる。作るのにさほど時間はかからないはずだ。あのガラクタを押し付けられてからだいぶ時間が経っているが、向こうは青バラを期待しているのか急《せ》かしてはきていない。だから安心しろ」

と、頭を撫でられてしまった。俺がソワソワしてたの、気付いてたらしい。

それにしても、扱いにも腕がいるってことは、毛織物を使って何かを作るにしても大変だってことか。専門の職人を連れてこいって言われるんじゃゃ？

いや、ヴィルのことだから断るだろうな。あっちもそこまで強く言えないから布はそのまま貴重品として保管するしかないかもな。残念でした。

「こんなに美味しいものをあの王族達に味わわせてやるのも勿体ないしな」

「あは、そりゃそうですね。二人じめ？　いや、こっちのみんなじめ？」

「ククッ、そうだな」

こうして、俺の持参金への返礼の件は解決したのである。

白ヒョウを懐柔《かいじゅう》したことを知らない陛下達は、一体これをどうやって手に入れたのか、悩みに悩むことだろう。

でも、俺なんかのために持たせた品がこんなに素晴らしいものになったから、多少は役に立ってよかったとでも思っているかもしれない。

まぁでも、どっちも実用性はちっともない貴重品にしかならないのが面白いところか。

◇

夏が本格的にやってきた。

離宮にいた時は猛暑で死にそうだったけど、ここはそんなに暑くない。というか、俺が何もしてないから、という理由もあるかもしれないけど。

使用人達はテキパキと動いてるし、いきなりの夏で大変かも。

だから労《ねぎら》いの気持ちを伝えるため、たまにかき氷屋さんをやってるけど、あれは時間がかかるんだよな。何かいい案はないだろうか。……あ。

「なぁ、ピモ。アレってあるのか？」

「アレ、ですか」

「そう」

説明したところ、ないらしい。と、いうことでキッチンにレッツゴー！

まぁ、言わずもがな。料理長達に驚かれた。キッチンの入り口から頭をひょっこり出した瞬間に気付かれ、料理人達が集まってきてしまった。すまんな。

けど、俺は食べたい。そしてみんなにも食べてもらいたい。だから、レシピを書いて持ってきた。

「料理長、後でこれ作ってくれない？」

「これ、ですか」

「そう、これ！」

その名も！

「……アイス、クリーム？」

夏に食べるデザート、アイスクリームである!!

みんな忙しいのにお願いしちゃっていいのか分からないけど、食べたいものはしょうがない。

「冷たくて美味しいんだ。これでみんなで夏を乗り切ろう！」

「お、奥様……」

「我々のことを、こんなにも考えてくださっていたなんて……」

あの、目、うるうるさせなくていいから。なんかいつもこのパターンな気がするのは気のせいか？

「分かりました！　料理長の名にかけて、アイスクリームを作らせていただきます!!」

「火とか使うから暑いと思うけど、お願いね」

「かしこまりました！」

よし、これでみんなにアイスクリームが振る舞える！

え、どうしてアイスの作り方を知ってるかって？　前世のバイト先で作らされただけだよ。ここで役立ってよかった。

そういえばこれ、離宮でも食ってたけど、あいつら大丈夫かな。ほら、離宮の使用人達。一応アイスの作り方を伝授したけどさ。いつもヒーヒー言いながら俺のところに来てはアイス食ってたしな。生きてるか？

「ピモ、首都の方にうちのタウンハウスってあるよな。そっちの使用人達は今頃汗水ダラダラで働いてるってことだよな」

「まぁ、そうなりますね」

「熱中症とかで倒れたりしちゃわないかな……」

俺も首都にいたからよく分かる。すっごく暑くて何もしてなくても目を回すくらいだった。そんな中で仕事してるわけだし……なんか、可哀そうだよな。

と言っても、アイスをそっちに運んでやることは出来ない。たとえクーラーボックスがあったとしても暑すぎて移動中に溶けちゃう可能性もある。なら、どうしたものか。あ、この時期は氷をあっちに運ぶ時どうしてるんだろ。後で聞いてみよう。

でも、アイスだけだとなぁ。みんなそれぞれ好き嫌いというものがあるから、もう一つ何かあった方がいいよな。

熱中症対策……熱中症対策……冷やして美味しい……あっ。あった。

「ピモ、次は小豆《あずき》と寒天！」

「かっ、かしこまりました！」

すまんな、ピモ。色々働かせちゃって。後、キッチンのみんなも。けど、夏を乗り切るために必要だし。

俺も手伝わないとな、と思ったものの……ヴィル、怒るだろうなぁ。後が怖いからレシピを書くぐらいしか出来なかった。ちくしょう、仲間はずれにされた気分だ。

ほぼ全員が夕飯そっちのけで参加して、キッチンの中は甘い匂いで充満していた。

「……仕事は大丈夫か？」

「もちろん、日頃から我々にとてもよくしてくださっている奥様に食べていただくのですから、最善を尽くしますのでご安心ください。お夕飯も楽しみにしていてくださいね」

「あ、うん」

換気扇で外にこの匂い出てるから、外を通りがかったやつは今何作ってんだ？　って疑問に思うだろうな。


そして数時間後、外出していたヴィルが帰ってきた。白ヒョウについての調査だったらしい。

「ヴィ〜ルっ！　おかえりなさいっ！」

「……あぁ。どうした」

つい抱きつこうとしたら、頭を掴み防がれてしまった。汗臭いぞ、って。まぁ外に行ってきたんだから汗はかくわな。俺は気にしないけど。

やけにテンションの高い俺を不審がってるのだろうか。そんな視線を送ってくる。また何かやらかしたのかって疑われてるのか？　でも汗かいてるなら早く食べさせてやった方がいいよな。

「片付けとか終わったら一緒にお茶しませんか？　バラの間で」

「……あぁ、分かった」

なーんか不満げ。なに、やっぱり疑ってんの？　聞かないけど。外から帰ってきてお疲れだろうし。ヴィル、甘いものは普通に食べるんだよな。だからどっちもいけると思うんだけど、どうだろ。


「奥様、紅茶はいかがいたしますか」

「アールグレイかな」

「かしこまりました」

俺の好きなお茶なんだけど、これから出すものとの相性は分からん。そんなにお茶は詳しくないし。早く来ないかな～、ってバラの間で待ってたら、ヴィルが来た。忙しいのにすまんね。俺の都合に合わせてもらって。でも食べてもらいたかったから仕方ない。

「それで、何を企んでるんだ」

「企んでるなんて失礼な。自分の旦那様とお茶しちゃいけないんですか？」

「いや、そんなことはないが」

なんて言いながら椅子に座った。まぁ、企んではいるんだが。

……それより、本当に絵になるな。今までも何回もここで一緒にお茶したけどさ、そのたびに思うんだ。ヴィルってばここに座ってるだけで絵になっちゃうんだよ。ほら、背景が花じゃん？　もう最高だよな。そういうところズルい。何バカなこと言ってるんだって言われそうだから絶対口には出さないけど。

そのタイミングで使用人が持ってきてくれた。俺が頼んだ、料理長の自信作を。実は俺は味見済み。美味しかったから、多分大丈夫だと思う。ヴィルの口に合えばいいんだが……

「……これは？」

「アイスクリーム、こっちは水ようかん」

「首都で食べていたのか」

「はい。冷たくて美味しいですよ」

どーぞ食べてみてください、と勧めると、まずはアイスクリームにスプーンをつけたヴィル。やっぱりこの黒っぽいのは見た目的に抵抗があるか？

一口食べたヴィルの反応は……うん、美味《うま》かったみたい。顔に出てる。少しだけだけど。

「……甘いな」

「美味しいでしょ」

「あぁ、冷たくて美味しい。生クリームと、あと卵か」

「はい、牛乳も入ってます」

一口食べただけで材料を当てるとは。いや、分かりやすいか？

そして、隣のもう一つ。こっちは、こしあんの水ようかん。

「これ、は……」

「まずは食べてみてください」

「……」

そーっと、フォークで一口サイズに。そして刺して、口の中に。

お、すごく驚いてる。そりゃそうだ。見た目だけでは全然甘いって分からないだろうから。

「あんこか……舌触りがいい。甘さもちょうどいい。あんこにこんな食べ方があったのか」

「冷やして食べたら美味しいでしょ。これ、どっちも熱中症対策になるんです」

「対策？」

「アイスの方は体を冷やしてくれますし、水ようかんに使われてるあんこの材料、小豆《あずき》は暑さ対策のための栄養素が含まれていますから、食べれば熱中症になる確率が下がります」

「そうか……」

「だから、首都のタウンハウスにいる使用人達に送ってほしいんです」

「タウンハウスのやつらに？」

「首都の暑さは俺もよく知ってます。余計なお世話かもしれませんけど、どうです？」

ん～、出すぎたマネになっちゃったかな。奥さんってお仕事しないのが普通ってピモが言ってたし。やっぱりよくなかったか……

「それはいい考えだ。用意させよう。後、領民にも用意してやってくれ。商会の仕事で力仕事をしているやつらを中心に。たまに倒れるやつがいるからな。これで対策を打てる」

そっか、そっちも大変だよね。汗水たらして氷とか沢山運んでるだろうし。いつもお疲れ様です。

「じゃあ、料理長達は大仕事になりますね？」

「だろうな。簡単な作業は他の使用人達に任せる。普段の作業は簡単に終わらせていいと伝えてくれ」

ヴィルが近くの使用人にそう伝えた。あと材料だね。そっちも用意しなきゃ。ごめんな、業者の人達。結構多いから重労働だろ。

と、思っていたら頭を撫でられた。最近このパターン多いな。

「白ヒョウの件もあったし、ここの領地も少しずつ豊かになっていく。生活水準も上がるだろうな」

「なるほど。俺、貢献出来ました？」

「あぁ、大いに。本来妻は仕事をしないはずなんだが、うちの妻は言っても聞かんから仕方ないな」

「あは、大人しく出来ない性格です」

「だろうな。見ていないと危なっかしい。だから近くにいてくれ」

と、キスをされた。好きだよな、キス。俺は別にいいけど。なんか甘いのはアイスと水ようかんを食べたからか。

アイスと水ようかんの件もこれで上手くいけばいいんだけど……どうなるだろ。まぁ、大丈夫だろ。

第二章　残暑に起こった大騒動

夏も終わりに差しかかり、そろそろ冬の準備をしなければならなくなった今日この頃。

「ゴホッ、ゴホッ……」

「リューク……！」

「奥様っ！　お水ですか？　ここにございますよ！」

俺は風邪を引いてしまった。しかも結構やばそうな風邪だ。

丈夫さにはまぁまぁ自信があったはず。なのにこの有り様。最悪だ。

朝、目が覚めると額が冷たかった。視界にはヴィルがいて、使用人と喋っているのが見えた。目が覚めた俺に気がついたヴィルはなんだか焦っていて、本当にびっくりした。

何か喋った方がいいかなと思っていたら、お医者様がご到着されました！　と使用人の言葉が聞こえた。

あ、理解した。やっちまったのか。

「これは……四十度、ですね」

「えっ」

「そっ、そんなにっ⁉」

頭、ぐわんぐわんする。なんとなく聞き取れたけど、そんなに熱が高かったのか。確かに熱いし体もだるい。しかも喉も痛いし……これ、インフルエンザ？

「奥様……！」

「ここまでとなってくると、完治には時間がかかりそうです。まずは解熱鎮痛剤を処方しましょう。もちろん水分もきちんと取りましょう」

「水でしたらこちらに！」

まじかぁ、すぐには治らないか。仕方ないな。けど、さっき焦ってたはずのヴィルが静か……あれ？　なんか、肩震えて……

「……やく……」

「ん？」

「……――早く、領地にいる医者と薬師を全員連れてこい」

「え」

「さっさとしろ」

「はっはいっ!!」

「かっ、かしこまりましたっ!!」

ギラリ、とルビー色の瞳が光った。ピシャッ、とここの空気が変わった、というかマジで怖かった。熱かったけど、一気に寒くなったような……怖っ……

「リュークはさっさと寝ろ」

「はぃ……」

こわ……とりあえず、怖いから寝よ。おやすみなさい。

そんなこんなで、俺は伝え忘れた。というか、伝えられなかった。

俺には、そこいらの風邪薬は全く効かないことを。


意識が浮上してきて、誰かが俺の手を握っていたことに気がついた。こんなにゴツゴツして大きな手は……あ、ヴィルだ。

「こんな、とこに、いていーんですか、当主さま」

「目が覚めたか」

「風邪、移りますよ」

「構わん。風邪菌に勝てなくて辺境伯が務まるはずないだろ」

うわーめちゃくちゃだー。知らないぞ。まぁでもヴィルなら風邪菌に負けなさそう。今まで風邪引いたことあんのかな、この人。

「息苦しいか」

「んーん、頭痛」

「そうか」

頬撫でてくれるの、なんか嬉しい。弱ってるからかな。なんとなく、握ってもらってる手をギュッと握り返す。

……けど、気になるのはヴィルの後ろでバタバタしてる見覚えのない人達。妙に焦ってないか？　白衣を着てるから、多分お医者さんだと思うんだけど……

「奥様、お食事にしましょう。まずは食事から栄養を取らないといけませんから」

「あ、うん、ごめんな、料理長」

「そんな！　いつも私達を気にかけてくださる奥様がこんなことになってしまっているのに、これくらいしかして差し上げられないなんて、本当に自分が腹立たしい限りです……ですから、少しでも私に出来ることがあるのでしたら、精一杯やらせていただきます！」

やべぇ、泣きそうになってんぞ料理長。でも心配してくれてるのは嬉しいよ。それに料理長の作ってくれる料理、どれも美味しいから、食べればきっとよくなる。

ヴィルが俺の上半身を抱き上げて後ろに回り、しっかりと支えてくれた。

お皿の中は、多分おかゆだ。たまごがゆ？　ヴィルが受け取り、すくって俺の前に。恥ずかしくもあったけれど、嬉しくもあって。だからそのままパクリと一口。うん、美味しい。

その後に渡されたのは……緑の液体。薬、だよな。

向こうにいるお医者さん達……なんか祈ってないか？　これ、この人達が作ったのか？

まぁ、頑張って作ってくれたのであれば、俺も頑張らなくちゃいけない。だから、意を決して一気飲みした。

「……ぐんっ」

まっっっっっっず。何これまずっ。うげぇ、想像を絶する不味さなんだけど……

しかも、なんか後ろからメラメラとした空気が漂ってきた。

「ヴィル⁉」

鬼のような形相。けど俺を見ているわけじゃなく……お医者さん達の方を向いていた。

ヒィィィ‼　と怯えるお医者さん達。これは……脅されてる？

いやいやいや、ダメだってそんなことしちゃ。せっかく効きそうな薬作ってくれたのに！　良薬口に苦しって言うじゃん！　ここにはそんな言葉ないかもしれないけどさ！

だから止めようとガシッとヴィルの腕を掴んだ。

「ヴィル！」

「リューク、気分はどうだ」

「だ、大丈夫だから、ほら、不味かったけどこれで回復出来るかもしれませんよ！」

「……そうか」

怒りが治まったのか？　ベッドに横にされ、布団をかけられた。あ、これでお医者さん達の命は繋ぎ止められたかな。後ろの人達めっちゃ安心してんじゃん。そんなに怖かったのか。

まぁ、この薬でよくなるといいんだけど……

だがしかし、次の日お医者さんがヴィルに胸ぐらを掴まれていたのである。

「ふざけるな、それでも医者か」

「もっ申し訳ございません！」

「だ、旦那様、落ち着いてください。相手はお医者様ですよ……！」

「一日経っても回復してないだろうが」

いや、一日で治れば万々歳だけどさ、こんなインフルエンザ並みの風邪が一日で治ったらおかしいって。

「ヴィールー」

「起こしたか、リューク」

「んーん。それより手、掴むなら俺の手にしてください」

「……」

俺が声をかけると、医者を離してからこちらに来た。ベッドの端に座って、言った通りに手を握る。あーあ、そんな苦しそうな顔すんなって。

だからつい、もう片方の手でヴィルの顔を触ってしまった。風邪なのにダメだろとすぐ後悔したけど。

「ヴィル、大丈夫だから」

「バカ、そんなわけないだろ」

うん、まぁ、そうなんだけど……でもヴィルがそんな顔するからだろ。

「もう寝ろ」

「ん」

ヴィルがまたお医者さん達に何かしでかすんじゃないかと不安に思いつつも、俺は目を閉じた。

……次に目覚めて、お医者さんが一人減ってたらどうしよう。いや、考えない方がいいな。

それは、確か俺が四歳の頃。

あの日も、薬が効かずなかなか風邪が治らなかった。

でも、覚えてる。

「申し訳ありません……」

離宮メイド長でもあった乳母が、俺に何度も謝ってたことを。きっと、母がいないことについてもだったのだと思う。

母は元楽師で、音楽を演奏して各地を回っていたらしい。この国に来た時、国王陛下と偶然出会い、すぐ俺を授かった。けどちゃんとした待遇は受けられなかったそうだ。貴族じゃなかったんだからそうだろうな。

乳母が亡くなったのは、俺が六歳になった頃。それまで、出産時に亡くなった母について沢山教えてくれた。と言っても乳母はそこまで母のことを知らなかったから、詳しい話は聞けなかったけど。

『優しい愛を　この胸に』

『私は歌おう　この愛する我が子を抱いて』

よく、乳母が歌ってくれた歌だ。俺が腹にいた時、母が歌っていたらしい。

『祈ればきっと　いつか叶う』

『愛する子の夢を』

『私は――』


「……いの、ろう」

どこからか聞こえてきたその歌声。とても、懐かしい。

「殿下、お目覚めですか」

「……」

「殿下？」

……は？

なんで、こいつらがいるんだ……？

「殿下、お熱の方は……まだ下がっておりませんね。頭痛などはありますか？」

「お水もございますよ」

……ここ、離宮だっけ。なんで離宮の使用人達がいるのさ。周りは……メーティオスの屋敷だ。じゃあどうしているのさアンタら。

「あぁ、辺境伯様に呼ばれました」

「今までの殿下の体調管理について、何から何まで絞られまして……」

あぁ、何があったのか分かった。そんな遠い目するなって。

……マジか。ヴィルが呼んだんか……

いや、待てよ。じゃあ当の本人は今どこだ。見当たらないんだが。

「あぁ、辺境伯様は今出かけていらっしゃいますよ」

「……どこに」

「雪山に」

「は？」

「殿下がよくある風邪薬が効かないことを聞くやいなや薬師を脅し、この雪山に生息してるであろう薬草をぜんっっぶ調べ上げてから出ていかれました」

「あぁ後、首都から買い占めた薬草を、今使用人達がこちらにお運びしております」

ヴィル……なんてことしてたんだ……俺どれくらい寝てたの？　というか、脅し……？

「まさか数時間であそこまでやられるなんて……私、感動いたしました。殿下のことをここまで愛してくださっていたなんて……」

いやちょっと待て、なんだその顔。俺を見てうっとりすんな。みんなも！

なぁにが愛してくださっていただ！　ヴィルが俺のこと愛してくれてる？　いやいやいや、ないないない。

だって、奥さんが死んだら大変なことになるし。そういう理由なんじゃない？

……ま、いいや。これでお医者さん達に俺に効くいい薬を作ってもらって元気になれれば。

「殿下、少しお食べに……殿下？」

……でも眠たいからもう少し寝させてくれ。


そしてまた数時間後、目が覚めた。

「リューク」

今度はヴィルがいた。目の前に。帰ってきたらしい。

なんだかところどころ汚れてる。上着を着てないのは、帰ってきてすぐ俺んとこ来て、上着を脱いでここに座ってるとかなんだろうな。来てくれて嬉しいかも。

「食事、出来るか」

「ん」

頷くと美味しそうな匂いのするご飯が出てきた。またおかゆかな。

ヴィルが食べさせてくれたけど……はぁ、やっぱり美味しい。風邪で味が分からなくならなくてよかったぁ。

でも、その後に待っていたのは……薬。ただ、この前とは違って色はポタージュみたいな白。匂いはしない。

そして今回も、あっちにいる医者達は祈ってる。てか、やつれてないか？　まぁ、前に飲んだ薬が不味かった時はヴィル怖かったし。しかも効かなかった時の怒りようはもっと怖かった。

とりあえず、医者達が怯えつつも命がけで作ってくれた薬を飲んでみよう。そーっとお椀に口をつけ、傾けた。

……あれ？　不味くない。なんというか、ミルクみたいな？　飲みやすいな。

「飲めるか」

「あ、はい」

お医者さん達は肩を下ろして息を吐いていた。はぁぁぁぁ、と。床に崩れ落ちている人もいる。ここで俺が不味いって言ったら、一体どうなっていたのだろうか。なんか俺まで恐ろしくなってきた。もう寝ようか、と布団に戻された。さて、次目覚めた時にはどうなってるかな。


そしてまた、目が覚めた。息苦しくないし、熱くない。だるさはあるけど、でも最初より軽い。

「どうだ、気分は」

うん、やっぱりヴィルがいた。一体いつ休んだんだ？　医者を脅して外に出かけてから、ずっとここにいる？

「よくなりました」

「そうか」

と、頬を撫でられる。ちょっと冷たいけど、ちょうどいい冷たさ。思わずスリスリしてしまった。ヴィルの顔は最初みたいな苦しそうな感じじゃなくて、少し悲しげというか……まぁ、元気になればヴィルも安心するかな。なら頑張って治そう。

「離宮のやつら、連れてきたのヴィルですよね」

「あぁ。リュークが今まで飲んできた薬などを聞いた」

「離宮に帰ってきたんじゃないかってびっくりしました」

「リュークはずっとメーティオスにいる。だから安心しろ。あの者達もまだこの屋敷にいるから、会いたければ呼べ」

「はぁい。ありがとうございます」

また、頬を撫でられた。ヴィルの手、好きだなぁ。

もう少し寝てろ、そう言われて目をつぶった。

目が覚めた時、そこにヴィルがいてほしいなぁ、なんて我儘《わがまま》は、言わないでおこう。

◇

そして数日後、俺は全回復した。まぁもう少し前に大体治ってたんだけど、ヴィルとお医者さん達が絶対安静と言い張って二日間ベッドから出してもらえなかったんだ。

「えっ、ヴィル、白ヒョウに乗って雪山を走り回ったの……!?」

「雪山の中は白ヒョウ達がよく知ってますからね。一番手っ取り早いんです。それにやつらの脚力もすごいですから、短時間で回れるのだとか」

……マジかよ。ピモ、それ本当か？　ヴィルが白ヒョウに乗ったって？　操った？　信じ難い話だな。恐るべし、マタタビの威力。

「もう共存しちゃえばいいんじゃない？」

「まだちょっと難しいですが、それも一つの手ですね」

まさか、俺が寝ている間にこんなことになっていたとは……というか、ヴィルすごすぎ。懐かれすぎ、と言った方がいいのか分からないけど。

それでさ、気がついたんだけど部屋になんか小さいのが並んでたんだよ。

そう、それは雪だるまだ。と言っても、編み物で作った雪だるまのぬいぐるみ。さて、これは誰が作ったのか。あ、ヴィルじゃないだろうな。想像したら面白すぎて噴きそうだけどさ。

「領民達は本当に心配していたのですよ。奥様が体調を崩されていると聞いて。皆、奥様に大変感謝しているんです。早く元気になってくださるようにと、これを作って使用人に渡してきたんですよ」

「そっか。うん、領民達に代わりにありがとうって言っておいて」

「かしこまりました」

夏になる前、雪だるまを領地の子供達に教えてもいいかと使用人に言われて教えたんだよね。それがここで返ってくるとは思わなかった。


……で、その日からおかしくなった人が一人。

俺が風邪を引いてる最中、この寝室を一緒に使っていたヴィルは違う部屋を使っていた。そのヴィルが昨日からこっちで寝ることになった。そして朝。

「……あの、ヴィル、起きてますよね。これ、外してくれませんか」

「……」

いつもは俺より先に起きて仕事に行くヴィルが、珍しくまだ寝てる。いや、狸寝入りか。俺をぎゅ〜と抱きしめていて出られない。

しかも、ヴィルの顔が俺の目の前か頭の上にあると思うだろ。違うんだよ。俺の胸に顔を埋《うず》めてるんだよ。普通逆じゃ？　と思うけど、これはこれで可愛い。

でもさ、この腰に回ってる両腕をなんとかしてほしい。全然外せないんだが。

「ヴィ〜ル〜。起きてるの分かってるんですけど。これ、解《ほど》いてください」

「……」

「おい」

反応なしかよ。これどうするんだよ。全く身動きが出来ないぞ。

「……なんです？　俺がいない間、寂しくなっちゃいました？」

これ、ツッコむところだろ。ツッコむのも面倒なのか、こいつ。

「……」

あ、もしかしてお疲れなのか？

「隣が寒かった」

「俺湯たんぽ扱いですか」

やっと喋ったかと思ったらそれかよ。何、子供体温ってか。ひでぇな、自分の奥さんをなんだと思ってるんだよ。

「違う」

「じゃあ俺が恋しくなっちゃいました？」

「……」

……おっとっと、否定しないぞこいつ。それとも、答えるのもいやになったのか。沈黙は肯定になっちゃうんですけど。

「起きてます？」

「あぁ」

「本気にしますよ」

「……」

「え、マジですか」

「……」

ちょっとヴィルさん？　いつもだったらそこで何バカなこと言ってるんだって言いますよね。いつものヴィルさんどこ行きました？　いやいやいや帰ってきてよ。

俺、これどうしたらいいんだ……？

……てか、髪、サラサラだな。触り心地いいな。

「……お仕事は？」

「……ない」

「いや何言ってんですか、あるでしょ大量に」

「ない」

「……」

どうにかしてくれ、この駄々っ子を。俺じゃ手に負えないんだが。

一体一晩で何があったんだ。昨日そんなんじゃなかったよな。普通にさっさと寝ろって言われて布団かけられたよな。

「……どうしました」

「……」

「ヴィル」

「……生きてる」

「いや勝手に殺さないでくださいよ。俺ちゃんと生きてますから」

「……」

何、酷い風邪で弱っちいやつがコロッと死んじゃうんじゃないかって思ったのか？　いやいやいや、ないから。

まぁ、俺アメロだし、ヴィルって一生風邪引かなさそうな強靭《きょうじん》な体してそうだしな。

「……俺の母親、楽師だったんですよ。もういないんですけどね。世界中を旅してたからどこの出身なのか分からないんです。そのせいか息子の俺も、体質とかが違うのかな。全然薬効かないんですよ」

「……」

「でも、今回の風邪はヴィルが医者を集めてくれて、しかも自ら薬草を採ってきてくれたから俺こうしてすぐに元気になれたんですよ。本当に感謝してます。ありがとうございます、ヴィル」

「……」

あ、両腕にもっと力がこもった。一体何を思ったのやら。

「こんな面倒くさいやつですけど、まだ奥さんやっていいですよね」

「俺の妻はお前以外いない」

「あは、なら安心です。じゃあ愛想尽かされないよう頑張りますね」

「それはない」

「そうですか？　ならいいですけど」

なんか、即答されたのだが。いいのか？　まぁヴィルがいいならいいか。

その時、腕が外れた。お腹空《す》いてて早く朝食を食いたかったからよかった。……と思ったら、仰向けにされて、上にヴィルが馬乗りになった。

そして、キスをされた。くっつけるだけのじゃなくて、唇が溶かされそうな、そんな感じ。息苦しくはない、けど、顔が熱くなりそう。

「……はぁ……何バカなこと言ってるんだ」

あ、ヴィルさん復活？

「リューク、俺はお前を逃がすつもりはないからな」

「……生贄《いけにえ》？」

「なわけないだろ。お前は俺の妻だぞ」

「……」

うん、まぁ、そうなんだけど……その目はなんだ、その目は。

俺、大丈夫か……？　なんか不安になってきたんだが。

まぁでも、ここに置いてもらえるなら別にいいんだけどさ。

……とにかく、とりあえず朝メシ食いたいっす。めっちゃ腹減ってるんです。

「……あの」

ぐぅぅぅぅぅぅ～。

「……ぷ」

「……ヴィルのせいですからね」

タイミングわっる。

てか、おい、笑うな。恥ずかしくなるだろ。とりあえずそこをどけ。


風邪から完全復活したにもかかわらず、それから二日間も寝室から出ることを禁止されていたのだが、ついに今日許された。ほんと、ヴィルは過保護だ。

ずっと暇で死んじゃいそうになってたけど、やぁ～っと出られたんだ。今日は何をしようかな。

野菜の温室……は怒られるか。ならバラの間に行って植物図鑑でも開こうかな。

なんて思っていたけど……

「まだいたんだ」

「酷いですよ殿下！　あ、奥様でしたね」

「私達、奥様のことだいぶ心配していたのですから！」

「そうですよ！　あの古狸に勝手に結婚を決められるだなんて奥様が可哀そうだって、みんな言ってたんですよ！」

そう、離宮から連れてこられた使用人達がまだいた。もう帰ったと思ってたけど。というか、ここで国王陛下のことを古狸だなんて言っていいのか？　離宮でも言ってたけどさ。聞かれたらどうすんだよ。

「見送りぐらいはするよ。いつ帰るんだ？」

「いえいえ、私達ここに再就職することになりました」

「……は？」

再就職？　今王宮勤めだろお前ら。

「マジ？」

「実家に帰ると言っていた者もいましたし、違う職場を探していた者もいますから、これを機に私達三人はここに就職することにしました」

へぇ、王宮で働くって結構名誉あることのはずなのに、みんな辞めちゃうんだ。

「だって奥様、酷いんですよ？　王宮の使用人達。奥様が嫁《とつ》いだ後、離宮から出て本宮に戻ったら、同じ使用人のくせに私達を下に見てるような態度取るんですよ？　ふざけんなって思いますよね？」

「それに比べてここは本当に快適です！　雪降ってますけど！」

「そうですそうです！　美味しい料理食べられますし！　大雪だけど！」

「なんとも働きやすいお屋敷じゃありませんか。あんなクソ暑い思いはもうしなくてもいいんでしょう？　最高じゃないですか！　外吹雪だけど！」

あ、はい、そうですか。うん、外ゴーゴー吹雪で何も見えないしな。これ、お前達も初めてなんじゃないか？

てか、相変わらずほんと正直だよな、そういうとこ好きだよ。

小さい頃からよく知ってる家族みたいなやつらだから、全員ではなくても一緒のところで生活出来るなら嬉しいよ。まぁ、こいつら調子に乗るから言わないけど。

吹雪が止んだら、一旦首都に戻り退職してからこっちに来て手続きをするらしい。もうヴィルには話をつけていて、こっちに戻ってきたらすぐに完了するのだとか。

「本当に、安心いたしました。奥様が嫁《とつ》いだ後で嫁《とつ》ぎ先のことを知って、だいぶ心配していたのです。でも、今回こちらに赴《おもむ》いてホッとしました。周りの方々も、そして辺境伯様も奥様を大事になさっているみたいですから」

……言えない。婚姻届にサインした後に離婚届を突きつけられ目の前で破ったことは。口が裂けても言えない。

その後色々あって、今は上手くいってるからいいだろ。結果よければ全てよし。

……ピモか誰かが余計なことを言わないよう口止めをしておこう。これ聞いたらきっと騒ぎ出すだろうから。

「奥様がこ～んなにちっちゃい頃からおそばで見てきましたから、これからも奥様のお役に立てるよう精進していきますので、よろしくお願いいたします」

「おいふざけんな」

「はは、お元気そうで何よりです」

こ～んなにちっちゃい、って親指と人差し指で見せてきたけどさ、それ、豆つぶサイズだろうが。

「……まぁ、よろしく。あ、向こうのみんな元気？」

「えぇ、元気ですよ。毎日愚痴《ぐち》ばかり言ってますけどね」

「あはは、そんなに酷いのか？」

「本宮の連中があれやれこれやれと命令してくるんですよ？　それお前の仕事だろって言い返すんですけど、ちょうどいいタイミングで本宮メイド長が来て、結局私達がやるはめになっちゃうんですよ。酷いと思いませんか？」

「おいおいそれパワハラだろ」

「でしょ？　ほんっと最悪ですよねあそこ」

「辞めて正解だよ」

ま、でもみんな元気なら安心かな。来てくれて嬉しいよ、ありがと。

それから、離宮の使用人達にここを案内した。もう他の人に案内されたみたいだけど、俺も色々と話をしたかったし。

「へぇ、温室は首都にもございますが、これだけ大きいものは初めて見ました」

「だろ？　こんな吹雪だから食料がなかったら皆餓死するからな」

「冬の地で、外では作物を作るのは難しいですからね……さすがメーティォス領です」

三人はここで食事をさせてもらった際、首都とは違う料理に感動したらしい。出てくる食材が違うから、気になっていたのだとか。

「奥様もしっかり食事をなさっていたようで安心しました。いきなり違う生活が始まりストレスなどで食事が進まないのではと皆心配していたのですよ？」

「奥様は小さい頃はあまり食事をなされなかったですからね。大きくなられてから沢山食べるようになりましたが、以前のようになってしまっていたら、と心配で心配で……」

「いや、ここの料理の美味さに俺も感動して食べすぎなくらいだよ」

「それは安心しました」

いや、食べすぎはダメだろ。自分では分かってるから気をつけてるんだからな。

小さい頃は、食事が口に合わなくて食べなかったけど、色々と体動かして腹が減ったら食べるしかないし、味に慣れてきてたのもある。

無理言ってナイフの使い方とか教えてもらってたし。

年齢的にも食べ盛りではあったけど、今は落ち着いて普通に食べるようになったと思う。というより、俺よりヴィルの方が食べるし。体の大きさや狩りに行くからってのもあるだろうけど。

今回残ることになった使用人達の中には、実家が農家のやつが一人いる。だから普通とは全然違うこの場所に興味津々なようだ。

植えてある野菜の種類は？　温度管理は？　などなど、ここの管理人を質問攻め。それを見た俺は呆れてしまったが、楽しそうだから止めないでおいた。

ここは色々と首都と違うからいきなり環境が変わって大変なんじゃないかと思っていたけど、見たところ大丈夫そうな気もしなくもない。ま、よかったよ。

◇

……うん、またこのパターンだ。

今朝も、ヴィルが引っついて胸に顔を埋《うず》めてきた。毎朝毎朝さぁ、引っつくのやめてほしい。

「ヴィル～」

「……」

これ、対策とかあるかな。考えても出てこない。違うところで寝るとか、は無理だな。ピモが阻止してくるに違いない。

でもさ、今日はやめてほしかった。俺もヴィルも今……裸なんだよな。

昨日、俺の後から寝室に来たヴィルが、ソファーに座ってる俺を抱えてベッドに向かってさ。この人なんか不満げな顔してないか？　と思って理由を聞こうとしたら、口を塞がれて聞けなかったんだよ。そっからは……うん、なかなか寝られなかった。

その間、終始不機嫌だったんだよな。一体何があったのやら。

「ヴィル、お疲れですか」

「……」

「あの、早く起きないと離宮の使用人達の見送りに行けないんですけど」

「行かなくていい」

「……」

おいおいなんてこと言ってるんだ。まぁ、どうせまた戻ってくるから、その時に迎えてやればいいんだけどさ。でもどうしてこの人がこんなことになってるのかが知りたい。

昨日は……普通だったよな？　いや、口数が少なかったか。最近ちょっと笑うようになったって思ってたんだけど、そういえば昨日はそんな様子なかったよな。

「なんです、ヴィル。気に食わないことがあったんですか？」

「……」

「俺、何かしました？」

「……」

これじゃ埒《らち》があかないな。このままだとずっとこの状態が続く気がする。ピモが起こしに……は来ないな。あいつ最近来ないんだよな。仕事しろ、ちゃんと。

「今日はずっとここにいろ」

「は？　なんでです？」

いや、本当に、俺何した？　あ、野菜の温室で収穫したな、昨日。こっちに来てる離宮使用人達の中で実家が農家のやつと一緒に収穫を手伝ったんだよな。いやぁ、さすがプロだったわ。

「俺、何かヴィル怒らせました？」

「……違う」

「じゃあなんです」

「……腹は減ってるか」

……は？　いきなりなんだ？

「減ってます、けど……」

「じゃあ我慢しろ」

ヴィルに押されて、横向きから仰向けにされてしまい、ヴィルが馬乗りになった。

俺は、悟った。ちょっと待て、その顔……

「……朝ですけど」

「だから？」

これ、やばいやつだ。

マジかよ。

今日、二回目の目覚め。そう、あの後途中で失神したらしい。目が覚めたらすぐ近くにヴィルの顔があった。ベッドに肘をついて、俺のほっぺたをつんつんしている。こいつ……と思ったが怒らないようにした。なんか向こうの方が怒ってるみたいだし。俺、やっぱりなんかしたかな。

てか、今何時だ？　俺どれくらい寝てたんだろ。

「髪、まだ湿っぽいな」

「……え？」

「拭き足りてないか」

俺の髪を一束取ってそう言い出した。布団から上半身だけ出して近くにあったタオルを取ったヴィルが、あっち向け、と言い出したので反対側を向いた。

……髪、拭いてくれちゃってるんだが。一緒に風呂入った時も拭いてくるけどさ、全然慣れないんだよな。俺がヴィルを拭こうとしても背が低いから手が届かないし、本人に言ったら別にいいって断られるんだよな。

それより、俺、失神してる最中に風呂入れられてたんだ。気付かなかった。意識ないやつを風呂に入れるなんて大変だったんじゃ？　まぁ、ヴィルは力持ちだからな。

「……怒ってます？」

「なんで怒るんだ」

「そんな態度だったじゃないですか。さっき」

あれ、黙ったぞ。何か考えてる？　え、違ったのか？

「怒ってない」

「え、じゃあどうして口数少なかったんですか。不機嫌でしたし」

「知らん」

……え、それどういう意味？　無自覚？　無自覚なのか？　……いや、まだ不満げじゃないか？

一体何が気に食わなかったんだこいつは。言わなきゃ分からないだろーが。

ちょっと、いやだいぶムカついたので上半身を起こしてから、座ってるヴィルの膝に乗り、両方のほっぺたを思いっきり両手で挟んだ。もちろん本人はだいぶ驚いていることだろう。でも知らん。さっさと機嫌直せ。

その意味を込めて、キスをした。唇をくっつけていたら、後頭部をがっしり掴まれた。ヴィルの舌が唇をこじ開けて口内に侵入し、俺の舌を追いかけ絡めてくる。息苦しい中、少しずつではあるが呼吸しヴィルに身をゆだねた。

「っ……はぁ……」

唇と唇が離れ、わざと出していたヴィルの舌と俺の舌に、粘着質な線がつながってる。めっちゃ恥ずかしい。けどそれを理解していてわざとそうしてくるヴィルに腹が立つ。ほら、その顔。バカにしたような顔だ。

「なんだ、そんなにキスしてほしかったのか」

「……そんなんじゃないですよ」

「素直に言っていいんだぞ」

と、またキスをしてきた。舌は入ってこなかったけど、長めのキスだ。

機嫌、直ったか？　それっぽい顔してるような、してないような。

でも、俺に対しては怒ってないみたいだし、いっか。

ちょっと安心して、肩の力を抜き、目の前のヴィルの肩に頭をのせた。

「悪い、無理させた」

「いーえ、いいですよ。だるいのと少し腰が痛いだけなので」

俺はそう言ったけど、それでも悪いと思ってるのか頭を撫でている。それから、頭と背中を支え
俺ごとベッドに背中から倒れた。ヴィルの上に寝てる感じだ。

「重くないですか」

「軽い。もっと食え」

「俺これでもよく食べる方ですけど。これ以上食べたら胃が破裂します」

ヴィルとは違うんだかんな。一緒にするな。

「……」

「……ヴィル？」

いきなりヴィルが黙った。おい、何考えてるんだ。もしかして、不満げだった原因についてか？

それとも仕事か？　あ、白ヒョウとか？　それともまた王室が変なこと言ってきたか？

「……旦那が妻のことを知るのは当たり前だ」

「……」

……ん？　いきなり何を言い出したんだ？

「全部教えろ」

「……いきなりどうしました」

「全部」

なんか怖いんですけど。急に何。全部、にだいぶ力入ってたんですけど。全部って、俺について全部ってこと？　マジ？

「つまらないと思いますけど」

「教えろ」

俺の昔話でもさせる気か？　と言っても……バカげた話とか、つまらん話とか、アホな話ばかりだぞ。言えないこともあるし。ほら、料理の話とか。あ、離宮使用人達とは口裏を合わせておいたから、俺が調理場で鍋振ってたことは秘密になってる。あいつらなら大丈夫だろ。

「時間は？」

「仕事なら明日に回せる」

え、辺境伯様、それいいんですか？　まぁ、本人がそう言ってるのであれば俺は何も言わないけどさ。

「……だったら、俺もヴィルのこと知りたいです」

「……」

「ヴィル、自分のことなーんにも言わないじゃないですか。秘密主義ですか？」

「いや、そういうわけじゃなかったんだが」

「なら教えてください」

だって俺、ヴィルのことっつったら……白ヒョウを操る最強辺境伯だとしか知らないぞ。あとはイケメンってこと?

「リュークが先だ」

「俺が言ったら絶対ヴィルも教えてくださいね。それが条件ですから」

「あぁ、約束する」

あ、してくれるんだ。バックレるとかないよな。怒るぞ。俺が怒ったら怖いんだぞ。

でもさ、どこから話したらいいのか分からん。

「ベレス暦十五年三月七日生まれの第十五王子です」

「知ってる」

「え、俺ヴィルの誕生日知らないんですけど」

「十二月十七日」

へぇ～真冬か。その時期だとここはどんな感じなんだろ。吹雪もっと酷くなる?

「好きな食べ物はパスタ。けどここに来て変わりました」

「じゃがいものポタージュにか」

「よく分かりましたね」

「見てれば分かる」

そんなに分かりやすいのか、俺。それに比べてヴィルは表情に出さないから分かりにくいよな。

伝授してもらうのもいいな。

あ、でも最近笑うようになったんだっけ。最初とは全然違う。イケメンなんだから笑ってた方が得だよ、得。

「嫌いな食べ物は……辛いものと苦いもの？　あ、小さい頃、五歳だったかな、ププメリだと思って食べたらパパルスで大泣きしたことがあります」

「あぁ、似てるからな。そのまま皮ごといったのか」

「……まぁ、つまみ食いしまして……死ぬかと思いました。使用人達には自業自得だって言われましたけど」

「確かに五歳の子供にあの味は無理だろうな」

「はい、だからもう見るのも嫌なんですよね」

「料理長に言っておく」

「お願いします」

ププメリもパパルスもマスカットみたいな果物だ。ププメリはすっごく甘酸っぱくてめっちゃ美味《うま》いんだよ。一方、パパルスはそのまま食べると、すんげぇ苦いカカオと一味唐辛子を混ぜたような味がする。

本来なら皮をちゃんとむいて茹でてから冷やして食べるもんなんだけど、あれは本当にダメだって。死ぬかと思ったよ。水飲んでも甘いもん食っても全然治まらなくて大変だったんだから。

「やんちゃだな。つまみ食い常習犯だったのか？」

「笑わないでください」

「笑ってない。可愛いなと思っただけだ」

「それ、本当に思ってます？」

「思ってる」

本当か？

「離宮では、他の兄弟達と同じ教育を受けさせてもらえなかったので使用人達に勉強を教えてもらいました。それでも暇だったんで色々やりましたよ。本をいっぱい読んだり、庭とかいじったり、ナイフも離宮の衛兵から習ったし、絵も本を見て描いてみたし」

あと何やったかな。歌もやったし楽器もやったし……あれこれやりすぎて覚えてないや。でも離宮に支給されるお金には限りがあったからお金のかからないものばかりだった。

「本当はダメなんですけど、離宮の敷地の外に出たこともあります。俺本宮には全然行った経験ないから他の人達に会ったことなかったんですけど、王族の証であるこの容姿ですからすぐばれて戻されちゃって」

そう、銀髪に青い瞳は王族の証。ただし十九人の王子の中でこの容姿なのは俺含め五人のみ。だからすぐに分かってしまう。

「……多分、使用人達はお叱りを受けちゃっただろうけど、あいつら声を揃えて何もなかったって言ってきたんですよ。ほんと、バカだなぁ……」

俺のせいなのに笑っちゃってさ。正直に言えばいいのに。

「あ、すみません、変な話しちゃって」

「別にいい。……大事な家族、なんだろ」

「……はい」

ヴィルが頭を撫でてくれた。まぁ、今はヴィルも家族なんだけどさ。でもそう思うとなんか変な感じなんだよね。結婚式もやらなかったし、結婚指輪もない。

この世界だと結婚式はあっても結婚指輪というものは存在しない。だから違和感を覚えるのか。そうか、それか。

「じゃあそろそろヴィルのことを教えてくださいよ」

「……」

「なんでもいいですよ。小さい頃はどんな子でした？」

少しの沈黙。そんな難しいか？　ヴィルの頭は上にあるから顔が見えづらい。だからどんな表情をしてるか分からん。

「四歳から剣を持っていた」

「……四歳？」

「あぁ、先代から渡されて騎士団の鍛錬に放り込まれた」

「……なるほど」

いや、なるほどって言っちゃってよかったのか？　そもそもそれ、いいのか？　先代様、ちょっと鬼畜じゃありません？　その教育方針ってどうなんですか？

でも、ヴィルの強さはそこから来てるのか？　遺伝子とかのおかげもありそうだけど。

そんな時。

ぐううううううう。

「……」

「……」

「……笑わないでください」

「リュークの腹はもう限界か」

「我慢しろって言ったのはどこのどなたです？」

「ククッ、話はメシの後だな」

だぁから、笑うな。お前のせいだかんな。

呼び鈴を鳴らしたらニッコニコなピモが現れ、食事が部屋に運ばれた。

そして、全くカトラリーを持たせてもらえず、ヴィルにご飯を口の中に突っ込まれた。軽いからもっと食えと言っていた通りどんどん突っ込んでくるので、もう一本のフォークでベーコンらしきものをヴィルの口に突っ込み返した。

「さっさと食ってください」

「そんなにやりたかったのか」

「いや、俺ばっかかでヴィル食べてないじゃないですか。俺これ以上食ったら胃が破裂しそうです」

「じゃあ食わせてくれ」

「遠慮なく口に突っ込みますけど」

「別に構わん」

あ、いいんだ。ヴィルは口デカいから結構ぽいぽい入れちゃったんだけど、まぁ楽しそうにしているから別にいいか。

「リューク、明日は」

「明日？　んー、野菜温室へ行くつもりです」

「それは別の日にして、時間を空《あ》けておいてくれ」

「……何かあるんですか？」

「さぁな」

さぁなって……すんげぇ気になるんだが。でもヴィルってこういうのは絶対教えてくれなさそうだし、明日分かるならいっか。


「え？　嫉妬《しっと》ですよ？」

食後にヴィルが呼ばれて出ていき、そのタイミングでピモに、ヴィルに何かあったのかと聞いたら、そう返ってきた。

……嫉妬《しっと》？

「だって奥様、ずっと離宮の使用人達と楽しく話をしていたではありませんか。特に、旦那様の知らない昔の話とか」

「……マジ？」

「そうですよ。本当は使用人達をここで雇うのも微妙なのでしょうけど、今回のように奥様に何かあった時、私達より付き合いの長い使用人達の方がすぐ対応出来ます。何より奥様が大切になさっている方達と離れ離れになると寂しい思いをしてしまうのではと考えているのではないでしょうか」

まぁ確かに付き合いが長くて俺についてよく知ってるのはそうかもしれないけど……いやいや、本当にそんなこと考えてるのか？　あ、でも昨日俺のこと教えろって言ってたな。

「奥様を独り占め出来ないし、他の人と楽しくしているから不機嫌なのですよ」

「……独り占め？」

「そうです」

「でもさ、ピモとか他の人達とも楽しく話してるよ？」

「それは相手がよく知っている者で、相手も自分のことをよく知っているからです。離宮の者達とは今回初めて会ったわけですから何も知りません。奥様とどんな関係なのか、とかね」

……いやいや、あいつらとはただの家族みたいなもんだぞ？　それなのに、それで不機嫌になったのか。

嫉妬《しっと》……ヴィルって嫉妬《しっと》するんだ……しかも、俺が自分の知らないやつらと喋ってるだけで？

え、マジかよ。

「かっ……」

可愛っっっっっっ……

そんなので嫉妬《しっと》しちゃったの？　え、可愛いな。嫉妬《しっと》した後が怖いけど。でも可愛いだろこれ。嫉妬《しっと》……嫉妬《しっと》するんだぁ……そういうの全然しないと思ってたのにさ。

婚姻届にサインした直後に離婚届出してきた人が嫉妬《しっと》？　あ、いや、その時は俺のことは王子としか知らなかったわけだけどさ。そんな人が、嫉妬《しっと》？　マジ？　嫉妬《しっと》ってあの嫉妬《しっと》だろ？

うん、まぁ、嫌われるよりはいいけどさ。

「でも、まぁ……」

……嬉しい、かな？

「どうしました、奥様」

「……いや、まぁ……」

「あらあら奥様～、顔、ちょっと赤くなってますよ？」

「いやいや、見間違いだって」

「本当ですか？」

黙ってろ、ピモ。

◇

昨日、明日空《あ》けておいてくれとよく分からんことを言われたから、そうしておいたんだけど……

なんだこれ。

「辺境伯様からご依頼いただいた品になります」

「……」

朝ご飯を食べた後、お客さんが来たとピモが報告に来て、ヴィルと一緒に客間に行ったら……知らない人がいた。あ、ここ俺が初めてこの屋敷に来て婚姻届を書いたとこな。あと離婚届をビリビリに破ったとこ。

お客さんは大体六十代くらいか？　服的にここの領地の人かもしれない。

そして、その人が見せてきたのは……

「……スノーホワイト？」

「そうだ」

マジかよ。

トレイの上にあったのは……スノーホワイトのピアス。細長くて結構揺れそうなドロップ形だ。

「……ヴィルの？」

「お前のだ」

「……マジ？」

え、こんな貴重なもんを俺が貰っちゃっていいの？　だってスノーホワイトだよ？　ヤバいだろこれ。

「……素手で触っていいやつですか」

「お前のものなのだから別に構わん。俺に聞くな」

「……」

これ、一体どれくらいの価値があると思ってるんだ。金で買えるもんではないのは知ってるけどさ。とりあえず手袋持ってこい、指紋とかつけたくないし。

なんて思ってたら隣に座っているヴィルがため息をついた。そして手を伸ばしスノーホワイトのピアスを持って俺の目の前に持ってきた。

「デザインは気に入ったか」

「……あ、はい」

「嬉しくなさそうだな」

「え、あ、いや、貴重なものだから汚せないなと思って」

「なら汚すような行動はするな」

「そもそもこれつけてどこ行くんですか」

「普段からつけてろ」

普段から……それいいのか？　こんなすごいのつけてて。もしや……

「……それが狙いですか」

「さぁ？」

なんだよ、活動制限させるために作らせたのかよ。畑仕事とかするなって？　やなこった。

そんな風に考えていたら、隣のヴィルは俺の頭を撫でてきた。

「なんだ、初めての俺からのプレゼント、喜んでくれないのか」

「……」

いや、初めてじゃないだろ。バラの間の鍵とか、かき氷機とか、色々貰ってますけど。

「別に意地悪じゃないさ。だから素直に貰ってくれ」

「……はい」

保存用だな、これ。

でも俺、ピアス穴を開けてないんだよな。それにこの世界だとどうやって開けるか分からん。ピアッサーとかってあるのかな。

「でも、金属だと凍傷になりませんか？」

「この金属は普通のものと違って冷たくならない。スノーホワイトも寒さに強いからそのままつけていても外に出られる。安心して雪だるまを作りに行っていいぞ」

「え、すごいですね」

とはいえ、これつけて雪だるま作りに行くのはなぁ。いいのか？　常識的に考えてさ。おかしくない？

まぁでも、ここの常識と俺の常識って違うじゃん？　だからよく分からないんだよな。そもそも俺宝石なんて貰ったことないし。扱い方とかどうすればいいんだろう。ピモに聞いた方がいいか。

「他に欲しいもの、あるか？」

「……他？」

「俺の妻は普通の夫人と全く違うものをおねだりしてくるからな。いい機会だから他の装飾品もプレゼントさせてくれ」

すみませんね、普通のアメロと違って。でもさ、確かにあれ欲しいこれ欲しいとかって言ったことなかったよな。かき氷機も欲しいとは言わなかったし。

もの以外って言ったら……白ヒョウ見せろ？　うん、他の夫人は言わないかも。好奇心旺盛な夫人なら分からんけど。

……と、思っていたらいつの間にか目の前のローテーブルがいろんなもので埋め尽くされていた。宝石とか装飾品とかが並んでる。しかもなんかすごいのばっかじゃないか？　こんなの使えねぇぞ。

それを並べた客人はすっごくニコニコだ。うん、さすが商売人だな。ここで買わなかったらガッカリさせちゃうか。

ここの夫人として売り上げに貢献した方がいいのか？　とは言っても、一体何を……あ。

「……ヴィル」

「ん？」

「お揃い、って嫌ですか？」

「俺とリュークでか」

「はい。左手の薬指に指輪なんてどうです？　邪魔になります？」

そう、結婚指輪だ。まぁここじゃそんなものは存在しないけど、俺としてはあってもいいかなって思ったわけだ。

でもヴィルの場合、狩りとかもあるから邪魔になっちゃうかな。そん時はネックレスでもいいかも。

「可愛いおねだり、出来るじゃないか」

「……あの、バカにしてます？」

「してない。ならどういうのがいい」

……いいらしい。つけてくれるんだ。

ヴィルが使うならシンプルな方がいいよな。俺としても宝石いっぱいだったりデカかったりするやつはちょっと気が引ける。それに邪魔にならない方がいいわけだし。

「スノーホワイトがいいか」

「指輪も!?」

「なんだ。スノーホワイトはこのメーティオスを象徴する宝石だぞ。それに、この宝石の方が寒さや耐久性が高いから使い勝手がいい」

使い勝手がいい……こんな貴重な宝石を入れる指輪を、使い勝手がいい、だって？　いやいやいや、おかしいって。

「その他にも、スノーホワイトほどではありませんが耐久性のある宝石をご用意いたしました」

客人が出してきたのは、色とりどりの宝石。どれも色鮮やかだ。

「デザインのデッサンもお持ちしました。参考程度にどうぞ」

「あ、はい……」

うわぁ、すごいのばっかだ。デッサンってこんな感じなんだな。すげぇ。初めて見た。

シンプルなものだと……ここら辺？　普通のリングとか、あとは……

「ヴィルはどれがいいですか」

「リュークが決めていい。俺の趣味じゃつまらん」

「でも意見はください。一つでもいいですから」

俺が好き勝手してヴィルのあんまり好きじゃないものになっちゃったら後悔するに決まってるだろ。それはダメだって。

「なら……シルバーリング。あと青い宝石も入れてくれ」

と、俺の髪を一束取った。もしや……俺の目と髪の色？　マジかよ。

だったら、ヴィルの色も入れるか。好きにしていいって言ったんだし文句はつけないだろ。

ヴィルは黒髪に赤い瞳だ。なら、ここら辺の石かな？

「じゃあ……青い石はどれがいいですか」

「俺が選ぶのか？」

「青いの入れろって言ったのヴィルでしょ」

と、選ばせた。俺、宝石ってよく分からないしな。ただ、次の黒い宝石は自分で選んだ。

リングはシンプル。真ん中にちょっと大きめのスノーホワイトで、両隣に小さめの青、その両隣にそれより小さめの黒い宝石を入れることにした。横から、黒、青、スノーホワイト、青、黒という順番だ。五つの宝石を使っているけど、本当に小さいものだし埋まってるからあまり邪魔にならないはず。

「では完成次第すぐこちらにお持ちいたしますね」

そう言って客人は帰っていった。さてさて、一体どんな感じで出来上がるのだろうか。楽しみだ。

と思っていたら隣の人が軽くキスをしてきた。

「お揃い、そんなに欲しかったのか」

「たまにはいいかな、と思いまして。ほら、ヴィルも何もつけてないじゃないですか」

「まぁ、興味がなかったというだけだったが……リュークが望むならなんでも身につけるぞ」

「いえ、指輪だけでいいです」

「そうか」

結婚指輪、楽しみだなぁと思っていたけれど、最難関があったことを俺は忘れていた。

「ピモ、来い」

いきなり、客間の外で待っていたらしいピモを呼んだヴィル。そして呼ばれたピモは何やらトレイを持っていた。こちらをどうぞ、とトレイをローテーブルにのせる。

そこにあったのは……え、針？　いや、なんか太くないですか。安全ピンより太くない？

……ちょっと待てよ。そういえばピアス、プレゼントしてくれたよな。まさか……

「開けるぞ」

「……ピアス穴を？」

「他に何があるんだ」

……これ、ぶっ刺すの？　え、怖いんですけど、結構太くないですか、それ。

「……あの、それ、痛いですか……？」

「痛みは一瞬だ」

「……」

ヴィルも穴が開いてるから経験者なのだろうけどさ……この世界にもピアッサーがあればいいなぁ～って思ってたのに、期待打ち砕かれちゃったよ。こんな太い針でやるの？　絶対痛いでしょ!!

俺の体が勝手に、ヴィルから離れていく。あ、別に怖気《おじけ》付いてるわけじゃないよ？　俺注射とか苦手じゃないし。ほら、ちょっと混乱してるだけと言いますか……いや、それ絶対痛いって。

「ピモは医療関係にも詳しいから、正しく開けてくれる。安心しろ」

「あ、いやそういうわけではなくて……」

「なんだ、怖気《おじけ》付いたか？」

「いや、そうでもなくて……」

「痛いのが怖いのか？」

そう言ってニヤニヤしながら腰を掴まれた。てか上に乗ってくるな。そこにピモがいるんだぞ。

「俺のを挿入《いれ》るよりも簡単だろ」

「なんてこと言うんですか!!」

「いいから大人しくしてろ」

やばい、針を持ったピモが近づいてきたぞ。待て待て待てちょっと待て!!

待ったをかけようとしたのに、今度は顎を強く掴まれた。

「ヴィル!!」

「すぐに終わる。ピモ、やれ」

「かしこまりました」

いやいやいや、だから待ってってって!! 心の準備とか全く出来てないんだって!!

そう叫びたかったのに、ヴィルがキスをしてきた。大人しくしてろと言わんばかりの顔で舌を入れて、顎と後頭部をがっしり固定する。待て待て待てそこにピモいるんだって!! 離れろこの変態っ!!

なんとなく耳たぶが冷たくなって、チクリと痛みが走ったけれど、今の俺にそんなことを気にする余裕はない。さっさと離せっ!!

バンバンとヴィルの肩を叩くけど、それでも全く離してくれない。そのまま上半身を起こされ、また反対側の耳たぶにも冷たさとチクリとした痛みが走る。

ようやく離してくれた頃には、俺の腰は抜けてしまった。この野郎マジで覚えてろよ、と息を切らして涙目で睨んだ。

両方の耳たぶがジンジンしてる。キスしてる最中に穴開けられたな……さすがピモだ。こんな状態で開けてくるなんて……

じゃあごゆっくり～、と言って空気読みますよとばかりの顔で出ていったが。マジでムカつくなあいつ。

「痛いか?」

「……」

「ククッ、悪かったよ」

本当に悪いと思ってるのかこの男。腹立つな。……軽いキスと頭を撫でてもらっただけで許しそうになっちゃう俺自身にも呆れるけどさ。

「ピアス、つけてくれるか？」

「……どうしても、なら」

「あぁ、どうしても」

……しょうがないな。まぁ、せっかく貰ったのなら使わないといけないし。

耳たぶをそっと触ってみたら、空《あ》けられた穴に何か入ってた。金属の輪っかかな。へぇ、こんな感じなんだ。

「一ヶ月はそれをつけることになる。それ以降は別のものをつけていい」

「結構長いですね」

「ピアス穴は言ってみれば傷だからな。安定するまで時間がかかる」

そこら辺は地球と一緒か。

「スノーホワイトは比較的軽い宝石だが、開けてすぐはもっと小さいものをつけよう。後でそっちも用意する」

「いいんですか？」

「あぁ、青い石のものがいいか」

「はい、ありがとうございます」

わーい。開け方は強引だったけど、こっちでもピアスつけていいんだ〜！　ずっとつけてなかったから違和感があったんだよね。まぁ、ヴィルのプレゼントってところも嬉しいんだけどさ。ありがとうございます、ヴィル。

◇

離宮使用人三人がここに再就職して数週間。

離宮の使用人達と楽しく喋ってたらヴィルが嫉妬《しっと》したこともあって、ちょくちょく構ってやろうと思ったんだけど……具体的に何をしてやればいいのだろうか。よく分からん。

一応、昔話とかはしてる。それと風呂も毎日一緒で、たまにのぼせるくらい長風呂するし、食事も三食一緒にとる。お茶にだって誘うし……あとは何すりゃいいんだ？

とりあえず、ソファーに座って本を読んでる俺の膝を勝手に枕にしやがったこいつの頭でも撫でとくか？

俺がいつもバラの間で本を読んでるからか、ヴィルがここにソファーを置いてくれたんだよ。

今日もそこで本読んでたら、ヴィルが静かに入ってきて、黙ったまま隣に座って膝に頭を置いてきた。なんも喋らなくて怖いわ。

俺と同じ方向を向いてるから、ちょっと前のめりにならないと顔見られないんだけどさ、目つぶってるんだよね。それで話しかけずそのままにしてるんだけど……お疲れか？

でも、寝てる……わけではない？　目をつぶってるけど寝息はしてない。

疲れてそうには見えなかったけど……無理はしてほしくないな。ここ、生活するには大変な場所だし、領地は結構広いらしいから、領地経営とかも一苦労なんじゃないかな。

俺も、何か手伝いとか出来たらいいのに。

「ここにいてくれるだけでいい」

「……声に出てました？」

「小さかったがな。仕事はちゃんと回せてるから苦労してるわけじゃない。だからリュークは気にするな」

「でも疲れてるでしょ」

「いや？」

「本当ですか？」

「……いや、疲れた」

おう？　いきなり言ってること変えてきたぞ。と思っていたらくるっと上を向いて、俺の頭に手を伸ばし、キスをさせられた。

「だから、癒してくれ」

……それが狙いか。

「がっつり寝た方が効果的ですけど」

「リュークがいないと意味がない」

あーはいはい、これは何言っても無理ですね。

仕方なく、起きてと肩をトントンした。ヴィルが起きてくれた後、今度は俺がソファーのひじ置きを枕に横になった。

「はい」

と、ヴィルに向かって両手を伸ばす。ほら、来い。と。

そんな俺の行動に少し笑ったヴィルが、俺の肩辺りに頭をのせて寝っ転がってきた。

ヴィルは俺より重いけど、潰されるほどじゃないから大丈夫。頭を撫でてやると、頭が俺の顔にもっと近づいてきた。そんなにいいのか、これ。俺は体が小さいから寝づらいかなと思う。でも、嬉しそうだからいっか。いつ解放されるか分からないけど。

まるで大きな子供だな、これじゃ。……まさか、これのためにここにソファー置いたとかってのは、ないよな。

まぁ、別にいいけどさ。ヴィルが休めるなら。

……そういえば仕事はどうしたんだ？　全部終わらせてきた？　それにしては時間的に早いよな。そのまま……ってわけじゃないよな。ここに来て何時間経った？　なんか恐ろしくなってきたんだが。

でも、聞けない。こんなに嬉しそうにしてるヴィルには。大丈夫だと信じたい。

第三章　悪夢は突然やってくる

「……あのー、ヴィル。俺、邪魔になってません？」

「なってない。むしろはかどってる」

「座ってるだけなのに？」

「あぁ」

今日、俺は朝から捕まっていた。どう捕まったのかって？　朝飯食べた後、ヴィルに今日何をするんだと聞かれ図書室にこもろうかなって思ってますと答えたら……抱っこされて連行された。そして、辿り着いた場所を見て戸惑った。

ヴィルの執務室だったからだ。

俺を降ろそうとはせず、そのままヴィルは自分の席に座った。俺はどこに座ったかって？　ヴィルの膝だ。なんてことしてるんだこいつ、と抵抗したが……逃がしてもらえなかった。

すまん、執事達。戸惑うだろうけど、大目に見てくれ。

「……ずっとこれ？」

「あぁ」

マジかよ。俺拘束されてなきゃなの？　大体、俺ここに座ってるだけなのになんで仕事はかどるんだよ。何、やる気出るって？　どんだけ俺のこと好きなんだよこいつ。ちょっとは集中しろバカ。

それにしても、仕事してるヴィルを初めて見たけど……こんな感じなんだ。

書類は積み上がっているけれど机の上はちゃんと整理されてる。こういうのって性格出るよな。机の上綺麗にしておいた方が仕事しやすいし。

前にも一回ここに来たことはあるけど、あの時は数分しかいなかったっけ。色々あってめっちゃ恥ずかしかったし。

改めて執務室を見回してみた。インクの匂いと、本の匂い。めっちゃ近くにいるからヴィルの匂いもする。

図書室とは違ってるけど、ここも本がいっぱい壁にびっしり並んでる。図書室にはない本なんだろうな。どんな本があるんだろう。

後、ヴィルが記入してる書類、字がびっしりだな。一応読めるものの、難しい内容ばっかだ。俺の知ってる地球の書類とこっちの書類では書き方もまとめ方も違うらしいし。

「気になるか」

「え？」

「領地に関する本を読んでいるんだろ」

「あ、はい」

へぇ、知ってたんだ。ヴィルの前だと物語系しか読んでなかったよな。さてはピモか。

「この領地では一年の大半雪が降っている。大雪や吹雪になることもある。空や雲の動きを見て領民達は大荒れになる前に家にこもるのが普通だ。だがその晩は家が壊れることもある」

「あ、結構吹雪とか強いですもんね」

「この屋敷とは違って領民達の家は小さいから、修理にはさほど時間はかからないが、修理途中で雪が降ってきてしまったら作業を中断するしかない。そういった時のための対策をいくつも用意しなくてはいけないんだ。この書類は、それに関するものだ」

なるほど。やっぱりここに住むということは色々な危険を伴うのか。難しい場所なんだな。それでも住めているということは、ここを治めている領主達がそれだけ優秀だということなんだろう。

「ここって建築技術もすごいんですか？」

「そうだな。ここには優秀なやつらが揃ってる。頑丈で、なおかつ修理しやすく外へ熱を逃さない家を建てるとなると難しい。他の大工では到底無理だろうな」

「水道とかも凍ったりします？」

「あぁ、気温によってだが」

うわぁ、蛇口ひねったら水が出ませんだなんてヤバいだろ。恐ろしいな。水が出なかったら出来ないことが沢山あるしな。

俺はここにいるから普通に水を使えてるけど……なかったら当然飲めないし、料理にも使えない。他にも掃除や洗濯だって難しくなる。

「対策もあるし、たとえ水道が使えずとも、どの家にも氷や貯水タンクが置かれている。他にも色々と貯蓄させているから余程のことがない限り大丈夫だ。ここで住む領民達は知識を持っている。こうなったらこうすればいい、とな。俺より物知りな年寄りもいるぞ」

「へ、へぇ……」

ここで生きるための知識ってやつか。

それだけ、ここに住んでる人達は賢いのだろう。そりゃそうだな、賢くなきゃこんなところ住めるわけがない。

「たとえ吹雪が続いても、食料の面は問題ない。もう外が冷凍庫みたいなものだから、食料はたんまり貯蓄出来る。だから餓死もしないだろう」

「あ、はは……そりゃそうですね……」

すげぇな、さすがだ。でも……これって全部、俺がここに来たから知ることが出来たんだよな。

もし首都にいたら絶対に知らないままだった。

なんか、首都で呑気《のんき》に生活してた自分を恥ずかしく思うな。すんません、こんなやつがメーティス辺境伯夫人で。もうちょっと勉強しないとだよな。もっと頑張ろ。

……でもさ、俺一つ気になってたんだよね。今までも勉強でこのつけペンとインクを使ってたんだけどさ、なかなか慣れないんだよ。先っちょにインクつけては書いて、つけては書いてだろ？

ヴィル達にとってはこれが常識でも、俺にとっては珍しいわけでさ。しかも書いたところを触らないようにしなくちゃいけないじゃん？　何回もやらかして利き手がインクだらけになったんだよね。俺器用じゃないんです。

「……ボールペンがあればいいのに……」

「ボールペン？」

……俺のバカ。何声に出しちゃってるのさ。アホ。

「あ、いえ、首都にあった本に書いてありまして……このペンだと毎回毎回インクを先っちょにつけないといけないじゃないですか。だからペンの中に入れちゃえばいいって書いてあったんですよ」

一応詳しく説明したけど……使われているインクがどんなものなのか、とかは知らない。ちゃんと最後には、って本に書いてあったんですよ、と付け加えたから多分大丈夫、だと思う。

おや、なんか考え事し始めたぞこいつ。いやまさか、いやないない。だってボールペンだぜ？ 無理無理無理無理。このインクを中に入れたらダラーって流れちゃうじゃん。

「あ、今日バラの間でお茶しませんか？ また料理長が美味しいおやつ作ってくれたんですよ。アイスボックスクッキー！」

「アイスボックスクッキー？ 冷たいのか」

「違いますよ。作る時に冷凍するんですよ」

「へぇ……面白いな」

話、そらせたか？ まぁ、なんとかなったはず。

◇

メーテォス辺境伯の領地。そこはとてもすごいところだ。俺の知ってる首都とは全然違う。

地球でもファンタジー系の漫画とか読んだけど、こんな土地はなかった。俺も雪国に住んでたわけじゃないし。

「……なぁ、ピモ」

「はい？」

「俺、街に行きたい」

「……」

領地の中で一番人が集まっている場所だ。商会の建物や野菜の温室とか、大きな銭湯もあるらしい。ちなみに言うと、場所は屋敷の近くだ。

けどその瞬間、バラの間で本を読んでた俺に紅茶を淹《い》れてくれてたピモが、手を止めた。

「ダメ？」

「……」

なんでピモ、目を合わせないんだろ。そんなにダメなのか？　俺が行っちゃマズいのか？

「俺、もっとこの領地のこと知りたいんだけど」

「……私では、決めかねますので、旦那様にお聞きください」

あ、そっか。ヴィルに許可を取らないといけないよな。屋敷の近くと言っても、歩いて行くには距離があるから、馬車を貸してもらわないといけないし。それに俺がここに来てから初めてのお出かけだし。

とはいえ、今までだって城から出たことがあるのは、ここに来た時の一回だけなんだよな。でも地球では普通に出かけていたから、そんなに目が離せない箱入り坊ちゃんというわけではない。それにピモの話をちゃんと聞くもん。大丈夫だろ。

今ヴィルは仕事中だから、夕食時にでも聞いてみようかな。

メーテォス領の街、楽しそうだなぁ。あ、遊びじゃないのは分かってるよ？　これも勉強の一環だし。でも楽しんで学ぶのも大切だしな。

「ダメだ」

「……」

そして夕食の席で、ヴィルにズバッと、一刀両断されてしまった。

え、ダメ？　ダメなの？

「なんでダメなんです？」

「ダメだ」

「……理由は」

「ダメだ」

……どうして教えてくれないのさ。理由も言わずにただダメ？

こんなやりとり、前にもやった覚えがある。俺が風邪引いた時、領地の人達に雪だるまのぬいぐるみを貰ったから、そのお礼を直接したいって話したら、ヴィルが領地の人達をこの屋敷に呼ぶって言い出したんだ。そんなことするわけないだろって断ったところ、それじゃあダメだの一点張り。

また風邪引いたら大変だって思ってるのかなって俺が折れたけど。今回は理由くらい言ってくれてもよくない？

「なんでダメなんですか」

「ダメだ」

なんだよその顔。つーん、って、すましちゃってさぁ。俺に視線も向けずに肉食いながら。すんげぇムカつく。

「……ヴィル、嫌い」

ガンッ。

ヴィルがちょうどお肉をフォークに刺そうとしていたけど、お肉には刺さらず、ずれて皿にぶつかった音がした。皿、割れるんじゃないかってくらいの音だ。

怒ってる？　真顔で、瞬《まばた》きすらせず動きが止まったし。

ヴィルが何を考えてるのかは分からない。けど、俺はもうそんなの知らない。

残りの料理をパクパク口の中に突っ込み、もぐもぐ食べ終えた。

「ごちそうさまでした」

隣であせあせしてるピモにも目を向けず、俺は食堂を出た。

俺は怒ったぞ。ヴィルなんて知らないからな。

別に、理由くらい言ってくれてもいいじゃん。なんだよ、ダメだの一点張りなんて酷くないか？

「あ、あの、奥様……？」

「ピモ、違う部屋用意して」

「ち、違う部屋……？」

「俺そっちで寝るから」

「えぇえ!?」

「用意して。ヴィルに何か言われたら、邪魔するなら俺はヴィルとは二度と口利かないって言っといて」

「奥様ぁ……」

ふんっ、ヴィルなんて本当にもう知らないからな。


——メーティオス辺境伯邸、波乱の幕開けである。


ヴィル嫌い宣言をしたその日の夜。俺はいつもの寝室には行かず、ここに来たばかりの頃に使っていた部屋に来ていた。

ヴィルと一緒に使ってる寝室と違って、ベッドが小さい。懐かしく感じたけれど、今の俺はそれどころではなかった。ヴィルのことで頭がいっぱいだったからだ。

理由くらい教えてくれてもいいじゃん。ちょっと強めに嫌いって言っちゃったのはやりすぎだったかなと今更ながらに後悔しているけれど、悪いのはヴィルの方だ。俺は悪くない。

そんな風に思っていたら部屋のドアがノックされた。ピモかな、と返事をしたものの、何も返答がない。

　この感じだと……ヴィルか？

「なんですか」

　そう言い鍵を開け、少しだけ扉を開いた。やっぱりヴィルだ。ずいぶん気まずそうな顔をしている。目、泳いでるし。

「……すまなかった」

「……」

「リューク」

　俺は小さい頃、アメロの使用人に教えてもらった。あ、ここに来たやつらのうちの一人ね。いいですか、殿下。もし恋人が出来て向こうが原因の喧嘩《けんか》で相手が謝ってきたらこう言うんですよ、と。

「何が？」

　絶対にすぐ許してはいけない。もしそこで許してしまったら次も必ず同じことをするだろうからと。

　ほら、予想通りの顔だ。驚いてるし焦ってる。謝っておけば丸く収まるとでも思ったのか？　なわけないだろ。

「……すまん」

「何が？」

「……」

口ごもっちゃった。こう言われるとは考えてなかったのか。でも、俺はもう知りませんからね。

ドアを閉めようとしたら、ヴィルにドアを掴まれて閉められなかった。だから……

「邪魔するならもう口利きませんけど」

「っ⁉」

パッと手を離したので、その隙にドアを閉めて鍵をかけた。ふんっ。しーらない。

それにしても、嫌いって言葉、結構効果的だったんだな。焦ってたし。ヴィルのあんな様子、初めて見た。まぁヴィルのやつ、俺のこと好きらしいしな。口でちゃんと言ってはいないけど、構ってちゃんだし嫉妬《しっと》もしてくるしで、困ってるくらいだ。

別々に寝るのは、風邪の時以来か？　あの後も隣が寒かっただのなんだのって言ってたし。恋しくなる？　寂しくなる？　でも今の俺にはそんなの関係ない。勝手にやってろ。

◇

次の日。コンコン、というノックの音で起きた。

「ピモ……？」

ふぁ～、とあくびをしつつそう聞くと……し～ん、としている。あぁ、誰だか分かったぞ。

静かにベッドから降りてドアに近づく。そしてドアに向かって話しかけた。

「……なんです、街に連れてってくれるんですか」

「……」

はぁ、だんまりかよ。じゃあ何しに来たんだよ。また謝りに来たってか？　何度か謝れば許してくれるとでも思ったか。なわけないだろこの野郎。

「……俺のことはいいんで、気にせず仕事に行ったらどうです？」

「……」

だんまりなヴィルに呆れてしまい、聞こえよがしの大きなため息をつきベッドに戻った。もう知らないぞ。

それから数十分後、再びコンコンとドアをノックする音がした。またヴィルか？　と思っていたら、ピモです、と聞こえてくる。だからよっこいしょとベッドを降りて鍵を開けた。

「……お、おはようございます、奥様」

「はよ」

すんごく気まずそうな様子だ。どうせヴィルに何か言われたんだろ。俺も、もう口利かないって伝えろって言っちゃったけどさ、これじゃあ板挟みだよな。すまんなピモ。でもよろしく頼むよ。

俺は今日ここで朝食とる、と言い出すとまたピモが顔を引きつらせた。まぁそうなるだろうなと思いつつも、眠くてあくびをしてしまった。

それでふと思った。いつもだったらヴィルの狸寝入りが始まって、こんな風には起きていられなかったよな。久しぶりだな、こういうの。なんか新鮮。

さて、今頃ヴィルは何をしているかな。朝ここに来たけどだんまりだったし……どんな様子か見ものではあるけれど、喧嘩中だから無理か。いや、これ喧嘩って言うのか？　別にどっちでもいいけど。

「ピモ、ヴィルの今日の仕事は？」

「先ほど、街の視察に向かわれました」

「……ふーん」

街の視察、ねぇ……仕事だろうけど、ずるい。俺も行きたかった。遊びじゃないって分かってるから邪魔する気ないし。

なら、勝手に行っちゃう？　ヴィルに黙って。でも帰ってきた後が怖いな。

「……なぁ、ピモ」

「は、はい……？」

「お前、何か知ってるだろ」

「……へ？」

「俺が昨日街に行きたいって言った時、動揺してなかったか？」

一瞬手を止めたし、視線も合わせなかったし。少なからず何かあるに決まってる。

「……いえ、何も……」

「へぇ、嘘つくんだ」

「……」

ほら、図星だ。分かりやすい嘘なんてつくなよ。

「何、俺に隠すのか？」

「……申し訳ありません。ですが、さすがに私の口からは言えません……首が飛びそうですので。私、まだ死にたくありません」

首が飛びそう、だなんて言われると余計気になるんだが。まぁヴィルに剣を向けられたら生きた心地しないだろうな。でも、そこまでか。やっぱり何か隠してるな？　それを言いたくなくてダメの一点張りなのか。怪しい……一体何を隠してるんだ。

いっそ、他の使用人達にも聞いてみる？　ただ、ピモのこの様子だと知っていても教えてくれない気もする。もし強引に聞き出したとして、そのことを知ったヴィルが何をするか分からない。それは結構可哀そうだし……

じゃあ……強行突破？　強行突破でいっちゃう？　白ヒョウの時はキスをしてやったしな。となると……おんなじ手でいくか？　いや、同じ手には乗ってくれないかもしれない。どうしたものか。

なんて思いつつ、今日はピモに本を持ってきてもらって部屋にこもることにした。もちろん、この領地に関する本だ。まだ読み切ってないものが何冊もあるからな。

「……大雪、来そうだなぁ」

ふと、外を見てみると……大きくて真っ黒な雲が近づいていた。あれ、結構ヤバいやつじゃない？

確かヴィル、街へ視察に行ってるんだよな。まぁでも近くだからすぐ戻ってくるだろ。

帰ってきてこっちに来ても、絶対ドア開けてやんないんだから。向こうが折れるまで口利いてやらない。

思っていた通り、その日の夜はすごい雪になった。もうゴーゴーと音がしていて外に出られないくらいだ。

そして、俺は驚いてしまった。

「えっ、ヴィル、帰ってきてないの……？」

「はい、早めにお帰りになる予定だったのですが、色々とトラブルがあったようで……」

トラブル……視察って言ってたよな。どんなトラブルが起きたんだろ。危ないやつ？　もしかして白ヒョウと出くわしたとか？　ヴィルのことだからすぐ処理したと思うけど……

でも街って言っても広いから、一番遠いところに行って帰ってこられなかったのかもしれない。外は、ちょっと先すら見えないくらいの強い吹雪。大丈夫かな。いや、ヴィルはここを治める辺境伯様だ。多分大丈夫だろ。

「大丈夫、だよな」

「恐らく。ですが、視察の内容は私もお聞きしていません。どこまで行ったのかは分かりませんし……」

まぁ、空を見ればこれから降ってくるって分かったはずだし、大丈夫だろ。

街には宿泊施設がいくつかあるって聞いてる。なら、降る前にそこに辿り着いているかも。

◇

けれど、吹雪は次の日も、その次の日も続いた。一向に止まない。いや、むしろ酷くなってる。

「……雪だるまになってないかな」

なんて呟きつつ、バラの間のソファーに座り天井を眺めていた。

……いや、それはないか。ここに来て一年も経ってない俺じゃあるまいし。

どうせ、こんな天気だから宿泊施設から出られずにいるってだけだろ。大丈夫大丈夫。だってあの人強いんだろ？　白ヒョウも一人で倒せちゃうくらい。しかもこの前は白ヒョウに乗って雪山を駆け抜けたんだろ？　いや、すごすぎだって。だから大丈夫だろ。

「……さっさと止めよ、吹雪」

吹雪だと外は真っ暗で、屋敷の中が明るかったとしてもなんだかどんよりとした気分になる。そのせいだろう、本を読んでても、野菜温室に行ってお手伝いしてても、お茶してても、なんかぼーっとしちゃうんだよな。

早く、吹雪止まないかな。うるさいし。ゴーゴー音が鳴ってる中で寝るのまだ慣れないんだよね。それに雪だるま作りに行けないし。だからさっさと止めよ、吹雪。

「……」

本当は分かってる。ヴィルが、俺が街に行くのを拒む理由の一つは、あの日酷い風邪を引いてしまったことにあるんだろうなぁって。また風邪を引くかもしれないと心配してくれたんだ。まぁ他にも何か隠してるんだろうけどさ。

だって俺が死ぬかもしれないって思ってたらしいじゃん。でも俺もう元気だし、ちゃんと風邪の予防とかもしてるし大丈夫なはず。あ、いや、この世に絶対ってものはないか。

あとは、白ヒョウの心配とか？　以前は雪山から降りてきて被害を出してたって言ってた。たとえマタタビがあったとしても何があるか分からないし。

今更、ではあるんだけど……なんか、ちょっと後悔してる。嫌い、だなんて言っちゃったこと。ダメの一点張りだったけど、粘って粘って粘りまくれば教えてくれたかもしれない。大人げなかったし、その後。

……少し、反省してます。すみませんでした。

「奥様、紅茶をどうぞ」

「ん。ありがと」

と、ピモが来て紅茶を淹《い》れてくれた。うん、あったかぁ。紅茶美味しい。

「あ、これ」

「はい。奥様のためにと料理長が」

お皿の上には、数種類のおやつが並んでる。いろんな形のクッキー、マドレーヌ、パウンドケーキ。俺の好きなものばかりだ。え、何、元気出せって？　マジか、料理長ありがとう。こんなに作るの手間だったろうに。

……うん。美味しい。さすがだよ料理長。

だけど、さ。ヴィルと一緒に食べたかったなぁ、と思ったり、思わなかったり。言わないけど。

「まだ止まなそう？」

「そうですね。さらに続くかと」

「そっか……」

まだ、帰ってこられないのか。ヴィル。

「あの、奥様」

「ん？」

「……実は、奥様が別室に移られた日、旦那様はずっと扉の前にいらしたんです」

「……えっ？」

扉の前に、いた？　ずっと？　一晩中？

「その……だいぶ落ち込んでいらっしゃったので……許して差し上げては、いかがでしょう……？

旦那様も、悪気があったわけではないのです。その……」

「……」

ふぅん……いや、ちょっと待て、一晩中？　じゃあ、寝てないってこと？　えぇえ!?　ヴィル、大丈夫だったのか!?　寝てないってことはいつも通りの調子が出てないかもしれないってことだよな!?

「……ヴィル、生きてるかな」

「え？」

「だってヴィル寝てないじゃん！」

「あ、いや、旦那様はきっと大丈夫だと思いますので……」

まじ、かぁ……はぁ、何をバカなことやってるんだよ、俺……

……ヴィル、こんな幼稚な俺を見てどう思っただろ。困惑してたけど、後で考えて面倒なやつだって幻滅されちゃったかな。時々、面倒くさがりなところあるし。

今まであんな態度取ってきたけど、人の心って変わるものだ。だから愛想尽かされちゃう可能性だってある。そしたら俺、行くとこないよな……

「嫌、だなぁ……」

ここを去るのは、嫌だ。せっかくみんなと仲よくなれて、色々と教えてもらったのに。そして、一番は……ヴィルに会えなくなっちゃうの、嫌だ。

「はぁ……」

自分が、嫌になっちゃうな。

その日はなかなか寝付けなかった。外がうるさいせいもあったけど、一番は変な夢を見ちゃいそうだったから。

早く、吹雪止まないかな。

◇

「奥様、奥様」

そんな、俺を呼ぶ声で目が覚めた。ピモの声だった。……あれ、部屋が明るい。これは……陽の光？

「戻られましたよ」

「……え？」

「旦那様が」

寝起きの頭では、一体何を言われたのか理解に時間がかかったけれど、その言葉は、俺の一番欲しかった言葉だ。

「今、玄関に……えっ奥様⁉」

そんなピモの声は、俺の耳には入らなかった。バサッと布団をめくり、ベッドを飛び降りた。ヴィルが帰ってきた。今、玄関にいる。頭の中にはそれしかない。俺は気付いた時には走り出していた。玄関へと続く廊下が、今だけはとても遠く感じたけど、それでも早く、早く会いたくて。ようやく辿り着いて、見回すと……見つけた。俺はヴィルめがけて走り、思いっきり抱きしめた。

「……おかえりなさい」

「……ただ、いま……」

結構驚いていているらしい、そんな風に聞こえる。

「もう、いいのか、リューク」

「……」

きっと、嫌いとか、口利かないとか言ったことを言ってるんだろうな。

「……隣が、寒かったです」

「っ⁉」

以前、風邪が治った後に、ヴィルに言われた言葉。

頭を撫でてくれる手が、優しい。

「……寂しかったか」

「……ん」

「そうか、すまなかった」

久しぶりの、ヴィルの匂い。頭を撫でてくれる優しい手。とても落ち着く。

「……リューク、靴、どうした」

その声で、寝起きの頭がシャキッとして、理解出来た。そういえば、俺、靴を履いてない。起きて、ピモに教えてもらって、そのまま部屋を出ちゃったんだった。しかも俺今、寝間着だ。やっべぇ恥ずかしっ‼

絶対、そんなことも忘れるくらい会いたかったってヴィルに思われちゃってるじゃんっ‼　こっちの方が恥ずかしいんだけど‼

俺の心境を察したのか、上からクスクス笑い声が聞こえてきて余計顔が熱くなる。

「戻るぞ」

と、抱き上げられてしまった。だいっっっっぶ恥ずかしかったからヴィルの首に腕を回し、肩に顔を埋《うず》めた。

「恋しかったか？」

「……」

風邪の時の俺の質問、マネしやがって……

「沈黙は肯定になるが、いいのか？」

「……」

恥ずかしくて答えられるわけないだろ。図星なんだから。それにヴィルだってこの手使っただろ。

「……すまなかった」

「……」

「言えなかったんだ、色々と。リュークが領地について知ろうとしてくれていることは、嬉しかったんだが……」

口、もごもごしてる。確実に何か隠してるのは分かってる。

「……連れてって、くれますか？」

「……はぁ、俺はリュークには弱いな」

「あ、やった！」

またダメだって言われると思い腕に力が入ってしまっていたけれど、よっしゃ、折れてくれた！

これで俺も街に行ける！

でも、何を隠しているのかもすごく気になるな。一体何を隠しているんだろう。

「……もう、俺のことは嫌いじゃないか？」

「え？」

「……」

なんか、弱々しい声なんだが。もしかしてそんなに大ダメージ喰らってました？

マジか、と驚きつつ肩から顔を上げた。そして、両手でヴィルのほっぺたを挟む。

「そんなわけないじゃないですか」

と、キスをした。うん、嬉しそうだ。これで仲直り？

まぁ、つい言っちゃったんだけど……今回のことを受けてこう思った。間違っても、今後は嫌いだなんて言わないよう気をつけよう。ヴィルはもちろん、俺までダメージを喰らうはめになるから。

ヴィルに運ばれて俺が使ってた部屋に辿り着いた。待っていたのかドアの横に立ってたピモがドアを開けてくれた。

「もうご準備は済んでいますので、私はこれで失礼しますね」

と、ニコニコで行ってしまった。まぁ、これを見れば仲直りしたって分かるだろうしな。

ヴィルは、俺の使ってたベッドに腰を下ろして、俺を膝に乗せ抱きしめてきた。ぎゅ～～～っと。

何日ぶりだろうか。なんだか照れてしまいそうになる。

「あ、トラブルは大丈夫でした？」

「……」

……ん？　黙っちゃったぞ？

「……トラブル？」

不思議そうな顔を見せてきた。

「え？」

「トラブルとはなんだ？」

「え、視察中に何かあったんでしょ？　だから戻ってこられなかったって聞きました」

ピモがそう言ってたんだけど……すごく驚いている。……違うのか？　え、じゃあなんで戻ってこられなかったんだ？

「……ピモの仕業か」

「え？」

「ピモに伝言はさせてないな？」

「伝言？」

伝言とはなんのことだ？　俺、口を利かないうんぬん以外は何も言ってないよな？

なんか、嫌な予感がするんだけど。

「ピモになんて言われたんです？」

「視察に向かう直前、お前から帰ってくるなという伝言を預かったと言われた」

「……はぁ!?」

ピ〜モ〜‼　よくもやってくれたな‼　ヴィルが帰ってこなかったのはお前のせいか‼

ピモなら、大雪になることは予測出来たはずだし、これはやりすぎだろ。辺境伯様を長期間外泊させるなんて‼　忙しい人なんだからきっと仕事溜まりまくってるだろ‼

というか、本当に肝が据わってるなあいつ。前にもやられたけどここまでやるか‼

「後で問いただす」

「あ、はは……」

まぁ、そうなるだろうな。でも、ピモは俺とヴィルとの間で板挟みにされてたから気持ちは分からなくもない、ような……でもやり方はよくなかった。

とはいえ、結果よければ全てよしという言葉もある。仲直り出来たしさ。

「俺は……」

「ん？」

ヴィルが俺を抱きしめてきた。肩に顔を埋《うず》められて、髪がくすぐったい。

「もう、リュークがいないと使い物にならないらしい」

「……えっ」

それ、誰に言われたんだよ。まさかピモじゃないだろうな。

「なかなか、仕事が手につかなかったんだ。リュークのことしか、頭の中になかった。リュークに、嫌われたくなかった。幻滅、されたくなかった。……怖かった」

「……」

それ……俺と一緒じゃん。俺だって、ヴィルに嫌われたくなかったもん。幼稚でがっかりされちゃったかなって、思ってたもん。

「もう、隠し事は絶対にしない。リュークの望むものは、全部叶えたい」

「……そこまで言っちゃうんですか？　全部だなんて」

「俺がそう望んでる」

「つい口を滑らせちゃっただけですよ、今回のは。嫌いになるわけないって言ったじゃないですか」

「……」

それでも、不安げな様子だ。そこまで怖かったのかな。やっちまったな……

こんなすごい最強辺境伯様なのに、ここまで怖がりだったなんて。

よしよし、と頭を撫でてやったらもっとぎゅ～っと抱きしめてきた。押しつぶされない程度の力で。

「俺、ずっとヴィルのところにいますから。だから安心してください」

「絶対だぞ」

「はい、絶対。というか、ヴィルの方こそ離す気さらさらないでしょ」

「当たり前だろ」

「ならいいじゃないですか」

どんだけメンタルやられてんだよ。嫌いってワードに大ダメージ喰らいすぎだっつうの。

「リューク」

「はい？」

ヴィルが俺を呼び、そして、顔を上げて向き合った。

「愛してる」

「……」

……今度は、俺が大ダメージを喰らう番だった。

イケメンフェイスで、こんなに優しい表情で、そんな言葉……むっ、むっ、無理だってぇぇぇぇぇぇぇぇぇ‼

と心の中で叫び、真っ赤になってヴィルの肩に顔を埋《うず》めてしまったのだった。

◇

ヴィルからのお許しが出て、今日。俺は朝からルンルンでテンションが上がっていた。起きてすぐにぎゅうぎゅうに抱きしめられてなかなかベッドから出られなかったけど。

「……楽しそうだな」

「だって、お出かけ出来るんですよ？　初めてのお出かけなんですから楽しみにしてたに決まってるじゃないですか！」

「そうか」

そうだよ、ようやく街に行けるんだもん。嬉しくないわけがないじゃん！

「ヴィルも一緒なんですね」

「他の選択肢はあるか？」

そう答えて、さも当然のように出かける準備をしているヴィル。俺とピモで行くのだとばかり思ってたんだけど、違うんだな。だって街行くだけだし。ちょっと見て回るくらいならヴィルはいなくてもよかったのに。

「リューク」

「え？　なんですこれ」

何かを持ったヴィルが近づいてきてそれを広げた。あ、上着だ。コートっぽいやつ。膝まで長さがあるし、外側も内側ももこもこしてるからあったかそうだ。しかもフードがついてる。青色なのは、俺が青好きだから？

ほら、手を通せと言って着せてくれた。ヴィルのは？　と思ったけれど、ヴィルは頑丈だから寒さにも強そう。

「手袋」

「あ、はい」

「マフラー」

「はい」

と、完全装備で出かけることになったのだ。うん、天気もいいから暖かそうだけど……寒いかな？

「行くぞ」

「あ、はい。行ってきまーす！」

使用人達に手を振ると、笑顔で振り返してくれた。行ってきます、だなんて言い慣れてないから新鮮だな。

手袋をした手で、ヴィルの手を握り玄関の外に。うん、今日は天気がいい。見上げると晴天が見えた。これなら途中で降られなさそうだ。

真っ黒くてかっこいい馬車が用意されていて、先に乗せてもらった。うわぁ、椅子がふかふかだ。数ヶ月前に初めて乗った王宮の馬車より断然座り心地がいい。

中にはブランケットもあるし、クッションだっていくつもある。ヴィルが用意してくれたのかな。あったかいし楽ちんだ。

でも、ヴィルが座るの、俺の前じゃなくて隣なんだ。別にいいけど。

出発しますよ、と声がかけられて馬車が動き出した。

「これから商会に行く」

「えっ、お仕事ですか？」

「いや、今日は仕事はないが伝えてあるんだ。訪問すると」

「……マジですか」

え、俺が行くって言っちゃったの？　ただ散策するだけだと思ってたのに。まさかの商会訪問ですか。まぁ見せてもらえるなら嬉しいけどさ。

「いいか、変なことを言われても真に受けずそのまま流せ」

「え？」

変なこと、とは。商会の人達に、って意味だよな。一体どんなことなんだ。よく分からん。

なんて思いつつ外を見た。首都やファンタジー漫画とは違った造りの家ばかりだ。ここに初めて来た時は寒すぎて外を見る余裕なんてこれっぽっちもなかったからな。今はあったかいから余裕だけどさ。

雪が沢山積もってて、せっせと雪かきをしてる人もいる。昨日雪降ってたからな。でも、その前に吹雪が続いたのに、そんなに雪の量が多くない。あ、なんか機械みたいなのがある。外に置いてある荷車の荷台にめっちゃ雪を飛ばしてるじゃん。

確か、屋敷にもあんな機械があったよな。しかもあれより大きいやつ。

「家の一軒一軒が大きめですね」

「倉庫つきだからな」

「あ、なるほど」

ああいう機械とか道具とか、あと食料とかを置くところなのか。なるほど。

……皆さん、こっち向いて手を振ってくるんだが。振り返しちゃったけど、いいのか？　夫人としての振る舞い方とかどうするべきなんだろ。分からん。でもヴィルは何も言わないから振っていいってことだよな。

「そろそろだ」

そう言われ外をきょろきょろと見たけど……どこだ？　よく分からん。すると、ヴィルがヴィル側の窓の外を指さした。あ、そっちか。なら見えないな。

　馬車が止まり、開いたドアからヴィルが先に降りた。続けて俺も、と思ったら、滑るぞと言われ、両手で脇を掴まれ持ち上げられてしまった。俺、子供じゃないんだが。

　目の前には……すごく大きな建物。二階建てで、横にデカい。しかも入り口のドアもデカい。一発でここが商会の本店だって分かる。

「お待ちしておりました」

　建物の前で待っていたのは……筋肉ムキムキな男性三人。真ん中の人が偉い人かな。黒いひげをちょっと生やした、六十代くらいの男性だ。

「初めまして。メーティオス商会の会長を務めている者です」

「あ、初めまして」

　やっぱり偉い人だった。……俺に向かってずいぶんニコニコしてるな。ちらりと見た隣のヴィル、会長をすっごく睨んでなかったか？

　あれ？　外の目立たないところに小さくて可愛い雪だるまがいくつも並んでいる。

「あっ……すみません、子供達が夫人がいらっしゃると小耳に挟んで作ったみたいなんです。叱りつけておきますので、大目に見てやってくださいませんか」

「叱りつけるなんてしなくて大丈夫です。むしろ嬉しいですから。私が作った雪だるま、気に入ってもらえたみたいでよかったです」

「お優しいのですね、ありがとうございます」

まさか雪だるまで歓迎されるとは思わなかったな……そんなに気に入ったのか。一応遊びだしな。雪だるま作りは。

それにしてもさ、俺より上手じゃないか？　さすがメーティォス領の子供達だな、はは……

寒いですから中にどうぞ、と言われ建物の中に。玄関の扉デカいなと思ったけど、中も広かった。それに綺麗だ。端には大きい木箱が何段にも積み上がってる。中身はなんだろう。

従業員が何人も目に入ったけれど、筋肉ムキムキな人ばかり。アメロは見当たらないな。まぁ、力仕事が多いだろうしアメロはあまりいないか。

会長は、広い階段を上がって二階の応接室のようなところに通してくれた。そこで色々な資料を広げて説明をしてくれた。どんなものについて説明してほしいのかはヴィルが言っておいたらしい。これくらいなら俺でも理解出来るし、俺の知らないことばかりだった。

「ここ本店のすぐそばに魔法陣装置があります。そこから荷を運んでいるのです」

「ウチの商会は他の地域の商会とは違ったものを扱っていて人気がある。だから、直接ここまで交渉に来るやつもいる」

「そこまで、ですか」

「ただここの天気は首都の者達には読めませんから、吹雪の中来てすぐ帰っていく者もいます。使いを向かわせても魔法陣装置から出られずそのまま帰っていく者もいますよ」

「た、確かにすごい吹雪じゃたとえ近くにあっても行けませんよね」

雪だるまになる、マジで。

何度も首都に本店を移せと言われたそうなんだけど、こっちじゃなきゃダメだとそのたび断っているらしい。一応支店は向こうにあるけれど、注文受付のみなんだとか。それでも人気っていうのはすごい話だな。

それからも驚くような話を沢山してくれた。本当にすごい土地なんだなと何度も思ってしまった。

「いやぁ、夫人がこちらに足を運んでくださると聞いて本当に驚きました。こんな田舎《いなか》の地に興味を示してくださっただなんて嬉しい限りです」

「知らないことが沢山あるのですから、知りたいと思うのは当たり前ではありませんか」

「そう言ってくださるのは夫人ぐらいですよ」

そうなのか？　だって、知らないことを教えてもらうっていうのは面白いことだろ？

なんて思いつつ、今度はこっちにある温室に行かせてもらうことになったんだけど……

商会の玄関を開けた瞬間……人だかりが見えた。雪崩《なだれ》みたいな。その人達が押し寄せる前にヴィルが玄関を閉めた。

おいおいちょっと待て。一体どういうことだ。

ドンドンと玄関の扉を叩く音。ずるいぞ！　とか、辺境伯様!!　とかという声。なんだこれ。そして、その中に……

「ちょっと坊ちゃん!!」

という声がしたんだが。坊ちゃん？　坊ちゃんって誰のことだ？

でもこのままじゃ可哀そうだ。仕方なく、ヴィル、と声をかけた。

「開けてあげましょうよ」

「……」

いや、このままだったら外に出られないのだが。なのに、すんげぇ不満げ。というか、呆れてない？　面倒くさがってる？

それでも、少ししてから開けてくれた。すんごく深いため息をつきつつ。うん、途端に人の雪崩《なだれ》だ。

「うわっ!?」

「奥様ですよね！」

「わ～お会いしたかったです！」

「あらまぁなんて素敵なお姿！　辺境伯様がぞっこんになるのもうなずけます！」

まるで強風のように話し出す大勢の人達。服からして領民達だろうな。もしかして、俺が来ることを聞きつけて集まっちゃった感じ？　なんか大歓迎すぎやしませんか。

というか、ぞっこん？

「奥様！　これいかがですか！　今朝採れたんですよ！　栄養満点！」

「あ、ありがとうございます……」

「これも皆で作ったんですよ～！　雪だるま！　いかがです？」

「す、すごいですね……」

なんか、プレゼントを貰った。中くらいのかごにいっぱいの果物とか、雪だるまの置き物とか。

「おくさまおくさま！　これどーぞ！」

「え、あ、うん、ありがと」

「きゃ～！　ママ！　おくさまもらってくれた！」

「よかったねぇ」

「うんっ！」

やっべぇ可愛いんだけど。しかもプレゼントの中身は編み物の小さいコースター。え、あの子が作ったの？　見た目的に、幼稚園生くらいなのに？　恐るべしメーティオス領の領民達。

沢山の果物や野菜、薬草まで貰っちゃったから俺では抱えきれなくなってしまった。隣のヴィルも持ってくれたからどうにか全部受け取れたけれども。

商会長が木箱を持ってきてくれて、そこに入れることになった。これ、馬車にのせられるかな。

「こんなちんけなところに来るなんて大変だったでしょ～？」

「お屋敷での生活はどうですか？　辺境伯様、いつもはこんなだけど根は優しい方なんです。何かあっても大目に見てやってくださいね」

「もう辺境伯様ったら全然笑わないから！　ぶっきらぼうすぎですよ！」

「辺境伯様、愛想尽かされないよう頑張ってくださいね！　ファイトですよ！」

「こんなに素敵な方が来てくれたんですから！　絶対に手放しちゃダメですからね！」

「奥様、何かお困りのことはありませんか？　私達奥様のお願いでしたら喜んでなんでもいたしますよ！」

おいおいちょっと待て、俺一度に何人もの話を聞ける聖徳太子《しょうとくたいし》じゃないんだから一人ずつ順番にお願いします。というかパワフルすぎだろここの領民さん達。それだけ元気がなくちゃここに住めないってことなのか？

「夫人〜！　うちの銭湯にいらっしゃいませんか〜？」

と、遠くから聞こえてきた。

……ん？　銭湯？　え、銭湯!!　銭湯に行けるのか!!

「ヴィル！　ヴィル！　銭湯行きたいです！　入らなくてもいいから！　見るだけでも!!」

「……」

「銭湯来てくださるんですか！　どうぞどうぞ！」

「お腹空《す》いてませんか？　なんでも作っちゃいますよ！」

「あの銭湯は本当にすごいんですよ！」

お、おぉ……勢いがとんでもない。そんなに自慢の銭湯なのか。

けど隣のヴィルは、はぁぁぁぁぁぁぁ、という深いため息をついていた。

……そういえば、さっき銭湯って言い出した人、声的に、坊ちゃんって言った人なんじゃ……？

「あいつが言うことは真に受けるな、いいな」

「え？」

「いいな」

「……はい」

いつも以上に言葉に力が入ってる。

「どーぞどーぞ！」

と、目の前にぞろぞろいた領民の皆さんが道を作って両側に下がったのは面白かった。その先にいたのは、八十代くらいのアメロの方。ヴィルがすんごく睨んでたけど一体どんな方なんだろう。

さ、行きましょうかと言うその人についていくことになった。


銭湯に着いたけれど……わぁお、ここもデカいな。玄関もめっちゃ広くて、靴置き場もちゃんとある。心なしか見た目が旅館みたいだ。一体どんな風呂があるんだろうか。

「も～坊ちゃんったら、ぜんっぜん奥様を連れてきてくれないから皆気を揉んでたんですよ？ 独り占めなんてずるいじゃないですか！ まったくもうっ。坊ちゃんは表情筋が弱いから奥様に愛想尽かされちゃうんじゃないかって心配してたんですからね？ 怒って首都の方に帰られちゃったらどうするんです？ 何かあってからじゃ遅いんですからね？」

「お前には関係ない。それより、お前は耳が悪くなったようだな。坊ちゃんはやめろと何度言った？」

「もう立派な辺境伯様であっても、私の中ではずっと坊ちゃんですよ」

「さっさとくたばれ」

「あら～！ そんな言葉、私は教えたつもりないですよ！ そんな言葉遣いだと奥様に愛想尽かされちゃいますよ！」

「黙れ」

……一体どんな関係なんだろうか。昔からの長い付き合いっぽいけれど……教育係とか？

「お待ちしておりました！」

「どうぞこちらへ！」

従業員にはアメロの人達が多い。というか、出迎えにこんな人数いらなくないか？　めっちゃニコニコしてこっち見てくるし。

「ここはですね、民宿と食堂もついてるんですよ」

「えっ、もう旅館じゃないですか！」

「そんな感じですね。出先で雪がいきなり降ったら皆ここに駆け込んでくるんですよ。それがあってここまで大きくなっちゃったんですよね。一応銭湯ってことにはなってるんですけど」

「な、なるほど……」

「それもこれも坊ちゃんが援助してくださったおかげですよ～！」

「黙れ」

とってもほんわかしてる人だな。なんとなく誰かに似ているような気もする。誰だか思いつかないけど。

さ、ここがお風呂ですよ。と案内してもらった。ちゃんと普通の人とアメロの人とで分けられているらしい。うん、一緒だったらどうしようと思ってたが、これなら安心だ。まぁ男に変わりはないんだけどさ。

中に入ってみると、普通の旅館みたいな感じの脱衣所だ。なんか、前世に帰ってきたような感じもするけれど、なんとなくところどころ違う。

「わっ、ひっろ！」

「でしょ～！　うちの自慢のお風呂ですよ！」

うちにある一階の風呂と同じくらいの広さの大浴場。浴槽は大きな桶っぽくて、木で作られている。周りもそう。

桶と椅子はあるけど、シャワーはやっぱりここにもない。水道のような蛇口がいくつもついていて、そこからお湯を出すのか。

あとバリアフリーなのか手すりがついてる。誰でも入りやすいように、ってことなんだろうな。

「反対側のお風呂も同じような造りになってますよ」

「へぇ、いいですね。気持ちよさそう」

「入ります？」

「ダメだ」

「も～坊ちゃんったら！　私は奥様にお聞きしたんですよ？　勝手に決めちゃうだなんて、そんなんだから喧嘩になっちゃうんですよ」

「……」

あ、もしかしてこの人、俺達が喧嘩したこと知ってるな？　ということは……ヴィル、ここに泊まったのか？　まぁ風呂もあって食堂もあって泊まるところもあるならここを選ぶか。

「あ、気になりますか？　私はですね、坊ちゃんの乳母だったんですよ。なのに年寄りはお喋りでかなわないって、坊ちゃんが家督を継いだ頃にクビにしたんですよ？　酷くありませんか？」

「お前の方から言い出したんだろ」

「そうでしたっけ？　でも孫が今そっちで働いてくれてますから、私はここで安心して経営が出来ているわけです」

「孫？」

「ピモって名前のアメロなんですけど、奥様はご存じですか？」

「……私のお世話係です」

「あら、そうでしたか！　あの子、ちゃんとお仕事をしていますか？　奥様に失礼なことしてませんか？　あの子は思いきりがよすぎるところがあるから困っちゃうんですよね〜。一体誰に似たのやら」

「……」

恐らくおばあ様、あなただと思います。

そう思って改めて見ると、確かにピモにそっくりだ。肝が据わってるところも。ここでヴィルを坊ちゃんって呼べるなんて余程の人じゃなきゃ無理だ。しかも、すんごく怖い顔で睨んでるヴィルの前で言えるんだから尊敬したいくらいだ。

「坊ちゃまのことは小さい頃からよく知っていています。あ、何か聞きたいことがおありでしたらなんでも答えますよ！　凍った湖の上で遊んでて湖に落っこちた話がいいですか？　それとも毎回毎回授業を抜け出してここに遊びに来ていた話とか！　森に入って迷子になった話でもいいですよ！」

「だ・ま・れ‼」

あ、なるほど、ヴィルは俺をこの人と会わせたくなかったのか。もう胸ぐら掴みそうな勢いだし。こめかみに青筋立ってますけど。あぁ怖い怖い。でもそんなヴィルの前でもそんなにほんわか笑ってられるのはすごいと思う。うん。さすがだわ。

それから食堂と泊まれる部屋も見せてもらえた。ここは全てフローリングで、ちゃんと布団もある。ベッドじゃなくて布団な。でも部屋はちょっと狭めで布団とテーブルがあるだけだ。とはいえ、これくらいでちょうどいいのかもしれない。

「アメロの従業員が多いですね」

「そうですね。この領地では力仕事が多いですからそういう仕事は男達に任せて、こういったところでの労働はアメロの私達が担っているのが普通ですね」

「なるほど」

ここにいる人達はみんな笑顔で楽しく働いているように見える。楽しく働けることは大事だと思うな。俺もここで働きたいかも。

「それにしても、坊ちゃんはとても素敵なお嫁さんを貰えたのですね。私は安心いたしました。と言っても、心配事は多々ありますけどね。いかがです？　奥様。坊ちゃんに何か酷いことを言われたりしていませんか？　坊ちゃん、面倒くさがりなところがあるから。まったくもうっ」

「その口縫いつけられたいか」

「あら、坊ちゃん。図星ですか？　分かっているなら自分で改善してください。奥様が可哀そうですよ？」

あ、はは……強いな、ピモのおばあ様。

「何かございましたらいつでもここにいらしてくださいね？　大丈夫ですよ、ここに来て坊ちゃんが何か言ってきても私が追い返してあげますから！」

「あ、ありがとうございます」

俺、どうしたらいい？　というか、本人の目の前で言えちゃうところが本当にすごいわ……ご本人めっちゃ顔怖いけど。

でも、ヴィルの幼少期の頃を聞いてみたいな。とも思った。本人がいたら絶対ダメだと言われそうだからこっそり聞かないとな。湖に落っこちた話とか、聞きたい。

それにしても、いつもと違うヴィルを見ることが出来て今日は楽しかった。領民の皆さんにあんなに歓迎されるとは全然思ってなかったからびっくりしたけど。てかパワフルすぎだって、ここの人達。

最後に、いつでも遊びに来てくださいね、と言われて銭湯を後にした。

「楽しかったですね、坊ちゃん♡」

「……それ、次言ったらどうなるか分からないぞ」

と言って、馬車で隣に座る俺にのしかかってきた坊ちゃ……ヴィル。

ちょい待ち、その顔怖い怖い、落ち着けヴィル。また言ったらどんなことが起きるのか考えるだけで恐ろしいわ。

でも、なんか可愛いな、ヴィル。俺としては、街に連れていきたくなかった理由になぁんだって思うけど、ヴィルとしてはすごく嫌だったんだな。うん、可愛い。

まぁ、今日は本当に楽しかった。知らないことを沢山教えてもらったし、領民の人達ともお話し出来て嬉しかった。また行きたいなぁ。

◇

月日は経ち、とある人が屋敷に来た。

「いかがでしょう」

「おぉ！」

以前、指輪をお願いした宝石商の人だ。もう出来上がって持ってきてくれたということだった。シンプルなシルバーリングにスノーホワイト、あと青と黒の小さな宝石。どんなデザインになるかすごく楽しみだったんだけど、うん、思った以上に素敵な指輪になってる。

「すごく素敵です。とても気に入りました！」

「奥様にそう言っていただけて光栄です」

これ、一応結婚指輪として作ってもらったからずっとしてるつもりなんだけど、ちょっと気にしちゃうな。汚さないようにって。まぁでもそのうち慣れるだろ。

「リューク、手を出せ」

「え？」

手に持ってた俺の方の指輪を取られた。そして、ヴィルが俺の左手を取り……左手の薬指に指輪を通したのだ。

「どうだ、サイズは」

「……」

「リューク？」

……やっば。ぶわって顔熱くなっちゃったよ。この人、地球の結婚指輪とか結婚式の指輪交換について知らないはずだよな。やばい、これやられるとなんか無性に恥ずかしくなってくるんだが。というか、この人イケメンすぎて何やっても映えるから、破壊力抜群なんだけど。この人にやらせちゃいけないことだったわ。

お返し？　的な感じでヴィルの指輪は俺が通してやった。でも自分でやったくせに恥ずかしすぎてどうにかなりそうになったから、ヴィルの方は見ないようにした。俺の身がもたん。

サイズもぴったり、デザインなども文句なし。とても完璧な指輪だ。技術力の高さがすごい。素晴らしいな。

「ピアスの方もお使いになってくださっているようで大変嬉しく思います。また何かございましたらどうぞお呼びください」

「あぁ」

と、帰っていった。すぐ天気変わっちゃったら大変だしな。

あ、そうそう。今あのスノーホワイトのピアスしてんの。前世でもピアスをしてたけど、こんなに大きくて揺れるものはつけたことなかったから、なんか新鮮なんだよね。まだ慣れないけど。気、遣うし。

でも気に入ってるよ？　顔動かすとピアスが揺れるからなんか楽しいし、ヴィルも嬉しそうだし。ピアスに、指輪。一気に二つもアクセサリーをつけることになって、なんか変な感じだ。しかも、結婚指輪か。なんとなく、結婚したんだなぁ、って実感してるような、してないような。

「リューク」

「はい？」

「どうだ？　お揃いは」

「……」

いや、だからのしかかってこないでくださいよ。

「ヴィルの方こそ嬉しそうに見えますけど」

「リュークの望みを叶えられたんだから嬉しいに決まってるだろ」

あ、はい、そういえばそんなこと言ってましたね。

「そういえば、何故左手の薬指だったんだ？」

「え？」

「真っ先に言っただろ。俺にどの指がいいか聞かずに」

確かに言ったな。結婚指輪にしようかなって思ってたから真っ先に言っちゃったんだっけ。

「首都にあった本に書いてあったんですよ。左手の薬指と心臓は太い血管で繋がってるんですって。だから、命に一番近い指って書いてあったんです」

うん、そんな感じだったような。いや、違ったかな？　まぁでもこれを知ってるのは俺しかいないから、別に間違っててもいいけど。

「なるほどな。なら、俺の命は全てリュークにやろう」

「……は？」

「お揃いの指輪をその指につけるということはそういうことだろう。リュークの好きなように使っていいぞ。もう俺はリュークのものだ」

「いやいやいや、なんてこと言い出すんですか辺境伯様ぁ!?」

「リュークの前では辺境伯なんてものは関係ない」

「はぁ!?」

最近、ヴィルが壊れ始めているように感じるのは俺だけだろうか。

誰かヴィルを修理してくれ。早急に。

◇

それは、とても天気のいい日のこと。

俺は、バラの間で本を読んでいた。ピモが淹《い》れてくれた紅茶を飲みながら。

そんな時に急いで走ってきた使用人がいた。ぜーぜー息を切らしつつも、俺にこう言った。

「お客様ですっ!!」

「……は？　今日、予定あったっけ」

「いえ、その……」

アポなし？　というか、客って一体誰だ？　確か、今日はヴィルは外に行ってるんだよな。となると、俺が相手しなきゃいけないってことだよな。

「どこの人？」

「その……ルファニス・テモワール夫人でございます」

「は？」

「……はぁぁぁぁぁぁぁぁぁ……」

夫人ってことは、もしかして首都から来たのか？　移動魔法陣装置を通ってきたんだろうか。

……おい、ピモ。今めっちゃ深いため息ついたよな。知ってるってことだよな。誰だ？　と視線をピモに向けたら……

「……旦那様の、妹君でございます」

い、い、妹ぉぉぉぉぉぉぉぉ!?

まさかの、衝撃の事実を聞かされたのである。

急いでお客人がいらっしゃる応接室に向かって、息切れを整えてドアを開けた。

ヴィルの妹さんはソファーに、足と手を組んで座ってる……うん、アメロだ。ちらり、とこちらを見た目は……ヴィルと同じ赤い瞳だ。でも髪はハニーブロンド。顔は……なんとなくヴィルに似てるな。確かに兄妹っぽい。

かなり豪華な装いだ。着込んでてふさふさなファーのショールもある。あったかそうだな。

「は、初めまして、リューク・メーテォスです」

だいぶぎこちない挨拶。しかもリューク・メーテォスなんて名乗ったことは全くないからめっちゃ恥ずかしい。でも今はそれどころじゃない。妹だぞ、妹。ヴィルの妹！

「……それ、何人死んだ？」

「……」

……ん？　何人死んだ？　え、死んだって？

妹さんが指さしているのは俺の顔……ではない。ちょっとズレてる。え、もしかして……

「それ、スノーホワイトだろ。そんなに大きいものはウチにはなかったと思うんだけど。それを採るために何人白ヒョウに喰われたんだよ」

あ、なるほど、そういうことか。確かにそういう考えになるよな。

でも、これ言っていいのかな。まぁ、この人妹だしな。ちゃんとこの屋敷にあるスノーホワイトのこと知ってるし。

「誰も死んでないです」

「……うっそ、それほんと？」

「あ、はい。白ヒョウと仲よくなったんで」

「いやいや、寝言は寝て言え」

「本当ですよ」

うん、白ヒョウのこともよく知ってるだろうし、この反応は当然だよな。

「……あのバカ兄貴は？」

「外に出てます」

「ふぅん……」

バカ兄貴……ヴィルのことそう呼んでるんだ……あんまり仲、よくない感じ？

それにしても全然考えが読めない。そこら辺ヴィルとそっくりだ。一体なんの用でここに来たんだろうか。あ、もしかして俺絡み？

俺はここの家系に入っちゃったし、俺の方から挨拶に行かなきゃいけなかったのだろうけれど、俺そもそもヴィルに妹がいるなんて全く知らなかった。ご両親は遠くの地で楽しくやってるってことは知ってるけどさ。

ご両親に挨拶は？　って聞いたら、行くのに三ヶ月かかるぞと言われたから諦めた。便りは行ったらしいからいいんだと思うけど。

「あの、申し訳ありません。ご挨拶に向かうべきでしたよね……？」

「いいよそんなの。それよりアンタ、離婚したい？」

……ん？　離婚？　俺の聞き間違いか？

「もししたかったら私に言ってよ。どうせあの古狸に勝手に決められたんでしょ、この結婚。国王陛下絡みだと色々と大変だろうけれど、私なら離婚させてあげられるよ。こんなところにずっといると頭おかしくなっちゃうよな」

「え、あの……」

「あぁ、私？　もしかしてあの野郎、私のこと何も言わなかった？」

あ、はい、全てお見通しですか。さすがだわ。

というか、この人も国王陛下を古狸って呼んでるんだ。俺も呼んでるけど。もちろんヴィルも。

「あの野郎……ほんっと昔から変わらないんだから。私、テモワール公爵家に嫁《とつ》いだんだ。十八の時に」

「えっ、成人してすぐ、ですよねそれ」

この国では十八歳が成人だ。それから結婚が許される。

「すぐにでもこの家から出たくて出たくてたまらなかったんだよ。特にこの領地は大っっっっっ嫌いだったからさ、ずっと首都のタウンハウスにいたんだ。そのおかげでこの国の大富豪の家に嫁《とつ》ぐことが出来たってわけよ」

「大富豪……」

「そ、大富豪。この国の財力はほとんどその家が握ってるってくらいのすごい家。だってさぁ、周りはここ野蛮人の家だって見下しちゃってるじゃん。それが本っっっっ当に気に食わなかったし、癪《しゃく》に障ったんだよ。だからさ、見返してやろうと思って頑張って捕まえたんだ」

癪《しゃく》に障ったとか……ヴィルが言いそうなセリフだ……やっぱり兄妹だな……

「本っっ当に私、幸運だったんだよ。もうその後の生活は天国みたいでさ！　しかも今までこそこそ笑ってたやつらが私にぺこぺこしてきてさ！　マジで笑っちゃうよね！　だからあんたも離婚していい人見つけなよ！　私、紹介してあげよっか！　色々と候補いるからさ！」

と、向こう側に座っている妹さんはこっちに身を乗り出しそうな勢いで言ってきた。

これは……一体どんな話になってるんだ？　離婚？　いい人紹介してあげる？　いやいやいや、そんなの必要ないんですって。

……まぁ婚姻届にサインした後に離婚届を差し出されたけどさ。これは絶対言えない。

「あんたの髪色とかは王族の証だからさ、貰い手結構いると思うんだよね。だから安心しなよ、大丈夫。な？」

すんげぇ勢い。めっちゃすげぇ風が吹いてるくらいの。でもさ、俺これどうしたらいいんだよ。

「勝手なこと言うな」

と、困っていたら、来た。よっしゃあ待ってたぞお兄ちゃん!!　と、思っていたのに……

「うわぁ来たクソ兄貴」

「あ？」

……なんか、ヤバそうな空気なんだが。

いきなり応接室のドアが開いて、お兄様登場。よかった、これで解放される。普通ならそうなるはずなのに……なんか怖くありませんか、ちょっと。顔が。

イライラしつつも俺の横に座ったヴィル。よく帰ってこられたな。

「なんの用だ」

「はぁ？　ひっさしぶりの兄妹の再会にそれはないんじゃないの？」

「さっさと要件を言って帰れ」

「マジふざけんなこのクソ野郎」

「おいピモ、こいつをつまみ出せ」

……犬猿の仲ってやつ？　俺ここにいて大丈夫だった？　逃げた方がいい？　二人ともめっちゃガン飛ばし合ってるんだけど!!　バチバチしてるんだけど!!

「それより可哀そうだろ、リューク君をこんなちんけな何もないところに閉じ込めてさぁ」

「リュークとお前を一緒にするな」

「どーせ面倒だからって放置でもしてるんだろ」

「放置なんてするわけがあるか」

すんません、ここに来た最初の頃はそうでした。全く話とかせず俺は好き勝手に過ごしてました。……とは言えない。

ヴィルの返しに「は？」って言いたそうな顔をしてる妹さん。まぁそうなるだろうな。

でも、あ、そうそう、と話題を変えてきた。

「あのミンミンの織物、どうしたんだよ」

「あぁ、あれか」

国王陛下に献上したあれか。本当はここにある青バラが目当てでガラクタを送ってきたけど、結局ミンミンの織物で返したんだよね。

「あのクソババァがさぁ、自慢してきたんだよ。私に向かって。加工は出来てなかったみたいだけどさ。だから頭に来てここに来たってわけよ。それで、ミンミンを見つけたのか？　あのどでかい雪山の中で」

クソババァ……？　もしかして、王妃殿下のことか？　だって、王族の中で成人済の年齢のアメロは、俺と王妃だけのはずだ。国王陛下には今は側室はいないから、そう考えると王妃殿下ということになる。

古狸に、クソババァ……さすが、兄妹だ。

「あぁ」

「……マジ？　被害は？」

「死者はゼロだ」

「……何、あんたが雪山で暴れた感じ？」

「リュークのおかげだ」

「何したの」

「白ヒョウを手なずけた」

「……マジ？」

いや、そんな顔でこっち見ないでくださいよ。しかも恐ろしいものを見るような目で。俺はマタタビを見つけて教えてあげただけなんですけど。

「……リューク君、ウチ来る？」

「殺すぞ」

「お前に勝てないわけないだろクソ兄貴。こんなところでクソ兄貴に利用されるよりウチに来た方がよっぽどいいよ。というか絶対来て」

「首を落とされたいか」

「へぇ、やるか。いいよ、受けて立つ」

「表に出ろ」

「っちょっと待った!!」

いやいやいや、一体何を始めようとしてんの、この兄妹はぁ!!　何、戦う気!?　首を落とされたいかとか物騒なこと言わないでくださいよヴィルさん!?　おっそろしい兄妹だな!!　しかも妹さんはアメロですけどぉ!?

でも、二人は口論をやめる気配がない。

「ここでリューク君を凍死させる気？」

「させるわけないだろ。死なれては困る」

「利用するため？　うわぁ可哀そっ！」

「なわけないだろ。俺の癒しがなくなる。連れていくというのであればお前の家ぶっ壊すぞ」

「……頭おかしくなった？　変なもの食った？」

いやちょっと待って、ぶっ壊すと言ったか？　大富豪の家をぶっ壊すって。妹さん、そこもツッコむところだと思うんだけど。

「お前、どうせミンミンの織物で作った服を買わせろとでも言いに来たんだろう。くれてやるからさっさと金を置いて帰れ」

「分かってるんじゃん。ミヤばぁ、まだくたばってないだろ」

「ムカつくぐらい元気だぞ」

「じゃあこの後寄るわ」

あ、そういうことね。ミヤばぁって、もしかしてミンミンの織物を加工出来る技術を持ってる人なのかな。

「リューク君は大丈夫？　ウチ来る？　美味しい料理いっぱい作ってあげるよ？　オーダーメイドでお洋服作ってあげよっか！　いいよ〜いくらでも用意してあげるよ！　あ、それとも宝石がいいかな？」

「リュークは絶対連れていかせない」

「クソ兄貴には聞いてねぇよ。私はリューク君に聞いてるんだけど」

なんて言い合いをしていたが……あの、隣の人、妹さんの前でなんてことしてくるんですか。

俺の両脇を掴んで持ち上げて、妹さんに背を向けて膝に乗せやがった。絶対に渡さないぞとでも言わんばかりにぎゅ〜っと抱きしめている。ヴィルさんよ、すっごく恥ずかしいのですが。これ。

「……」

「……ということなので、断らせてください」

「……リューク君、このクソ野郎に何したの」

「……最近壊れ始めてきたんです」

「マジ？　明日は槍が降る感じ？」

「うるさい」

俺の下にいるバカは、あろうことか俺の顎を掴んでキスをしてきた。すんげぇ長いやつを。ちょっと待て、妹さんがいるんだぞ。途中からそれを忘れるくらい余裕なくなったけど。

やっと離れた時には、お前何してくれてんだ‼　と息切れを整えつつ視線で訴えたが……すんげぇ勝ち誇ったかのような目でこっちを見てくる。

そんな様子を見た妹さんは……ポカーン、とした顔で口が開けっ放しになっていた。……恥ずかしい。これ、わざとだよな。やめろコラ。

「白ヒョウより恐ろしい獣に捕まったな……ドンマイ」

いや、諦めないで。俺のこと助けて。お願いです、妹様。

その後、んじゃまたねと一言残して帰っていった妹さん。本当に台風のような人だった。で、この人が超不機嫌なのだが。まぁ犬猿の仲っぽかったし、俺を連れてくだのなんだの言ってたし。でもさぁ、これこのままにしたら大変だよな。暴走しそうだ。しょうがないな、と思いつつ、ヴィルから少し離れて向き合った。

「なんです？　そんなに行ってほしくなかったですか」

「あり得ないだろ。ここを離れるなんて」

「そうですか？　遊びに行ってすぐ帰ってくるって選択肢もあるでしょ」

「絶対にダメだ」

めっちゃ声に力入ってたな。そんなに嫌なのか。ならヴィルも一緒に連れてくか？　あ、いや、ぶっ壊すだのなんだのって言ってたしな。さすがに家を壊すのはダメだろ。弁償しなくちゃじゃん。

「言ったじゃないですか、ヴィルのところから離れないって。忘れました？　それとも信じられませんか？」

「忘れてない」

「ならいいじゃないですか」

「……」

あ、まだ気に食わ……

と思っていたら、後頭部をがっしり掴まれてキスをされた。喰われるんじゃないかってくらいの、なっがいのを。マジでやばいやつ。最終的には俺の腰が抜けた。

でも、これで復活したか？　それならまぁ別にいいんだけど。

と、思っていたのに。

「ん～～美味し♡」

「……それは、よかった、です」

「この料理のレシピ、買った！」

「え、いえ、そんな……一応家族ですし、お金なんていりませんよ」

「リューク君、分かってないな～。いいか？　この世にタダより高いものは絶対にないんだぞ？」

「……あ、はい」

「後でダーリンに食べさせてあ～げよっ♡」

戻ってきてしまったのだ。妹さんが。ミヤばぁという人に会いに行った後、ただいま！　って普通に帰ってきた。まぁ、言わずもがな、ヴィルと玄関で口論になった。それで剣が出てきそうな感じに発展しそうになったところで俺が止めて、ようやく夕食になったわけだ。

でも、今日ここに泊まって、明日またミヤばぁさんのところに行くそうだ。明日までの辛抱だな。

妹さんは肉じゃがが大層気に入ったみたいだ。レシピに金を払うって言われたけど、一体いくらの価値があるのだろうか。肉じゃがだぞ？　肉じゃが。まぁでもこの世界に肉じゃがというものはないらしいけどさ。

「さっさと帰れ」

「ミヤばぁが明日も来いって言ってきたんだからしょうがないだろ」

「向こうに帰ってまた来ればいいだろ」

「だって、魔法陣装置の通行料上がったんだもん」

「それくらいお前の家だったら雀《すずめ》の涙ほどだろ」

「まぁそうなんだけど、払うのはなんかムカつくじゃん。その通行料が一体どこに使われてると思う？」

「たとえあの古狸の懐《ふところ》に入ったとしても、回り回って最後はお前の家に戻るんだろ」

「あ、よく分かってんじゃん」

……そうなんだ。すげぇ家だな。まぁこの国の財力を握ってんだから納得は出来るな。

それより、通行料上がったんだ。どれくらいなんだろ。ここの商会は、魔法陣装置を使って首都に品物を運ぶにあたって、年間通行証というものを発行してもらってるから自由に行き来が出来ている。でも普通に使うってなるといくらくらいなのかは俺知らないんだよな。後で聞いてみよ。

「でも汚くなって返ってくるのは嫌なんだよ。加齢臭たっぷりだろ」

「言えてるな」

え、いいの？　そんなこと言っていいの？　俺知らないよ？

それにしてもさすが兄妹、考え方が一緒だ。

というか、妹さん、食べ方すんごく綺麗だ。俺、他の夫人と会うのこれが初めてだからな、気になって見ちゃうよ。俺もそういった面でもちゃんとした夫人にならないといけないのかなって思っちゃうな。

礼儀作法とかは一応俺もレッスン受けてるけどさ、このレベルは無理だって。もっと頑張ろ。本読んでるばかりじゃなくて。

そういえば、辺境伯ってこの国じゃ侯爵と同じ階級なんだろ？　公爵の一つ下だ。じゃあ、俺も一応上位貴族の夫人？　うわぁ、そう考えるとめちゃくちゃ恐ろしいな。

「ん？　何か聞きたい？　いいよ、なんでも教えてあげる」

「え？　あ、いえ」

「そーんな遠慮しなくていいって。家族なんだしさ」

うん、まぁ一応家族になってるわけだけど……なんか、変な感じだな。今日初めて会ったわけだし。というか、ヴィルに妹さんいたの知らなかったし。言ってくれてもよかっただろ。いきなりでだいぶびっくりしたんだからな。せめて、ご両親のことを聞いた時に言ってほしかった。

「リューク、こいつと喋ったらバカが移るぞ」

「えっ」

「おいクソ兄貴、今なんつった？」

「なんだ、耳も悪くなったの、んっ！」

とりあえず、この兄妹が口喧嘩しそうな時はヴィルの口にパンでもなんでも突っ込んだ方がいいということだけは学習した。

でもさ、普通の兄妹ってこんな感じ？　俺前世だと一人っ子だったんだよね。あ、今は一応十九人兄弟だけど。

なんか、いいなぁって思っちゃうんだよね。でもこれ言ったらもっと二人の口喧嘩が止まらなくなりそうだから言わないでおこう。なんか、カトラリーのナイフが飛んできそうだしな。うん、笑えない。

◆

俺の父上に当たる先代のメーティォス辺境伯と、母上の先代夫人は実におかしな人達だった。

先代夫人は面倒くさがりで色々と冷めた性格だった。バラの間のお手入れが好きで、いつもそこにいたのを覚えている。

対する先代辺境伯は誰もが認める強靭《きょうじん》で完璧な剣士と謳《うた》われた。だが、先代夫人の前だとたちまち弱くなる。いつも先代夫人に謝っていて、先代夫人は呆れ顔ばかり浮かべていた。俺はよくやるな、とそれを見て思っていた。

一度、先代辺境伯に尋ねたことがある。

「よく母上をこんなところに連れてこられましたね」

と。だが、その時先代辺境伯は笑ってこう答えた。

「母さんの方から連れていけと言ってきたんだよ」

その時は幼かったから理解出来なかった。俺が爵位を継いだ際に、広大なメーティォス領内の、さらに周りに何もない土地に二人で移り住んで隠居生活をすると言い出した時には、大丈夫なのかと心配もした。

でも、今なら分かる気がする。

「……あの、ヴィル、仕事は？」

「ない」

「いやあるでしょ、何言ってるんですか。こんなところで油売ってないでさっさと行ってくださいよ」

「なんだ、意地悪か」

「はぁ？　なわけないでしょ。ほら、執事達が待ってるでしょうから早く行ってあげてください。いつになっても終わりませんよ」

「なら終わったらご褒美《ほうび》をくれ」

「は？」

「それなら行く」

「……はぁ、ならご褒美《ほうび》の内容は俺が決めますからね」

「あぁ、期待してるぞ」

「しなくてぃーですから！」

リュークの耳にあるピアスが揺れた。

俺が贈ったピアスも、お揃いの指輪も、リュークは肌身離さず毎日つけてくれている。いや、毎朝俺がつけてやってる、が正解か。

「あ、いた、バカ兄貴」

「まだいたのか」

妹の声がして、うんざりした顔をしてしまう。

リュークはずっと離宮で過ごし、他人との交流がだいぶ少なかった。今も、この地で他の貴族とは関わりを持っていない。こいつは例外だが。

だが、これを嬉しく思うのは、いわゆる独占欲というものからくるのだろうか。

「……俺は、父上と母上、どちらの遺伝子を多く受け継いでいるのだろうな」

「何いきなり、気持ち悪っ」

「無駄口叩いてないでさっさと帰れ。お前が視界に入ると虫唾《むしず》が走る」

「こっちのセリフだっつうの。言われなくても帰るわ。リューク君に挨拶してからだけど」

「近づくな」

「はぁ？」

少なくとも、今父上と母上は遠くの地で何事もなく生活しているはずだ。母上の小言は増えただろうがな。俺達の心配はいらないようだ。

そもそも、そんなことをしている余裕は俺にはない。

リュークがまた白ヒョウを見たいと言い出した。そんなもの危険すぎて許可出来るわけがない。望みは全部叶えると言った手前、今度な、と先延ばしにしているが……それがいつまで使えるか分からない。それまでに白ヒョウを手なずけて少しでも安全性を上げないといけない。

あの好奇心は一体どこから出てくるのか不思議で仕方ない。まぁでも、リュークらしくもあるがな。

「……仕方ない、やるか」

とりあえず、この仕事の山を全部片付けてご褒美《ほうび》を貰いに行くとしよう。

……いや、明後日《あさって》に回せるもの以外全て処理しよう。それがいいな。

◇

俺は今、この屋敷のキッチンに向かっている。あ、つまみ食いに行くんじゃないぞ？　ちゃ〜んと理由があるんだから。

「こんにちは〜」

「奥様！　お待ちしておりました！」

うんうん、みんなお仕事頑張ってるね。邪魔しちゃいけないから早く退散するとしよう。今日のお昼ご飯は何が出るか楽しみだけど、お昼になってからのお楽しみだしな。

こちらをどうぞ、と渡されたのは大きめのかご。それを受け取り、俺はキッチンを離れた。

「……美味しそう」

「つまみ食いですか？」

「ピモも食う？」

「私に共犯者になれとおっしゃりたいのですか？」

「冗談だって〜」

この中身は、クッキーとパウンドケーキ、あとケークサレだ。うん、美味しそう。食いたいけどここは我慢だ。

そう、これは実は差し入れなのだ。誰への？　それはな……

「おぉ……やってるやってる」

「ちょうど旦那様の番でしたね」

今こっそり端で見てるんだけどさ、ここ鍛錬場なんだよ。このメーティス領の騎士達とヴィルが鍛錬しているところを見に来たというわけだ。

前々から見たいなと思ってたんだよね。だってさ、白ヒョウを相手に戦ってるんだぜ？　あの人達。見たいに決まってるだろ。

でも、ヴィルに言ったらなんか言われそうだなと思って、黙ってこっそり来たというわけだ。もし見つかった時のための理由として差し入れも持ってきたしな。

けどさ、何あの人。軽々と剣振っては相手を圧倒してるんだが。力もあるんだろうけど、動きも速いわ。

「……なぁ、あのかっこいいやつ誰だ」

「奥様の旦那様です」

「……やべぇな、何あれ惚れるだろ」

「それはそのままご本人にどうぞ」

「いや、絶対後悔するから言わない。……相手、吹っ飛んでないか？」

「旦那様は容赦ないんですよ」

鍛錬場は屋外なんだけど、雪かきしないでそのまま練習してるな。足場悪いだろって思ったものの、そういえば実戦で剣を使うところの足場は雪だった。雪山とか。だからか。なるほど。

てかさ、みんなが使ってる剣、デカくないか？　俺の知ってる剣より太いし長い。首都にいた頃に見た騎士達が使ってた剣とは比べ物にならなかった。

あぁ、あれじゃなきゃ白ヒョウを倒せないいんか。でも重そう。振るのにも結構力いるよな。どんだけ重いんだろ。

「……寒そうだな」

「動いているので逆に暑いのではないでしょうか」

「うん、まぁ、だろうな」

みんな、めっちゃ薄着なんだよな。上、ノースリーブの黒いの一枚。あれも生地薄そう。絶対寒いだろ。見てるだけで寒いわ。

「そういえば、奥様もナイフを使ったことがございますよね」

「あ、うん、そう。一応、王位継承権ぶん取り合戦に巻き込まれる可能性もあったし……と言ってもまぁ一番の理由は暇だったからかな」

「ですが、奥様はもうこのメーテォスにいらっしゃいますからご安心ください。何があってもきっと旦那様が守ってくださるでしょう」

「逆にさ、あんな最強人間のところを狙うやついるのか？　フルボッコがオチだって分かるだろ。あのえげつないめっちゃ大きい剣を突きつけられて」

「恐ろしい話ですが、それもそうですね」

ほらな。暗殺とかそういうのもさ、フルボッコだろ。たとえ剣とかナイフとかがなくても、素手でもいけそうだしな。あー怖い怖い。

と、ピモと喋っていたら……

「こんなところで何をしてるんだ」

あ、やっべ。ヴィルに見つかっちった。てか近づいてきていたことに気付かなかった。たまに、気配消して近づいてくるんだよな。ビックリするからやめてくれ。

何をしてるんだ、と言われたので持ってきたかごを見せた。

「賄賂《わいろ》か。何を企んでるんだ？」

「失礼な。一緒に食べたかったから持ってきたんですよ。ついでに他の皆さんの分も持ってきたんです」

「……そうか」

なんか疑ってるな？　酷いな。別に企んでないのに。

「なんだ」

「あれ、持ってみてもいいですか」

あれ、とは剣のことだ。だってこんなデカいの見たことなかったんだもん。

「……怪我するぞ」

あ、持たせたくないんだ。間があったし、すんげぇ持たせたくなさそうな顔してるもん。俺の望むことは全て叶えるだとかなんだとかって言ってたけど、これはダメなんかな。

「ヴィルと持つならいいでしょ？」

もちろん、落としたら大変だからヴィルと持ちますとも。

「腕折れるぞ」

「ヴィルには俺の腕が枝に見えてるんですか？」

「そこまでは言わないが細い」

「それ、誰基準なんですか。まさか自分じゃないですよね」

「これくらいないと話にならん」

……マジかよ。どんだけ重いんだよそれ。ヴィルの腕結構太いよな。筋肉ヤバいし。多分腕相撲したら俺一発K・Oだわ。

なんて思いつつ、騎士の一人が持ってきてくれた剣を見た。うわぁ、遠くから見てもデカいと思ったんだけど、間近で見たらもっと大きかったわ。これ振ってるの？　え、マジ？

「……デカいですね」

「白ヒョウ討伐にはこれがなければ無理だ」

長さは、俺の身長ほどではないけれど結構長い。やべぇな、これ持って討伐に行くのか。

鞘《さや》に入れた状態で、最初にヴィルが受け取った。剣先を地面につけて持っている。

「抜くなよ」

「はーい」

鞘を掴んで、持ち上げてみた。

……えっ。何これ、おっも!?　めっちゃ重いんですけど!!　鉄骨かよ!!　鞘の分の重さがあるからか？　それにしても重すぎだろこれ。

「なんですこの重さ。どうしてこんなの普通に振り回せるんです⁉」

「慣れだ」

「いやいやいやいやいや！　それをただ慣れだって流しちゃいけないですって‼　どんだけ筋肉あるんですか‼」

「いつも見てるだろ」

「ちょっと待ったぁ‼」

いやいやいやいや、なんてこと今言っちゃうんだよ‼　周りにピモも騎士さん達もいるんだぞ‼　ほら！　騎士さん達が目そらした‼　確かに一緒に風呂入ってるから見てるけど‼　マジで恥ずかしいからやめてくれ‼

でも、思った。このメーティス領の人達って、アメロと普通の男性の体格が極端に違うんだ。雪かきとかの力仕事とかが多すぎるからだろ。

「……ピモ、腕相撲しよ」

「え？　腕相撲ですか」

「何故ピモなんだ」

「ゴリラとやったら小枝みたいな腕が折れちゃうんでね」

「は？」

よし、屋敷中のアメロ達と腕相撲してこよう。俺、あのゴリラみたいな人達相手じゃなきゃ結構自信がある。ほら、小さい頃から暇すぎて筋トレとかもしてたし。ナイフの訓練もな。

とりあえず、まずはピモに勝つ。

◇

今日もまた、来訪者がいた。最近来る人多いよな。

本日いらっしゃったのは……

「あらまぁえらい別嬪《べっぴん》さんやないですか。これは作り甲斐《がい》がありそうですなぁ」

よく分からん方言で喋る、九十代くらいのアメロさんだった。白髪ではあるけれど、腰は曲がっていなくてシャキッと立ってる。すげぇ。

そしてこの方、初対面ではあるものの、話には聞いている方だったらしい。

「初めまして、ミヤと申します」

「あ、初めまして」

あのミンミンの織物を加工するための技術を持っていらっしゃる方だったのだ。こんなおばあちゃんが作っていただなんて、びっくりである。

でも、どうしてこんなところに来たのだろうか。

「この前、街にいらしたと聞いたんですよ～。本当は私もお会いしたかったのですけれど、見ての通りこんなよぼよぼの年寄りですからねぇ。でも、今回ここに連れてきてもらってとても嬉しいですわぁ～」

「あ、私も、お会い出来て嬉しいです……」

「おやまぁ、奥様にそう言ってもらえたら十歳は若返ってしまいますわぁ～！」

……この人のテンションが、分からない。

というか、この領地の人達が元気すぎて、置いていかれそうになってしまう。パワフルすぎる。

それで、ご用件は？　とピモが代わりに聞いてくれたのでようやく本題に入ることが出来た。

「この前、お嬢様がお洋服を注文なされましてねぇ。ですので、一緒に奥様のものも作って差し上げたい思うたんです。いかがです？」

「えっ、ミンミンの、ですか？」

「えぇ。今回ミンミンが見つかったのは奥様のおかげやとお聞きしたんですよぉ。それなのに、お作りしないでどうするんやって話でしょう？　きっとお似合いになると思うのですが、どうでしょう？」

あ、知ってるんだ。ピモとかが言ったのかな。でも、ミンミンを見つけたのはあくまでヴィルで、俺はそんなに貢献とかしてない。

でも、作ってもらえるのであれば、嬉しいかも。

「ピモ、ヴィルは？」

「旦那様は、作ってもらえとおっしゃっていましたよ。普段着全部って」

「……一枚だけでお願いします」

「おやまぁ、私としても太っ腹な辺境伯様からご依頼を頂けたら、ごちそうをたらふく食べられるくらいのお金が入るのですがねぇ。仕方ないですねぇ」

「……」

……マジかよ。てか、このおばあちゃん、超元気じゃんかよ。この領地の領民達は、お年を召していても全然ご高齢じゃないってことかよ。

そもそも、そんなに依頼受けちゃっていいのか？　大変だろ。だってだいぶ扱いづらい生地で、妹さんの分もあるのに、俺のもかよ。

しかもさ、普段着にしちゃいけないやつだろ。貴重なミンミンの織物なんだぞ。何か特別な日にしか着ちゃダメだろ。

「……とりあえず、一枚でお願いします」

「とりあえず、ということはまた奥様にお会い出来るってことですねぇ。お楽しみが増えて若返ってしまいそうですわ～！」

「……お元気ですね」

「あっはっは！　これだけ元気じゃないとこんなところに住んでいられませんよ～！」

うん、確かに、そうだな。元気じゃなかったらこんな雪国になんて住めないわ。

さあ、採寸しましょうか。そう言われて、ミヤばぁさんと一緒に来ていたアメロとピモとパーテーションの中に入った。知らない人がいたからちょっと恥ずかしくはあったけれど、仕方ない。上着などを脱いで……というところで、あらま、と声が聞こえてきた。アメロの人の声だ。

何かあったか？　と考えて……今朝のことを思い出した。そういえば、今日の朝着替えた時、鏡で見てしまった。そこら中につけられた、キスマークを。

昨日の風呂とベッドでめっちゃつけやがったなあいつ。と思ったけど、どうせ服は首まであるハイネックだし、見るのは着替えを手伝ってくれるピモだけだからいいかと油断していた。今日ミヤばぁさんが来ること知らなかったんだけどさ。

めっちゃ恥ずっ!!　あんだけやめろって言ったのに全然やめてくれないから!!　この人すんげぇニコニコしてるし!!

「……なぁ、ピモ。ヴィル、今日ミヤばぁさんが来ること知ってたか」

「えぇ、ご存じでしたよ」

後で殴ろう、うん、殴ろう。多分ノーダメージだろうけど。大ダメージを受けさせられる呪いの言葉は知ってるが、これは封印することにしてるから間違っても言わない。

顔から火が出そうになりながらも、ようやく採寸を終わらせることが出来た。はぁ、恥ずか死にそう。

採寸から戻ってくると、ミヤばぁさんは何枚もの小さな紙をローテーブルに並べていた。後、生地も。あれがミンミンの織物なのか？

おかえりなさい、とニコニコしているが……聞こえたか？　バレてないよな。ミヤばぁさんにまで知られちゃったら俺マジで死ぬぞ？

「参考までに持ってきてみたのですが、いかがでしょう」

「す、すごいですね……デザイン画？」

紙には、洋服が沢山描かれていた。俺こういうの全然分からないから、なんて言ったらいいのか分からないけど、すごく綺麗というか、バランス？　がとてもいい。

「どんなものがいいなどの注文は？」

「えぇと……私、そういうのよく分からないので……お任せって出来ます？」

「お任せ、ですかぁ……では、好きな色は？」

と、目の前に生地が並べられた。単色もあるし、模様が入ってるのもある。すっげぇ……触っていいのか心配になるくらい綺麗だ。テカってるわけじゃない。色鮮やかで、優しい感じ、って言うのかな。ずっと見てても飽きなさそう。

とりあえず、青の単色を選んだ。ミヤばぁさんはふむふむ、と考えてから分かりましたと笑っている。今更ながら変なの選んじゃったかな。

「では、出来上がる前にサイズ合わせをする必要がありますから、その時にまたお会いしましょうねぇ」

と、帰っていってしまった。一体どんなものが出来るのか、全っっっ然予測出来ない。

まぁでも、なんかすごいおばあさんらしいから楽しみにしていよう。

それはそれとして、ヴィルには文句を言いに向かった。

「ヴィ～ル～!!」

「なんだ？」

「俺が言いたいこと、分かりますよね」

「さぁ？」

「俺、今日ヴィルと風呂入りませんから。後、違う部屋で寝ます」

「ククッ、悪かったよ」

謝っても許しませんからね。めっちゃ恥ずかしかったんですから。

でも、頭撫でてくれるだけで危うく許しそうになっちゃう俺はほんとちょろいよな。とも思ってしまった。絶対言わないけど。

◇

メーテォス家の邸宅はとても大きくて広い。ということは、部屋が沢山あるということ。だから、俺がまだ行ったことがない部屋もあった。

「貴重品室です」

「めっちゃ広くないか？」

「四代前の辺境伯様が、骨董品《こっとうひん》集めを趣味としていたらしいですよ」

「あ、なるほど」

もしかしたらここにも当時の夫人が好きなものがあるんだろうか。あんなに夫人想いな方々が多いんだからそれもあり得る。ほら、世界中の本を集めちゃったり、トゲのないバラを作っちゃったりしてるんだもんな。

中には、なっがいテーブルがいくつも並べられていた。そして壁には何枚もの絵画がかけてある。

おぉ、とんでもなく細かい装飾がされた壺もあるぞ。どれもすごいデザインのものばかりだ。

「うわぁ、デカい水晶だな」

「私も水晶は見たことがありますが、このサイズは初めてです」

「ピモ、ここ来たことなかったのか？」

「はい、ドアを開けて外から覗いただけです」

「……俺、入っちゃいけなかった？」

「ここの主人は旦那様と奥様です。ですから、奥様が入ってはいけないところなどどこにもありませんよ」

まぁ、そうなんだろうけど……それに、ヴィルにも言われてないしな。ここには入るなって。こっちから聞いたことはないけど。

と、思いつつ見回していたら……見つけてしまった。これは……家族全員が描かれた肖像画か。誰だろ。六十代くらいのアメロと男性、あと子供が一人か。

「これは……きっと四代前の辺境伯様のご家族を描いたものではないでしょうか。あちらにあと四枚飾ってありますので」

「あ、なるほど」

入り口付近には雪山の絵画ばかり並んでいて、奥には肖像画がかけられているな。

うん、確かになんとなくヴィルや妹さんに似てる。でもやっぱり全員男性だ。当たり前だけど。

進んでいき、四枚目の前に辿り着いた。あ、ヴィルだ。あと妹さんとご両親と思われる方二人。この絵に描かれているヴィルは……小学校低学年くらいか？　ちっとも笑ってないけど可愛いな。あんなぶっきらぼうなヴィルにも可愛い幼少時代があったんだな。安心した。

「……そういえば、雪山の風景画が多いな。ここで描いたものなのか」

「恐らくそうだと思います。この国では、こんなに大きな雪山は他にはありませんから」

俺、地理はまだ勉強中なんだよな。他の国とかのことも分からないし。あ、冬の風景画じゃないのもあった。

「これはここより少し遠いメーティオス領の風景ですね。メーティオス領はとても広いですから、ここはまた違った風景を見ることも出来るのですよ」

「あ、なるほど」

確か、ヴィル達のご両親はめっちゃ遠いところにいるんだっけ。雪があまり降らない土地だったりもあるのかな。行ってみたいけど……確か、行くのに三ヶ月かかるって言ってたか。いや、無理だな。

「あ」

さらに進んでいったら、見つけた。

「蓄音機じゃん」

「そのようですね」

テーブルの上に置かれていた、白い蓄音機。エレガントな感じの金色に装飾されている。俺、実物は見たことなかったんだよね。へぇ、こういうものなんだ。箱みたいな台に、レコードをのせる部分があって、お花みたいに伸びてるラッパがついてる。

蓄音機の横に一枚一枚箱に入ったレコードが積んである。きっとこれを使っていたんだろうな。

「使ってみます？」

「いいの？」

「見たところ、壊れているようには見えませんし……」

俺、実物見るの初めてだからそこらへんよく分からないけど……一旦ヴィルに聞いてみる？

では、聞いてみますね。そう言ってくれてピモが部屋から出ていった。

「あ、これ楽器か？」

ハープか、これ。黒に金色の装飾でかっけぇな。

ピンッ、と一本弦をはじいてみた。うん、めっちゃいい音。ハープってこんな感じの音だよな。

初めて実物見たけど、ここにペダルみたいなのがあるな。これ、演奏中に踏むのか？　それとも曲に合わせてあらかじめ調節するのか？　よく分からん。

その隣には、ヴァイオリン。後、ヴァイオリンのデカいバージョン。これ、なんて言うんだっけ。チェロ？　俺楽器とかって詳しくないんだよなぁ。

まぁ、クラリネットはやったことあるけどな。離宮の使用人に教えてもらったし。あ、あとタンバリンもやったことあったか？

と思いつつ周りを見て回っていたらピモが帰ってきた。ヴィルからOKを貰えたそうだ。

「そんな安物を使わずとも、ちゃんとしたものを買ってやるぞ、だそうです」

「いやいやいや、そんなのいいから」

ただ鳴らしてみたいってだけだったんだけど。しかもこれが安物ですか。見た目からしてそんなに安物には見えないのだが。

よし、じゃあ鳴らしてみるか。と思ったら、台車を持ってきてくれていた。こんな狭いところよりも広いところで聞けって言われたそうで。だからこれを運んで違う部屋で聞くことになったのだ。

貴重品室から俺の私室までその蓄音機を持ってきた。

絶対壊しちゃいけないぞと思ってドキドキしていたけれど、貴重品室と俺の私室が同じ階でよかった。

あ、ちゃんとレコードも持ってきたよ。

「やっぱいめっちゃドキドキなんだけど」

「使い方は知っていますのでご安心ください」

「え？　ピモ知ってるの？」

「えぇ、ルファニス様が持っていらしたので」

「へぇ～」

ルファニス様、はヴィルの妹さんのこと。あ、でも妹さんはずっとここが嫌で首都のタウンハウスにいたんだっけ。じゃあタウンハウスの方にあるのかな。それか、テモワール公爵家に持っていったか。

どのレコードがいいかなぁ～と選ぼうとしたが全くよく分からず、最終的には勘で選んだ。これでお願いします。

ピモが、横にあったぜんまいを沢山巻き始めた。これ一体どれだけ回すんだろう。

そして、回転台に俺が選んだレコードを装着。スイッチを押すと回り始めた。さぁ、かけますよ。

そう言ってピモが針をレコードにのせた。

「あ……」

音楽がかかった。思ってた通りこのラッパから音楽が流れてる。なんか、すごく綺麗な音だ。古いものだからあまりいい音は鳴らないのかなと思ったけれど、全然いいじゃん。誰だ、安物って言ったやつ。

曲は、音がちょっと高めでテンポが穏やか。楽器だけで歌はない。俺聞いたことないな、この曲。と言っても、オルゴールぐらいだったしな。俺が聞けたの。

「いかがでしょう」

「綺麗な音出てるね」

「確かにそうですね。では、今日のティータイムのＢＧＭにしましょうか」

「うん。今日はここでお茶飲もっか」

うん、心地いい音楽だ。他にもレコードが何枚もあるから、それも聞いてみたいな。そんなに使っちゃっていいのか分からないけど、ヴィルならいいって言いそうだな。なんか買ってやるって言ってたみたいだし。

こういう曲ってさ、前世だとテレビとかのＢＧＭで使われていたのしか聞かなかったけど、なかなかいいもんだな。

……でもこれ、なんか眠くなりそうな気がする。ダメダメダメ、まだ夕食まで時間があるんだぞ。とりあえず、これからピモが持ってきてくれる紅茶でカフェインをとろう。

「……ん？」

ピモが持ってきてくれた紅茶に口をつけていた時、気がついた。レコードが一曲終わってしまい、また違うレコードにチェンジされて、次の曲が流れた瞬間のことだ。

あれ、これ、もしかして。けど、確信はなかった。

「なぁ、ピモ」

「はい？」

「テワールかタリシス、ボレスの誰か、今日休みか？」

「え？　元離宮使用人の方々ですか？　確か、全員出勤していると思います」

「じゃあ、もし休憩してるやつがいたら呼んできてくれ」

「は、はい、かしこまりました」

と、一体何事かと驚いてはいたが、急いで呼びに行ってくれた。これがもし違ったらめっちゃ恥ずかしい。

なんて思いつつ待っていたら……テワールとボレスがピモと来た。

「いかがしました？　奥様」

「二人とも今休憩中？」

「たとえお仕事中だったとしても奥様がお呼びならいつでも来ますよ」

あ、そうなんだ。まぁいいけど。それよりこれだ。

俺は二人に視線を向けて蓄音機を指さした。

「この曲、知ってる？」

「あぁ！　はいはい、これですこれです！」

「以前、奥様とダンスをした曲はこれですよ。私達が歌ったのとは全然かけ離れているのによくお分かりになられましたね」

「確か、十二歳の頃でしたっけ」

「そうか？　うん、それくらいか」

なぁんだ、合ってたじゃん。これか。

そうそう、離宮で暇だったからダンスもやったんだよ。離宮にあった本でさ、ダンスに関することが載ってる一冊があって。それ開いて読みながらステップ踏んでたらボレスが教えてくれたんだよ。それでなんか楽しくなっちゃって離宮の使用人達と沢山踊ったんだよな。うんうん、懐かしい。

「今暇？」

「あ、踊ります？」

「踊ります踊ります！」

と、私室にあるテーブルなどを移動させて空間を作ってくれた。

曲、最初からかけましょうかとピモが言ってくれたのでお願いした。

「だいぶ前だったから忘れてるかも」

「私達はちゃ～んと覚えてますからご安心ください！　間違っても奥様の足は踏みませんから！」

なんて笑いつつも、三人で輪を作って手を握った。そう、貴族の皆さんが男女ペアで踊るようなあのダンスじゃなくて、皆で踊るダンスなのだ。あ、もちろんそっちのダンスも教えてもらったけど。ほら、使用人の中に貴族のやつらが何人もいたからさ。オルゴールの曲で練習したんだ。

「最初は右回りと左回りどっちだっけ」

「右ですよ～」

「おっけ～。くるっと回るのは？」

「そっちも右です」

「始まりますよ！　せ～のっ！」

曲が始まった瞬間に俺達は足を動かした。うん、うろ覚えではあるけれどなんとか？　懐かしいな。

「一、二、三、四」

「五、六、七、八」

「あ、全然大丈夫じゃないですか！」

「そうか？」

確か、昼休憩の時に使用人全員を庭に引っ張り出してダンスをさせたことがあったな。一応、これは十人くらいで踊るものらしいのだが、それ以上でも可能なんじゃないか？　と思いつき全員躍らせたのだ。

まぁ、言わずもがな、途中からグダグダになったけどな。でも楽しかった。全員、途中で仕事を忘れてムキになってしまった。

「これを始めた頃は奥様あんなに小さかったのに。時間の流れは早いですね」

「最初はぶつかって転んだり足を踏んだりしてたのに、今はもうお手の物ですね」

「あははっ、懐かしいな。でも、アイツが思いっきり俺の足を踏んだことは一生忘れない」

「あー、ありましたね。あれは本当に痛そうでした」

「マジで痛かったよ」

思い出は沢山ある。本当に懐かしいな。

「ピモも踊る？」

「楽しいですよ！」

「よろしいのですか？」

「いいっていいって！　ほらここ入って！」

最終的には、ピモまで巻き込み楽しいダンスをした。本当ならタリシスも来てほしかったけど、ちょうど今土まみれになってるらしい。あ、実家が農家なのはそいつな。

だいぶ懐かしい話をしつつもダンスをしたその日の夜。むすっとしたヴィルに、ベッドで膝に乗せられ、拘束されてこう言われた。

「今日、ずいぶん楽しそうだったな」

「……見てたんですか」

「いいや、ピモに自慢された。書類整理をしている最中にだ」

ピモさ〜ん、なんてことしてくれちゃってるんですか。嫉妬《しっと》心むき出しだぞこの人。そういえば前にも、俺がテワール達と昔話しててそれに嫉妬《しっと》したことあったな。またかよ。

じゃあ俺、アイツらと喋っちゃいけない感じ？　それ、理不尽なんじゃないか？

なんて思いつつ、むすっとしてるヴィルの両頬をつまんだ。……あんま肉ないな。硬い。

「ヴィルも、呼べばよかったんですか？」

「……」

あ、文句言ってこないぞ。余程呼んでほしかったのかよ。やっぱ可愛いな、こいつ。

「なら、いつ空《あ》いてますか。一緒に踊りましょ」

「明日」

「いやそれほんとですか」

「本当だ」

と言いながら後頭部をがっしり掴まれキスをされた。つい手がぽろっと外れてしまって、気がついたら後頭部と背中を支えられ、くるっと回ってベッドに寝かされていた。もちろん上にはヴィルだ。めっちゃ機嫌悪くないですか、この人。

しょうがないな、とがっしりヴィルを抱きしめて横に押し、ぐるっと回った。上下逆転だ。まぁ俺の力だけじゃヴィルを転がすのは無理があるから、意図に気付いたヴィルが俺を抱えて回ってくれた、が正解だけど。

ヴィルの腹に乗っかって、一応馬乗り状態になったわけだ。

「何、嫉妬《しっと》しちゃいました？」

「……」

「嬉しいな～」

「そんなに嬉しいか」

「そうですよ？　嫉妬《しっと》するくらい好きになってくれてるってことじゃないですか」

「確認しなくても分かってるだろ」

「そりゃそうですけど。でも嬉しいものは嬉しいんですって」

好きな人が自分を好きでいてくれるのが分かると嬉しい。そういうことなんだろうな。

「ヴィル、ダンスって出来ます？　あ、きっと授業とかでやりましたよね」

「ワルツくらいだ」

「ペアのやつですよね。俺らが踊ったのは大人数のものなんですけど……ヴィル、運動神経よさそうだからすぐ覚えちゃうかも」

「なら、ワルツは踊れるか」

ワルツ、か……

「一応踊ったことはあるんですけど……ちょっとしかやったことないし、そもそも十二の時でしたから忘れちゃいました」

「なら教えてやる」

「ありがとうございます」

ヴィルが手を伸ばして、片方のほっぺたをすりすりなでてくる。いつも思うけど、これくすぐったいんだよな。やめてほしいわけではないんだけど。

ワルツ、きっとヴィルが踊るとカッコいいんだろうな。イケメンだし、スタイルいいし、背高いし。これだと、周りの人達は釘付けだろ。

「……ヴィル、ダンスパーティーとか行くんですか？」

「行くわけないだろ」

「えっ、でも招待状とか来るんじゃないですか？」

「こんな野蛮人を招待するようなもの好きはいない。それに、群がらないと俺のところに来られないようなやつらばかりだ。参加したところで誘われないだろう」

わぁお、すんげぇ人だ。ヴィル、そんなに恐れられてるのか？　まぁこの強さを皆知ってるってことか。挑んでもフルボッコがオチだぞって。

でも、お友達とかっていないのかな。ずっとここにいるよな。ほら、親戚とかもいるだろうし……

まぁ、よく分からないけどさ。

「でも、王室主催とかの招待も来るでしょ。それは全員参加じゃなくて？」

「大雪、吹雪で欠席理由は作れる」

「……なるほど、サボりですか」

「あんな面倒なことをしなくてはならない意味が分からん。だったらこっちで仕事でもしていた方がまだマシだ」

「でも踊ったことはあるでしょ？」

「過去に……一回」

「一回!?　え、相手は誰ですか!?」

「ルファだ」

「……」

え、妹さんと？　妹さんと踊ったの？　一回だけってところも衝撃的ではあるけれど、まさか妹さんと!?

「頭の沸いてるイモ野郎どもより、一応兄である俺の方がまだマシだと言われたんだ。俺も母上に絶対に一回は踊れと念押しされていたから取引きをして仕方なくだ」

「……そう、ですか」

……取引き？　取引きってなんだ？　一体何を取引きしたんだ？

でもさ、絶対さ、足踏み合戦とかしてたよな。あそこだけなんかおかしいぞ？　って思われてなかった？　なんか怖いオーラ放ちまくってたとか、視線バチバチにしてたとか、うん、ありそう！　怖いな!!

「行きたいか？」

「俺？　別に、そういうのはないですけど。それに今外に出たところで他の貴族達に話しかけられるのは目に見えてます。絶対面倒でしょ」

ほら、俺は第十五王子のアメロで、メーティォス辺境伯夫人だろ？　絶対話しかけてくるやついるって。まぁ、ヴィルが一緒にいれば近づいてこない気もしなくもないが。

そもそも、そういう公《おおやけ》の場に行きたいというわけではない。行ったことないからどういうものなのかも分からないし。面倒くさがりヴィルさんが嫌がるってことは、それだけ疲れるものなのだろうか。

まぁ、メーティォス辺境伯夫人になった以上、そういう機会は全くないとは言い切れないし、後でピモに聞いてみよう。困った時のピモさんだ。

「……それで、ヴィルさん。今、どこ触ってます？」

「さぁ？」

「笑ってるじゃないですかっ!!」

「手が勝手に動いたんだ」

ちょい待ち、その言い訳はなんだ!!　それで通じるわけないだろ!!　俺の尻触るなっ!!

結局、だるさを感じながら次の日を迎えた。目の前には、鍛え抜かれたヴィルの胸板が見える。昨日のことを思い出すと、はぁ、とため息が出てしまった。

「……ダンス、約束しましたよね」

「煽《あお》ってきたリュークが悪い」

「また俺のせいにした!!」

「本当のことを言っただけだぞ。ダンスはお預けだ」

お前が言ったんだろうが。ダンスしたいって。俺が離宮の使用人達とダンスして嫉妬《しっと》したのはどのどいつだ。てか笑ってるしこいつ。分かってて言ってるな？

マジでムカついたから、くるっと向こう側に回……ろうとしたけど、ぎゅ～っと抱きしめられて阻止された。今日のヴィル、意地悪だな。

「そんな顔をしても可愛いだけだぞ」

「人のせいにするような人と喋ることはありません」

「ククッ、悪い悪い。俺が悪かったから機嫌を直してくれ」

と、頭を撫でてくるが、これで許したら絶対またやるだろ。こんなんで許してたまるか。

でも、その微笑みで、うっ、っと許してしまいそうになるのは本当にどうにかしてほしい。ずるい、ずるすぎる。このイケメンフェイス、恐ろしいな。イケメンは得って言うけどさ、こういうところだよな。

「さっさと仕事行ってくださいよ」

「意地悪か。言っただろ、昨日。今日は休みだと」

「嘘つかないでください」

「嘘じゃない」

「じゃあ後回しにしたやつ全部やっつけてください。俺はここでのんびりしてるんで。誰かさんのせいで動けなくなっちゃったんで」

「まだ機嫌が直らないか。緊急事態だ。これでは仕事をしている暇はないな」

なぁにが緊急事態だ。そうさせたのはお前だろ。

「……明日、絶対ワルツ教えてください」

「あぁ、もちろんだ」

「ならいいです」

……俺、本当にちょろいな。でもこれなら、今日の夜はちゃんと寝られることだろう。伝わってたらいいんだけど。

「……お腹空《す》きました」

「それは一大事だ」

おい、まだバカにしてくるのか。笑うな。ほんと今日のヴィルは意地悪だな。

チリンチリンとヴィルが呼び鈴を鳴らすと、すぐにピモの声がドアの向こう側から聞こえてくる。

ベッドから降りたヴィルがドアを開けて話し始めた。あぁ、パンツはちゃんと穿《は》いてるぞ。

「まだ寝てるか」

「……いえ、起きます」

めっちゃ眠いけど。多分顔にも出てる。でもお腹が空《す》いたから起きます。

ピモが持ってきてくれた洋服はヴィルが着せてくれた。ほんとさぁ、俺一人で出来るのにやりたがるよな。てか、さも当然のようにやってくれる。まぁ別に俺もいいけどさ。

「おはようございます、奥様」

「うん、おはよ、ピモ」

めっちゃいい匂いがする。今日の朝ご飯も美味しそう。ソファーの前のローテーブルに並べてもらって、お約束のヴィルの抱っこでソファーに座らされた。

俺が着席したその時、ピモが言い出した。

「明日、仕立て屋が来訪されますからお忘れなく」

……仕立て屋？　もしかしてミヤばぁさんのことか？　でも、今ヴィルに言ったよな。

「執事に対応させるよう言っただろ」

「いい加減自分でお選びになったらいかがですか？」

「面倒だ」

と、いうことは……ヴィルの服？　ヴィルの服を仕立てるってことか？　え、何それ楽しそう!!

ヴィルの服か～！

「ヴィル、新しい服買うんですか!!」

「リュークには関係ない」

「そうですよ！　王城に行くための正装を仕立てるんです！」

「え！　何それ！　ヴィル！　ヴィル！　俺も一緒に選んでいいですか！」

「……」

「だ、そうですよ、旦那様？」

「……わざとか、ピモ」

「なんのことでしょう？」

ヴィルはすっっごく深いため息をつき、仕方ないなという顔をしつつも俺の頭を撫でた。これはOKということか⁉　やった！

てか、さっきの会話からして今までは執事に丸投げしてたのか？　確かに、ヴィルが自分で服を選ぶとか面倒くさがりそうかも。どうせ一回しか着ないんだからって。

ヴィル、イケメンだからなんでも似合っちゃいそうだな。顔もいいしスタイルもいい、身長も高いし。うん、選ぶの楽しそう。

「機嫌、直ったか」

「直りました！」

「ククッ、ならいい」

ヴィルの服か～、楽しみだな！　いつもヴィルって普段着が黒じゃん。そこに銀色の刺繍が入ったやつ。黒好きなのかな？

じゃあ、他の色も着てほしいけど、黒の方がいいのかな。まぁ、明日見て考えよっか。着る本人が気に入らないと意味ないしな。

◇

今朝はいつもより早く目が覚めた。だってすっごく楽しみだったんだもん。

おかげでいつもは見られないヴィルの寝顔をベッドの上で見ることも出来た。ほら、いつもは狸寝入りじゃん？　でも今日はちゃんと寝息も聞こえる。

いつもは大人なイケメンフェイスなんだけど、寝てると子供っぽいというか。ちょっと若返る？　うん、ずっと眺めていられる。

そう思いつつ髪を触っていたら……頭が動いた。あ、起きた。起こしたか？　……あ、違う、また寝た。

「……可愛いな」

これは……毎日早起きをしなくてはいけないな。日課にしたい。……と思ってはいるけれど、夜にヴィルが大暴走しなければの話である。そう、風呂やベッドの上で。これ以上は言わないが。

その数十分後に、ぎゅ～っと俺を抱きしめる腕に力が入った。起きたらしい。狸寝入りの始まりだ。……と、思ったがそんなことはなかった。

「早かったな」

「起きちゃいました」

「そんなに腹が減ったか」

「そこまで食い意地張ってませんけど」

「そうか？」

と言いながらキスをしてきた。おはようのキスか？　でもベッドから出るつもりはないらしい。なかなか腕はほどけない。

「あ、そういえばヴィル。王城に行くって昨日言ってましたよね。呼ばれたんですか？」

「いや、今年の報告書を提出しに行くんだ。言っただろ、国王陛下の代理で広い国土の管理をしていると。それに関する報告書を毎年提出しているんだ」

「なるほど。じゃあ陛下にお会いするってことですか」

「残念ながら、な」

それ言っちゃっていいのか？　気持ちは分かるが。一応王族の俺を貰ったのだから、顔を出したらそういう話もあるだろう。あとはミンミンの織物とか、青バラの話とか？　まぁどうせヴィルだから全部流すだろうし、心配ないか。

「首都へ行く時、剣とか持っていくんですよね。もしかして、あのデカいやつ……？」

「いや、短いのを持っていく。さすがに首都に白ヒョウはいないからな」

「あ、はは、そりゃそうですね」

それでもお偉いさん方はビビりそうだけどな。その顔が見てみたい。

でも、もし剣を持っていなかったとしても……素手で戦えるよな、この人。いや、変なことは考えないでおこう。

「いつもと違う剣だと、戸惑ったりしません？」

「白ヒョウ用よりも軽すぎるから、たまに飛ばす時があるが……まぁその時には素手でなんとかなるから問題ない」

「……」

俺の考えは的中したらしい。

それよりも、今日は仕立て屋さんが来るんだから寝坊なんてしてられない。ほら、さっさと起きろ！

今日の天気はよく、首都からいらっしゃる仕立て屋さん達は難なく魔法陣装置を通ってこの屋敷まで辿り着いた。いっぱい荷物を持って、だ。

「ご、ご機嫌麗《うるわ》しゅう、メーティオス辺境伯様、夫人」

なんか、びくびくしてないか？　もしかして、いつもはいないはずのヴィルがいるから戸惑っちゃってる感じ？　あ、あと俺か。ほら、王族の証である銀髪と青い瞳だから誰なのか一発で分かる。つい数ヶ月前に結婚したことが皆の耳に入って噂になってるのかもしれない。一体どう言われてるのかすごく気になるところではあるけれど。

ソファーに座る俺達の前に並べられたマネキン。黒や青といった大人しめの色の正装を着ている。

「装飾が多い」

「えっ」

「旦那様、最低限これくらいはつけていただかないと困りますよ。他ならぬ辺境伯の爵位を持っていらっしゃるのですから」

「……」

奥様!! と、隣のピモが助け船を出してほしそうな目を俺に向けていた。あぁ、なるほど。そのための俺だったのかとすぐに理解した。

「ヴィル、これもカッコいいと思いますよ。ほら、この刺繍とっても細かくて素敵ですし、こっちのも装飾が綺麗です」

「……リュークが好きなものを選べ」

「いやいや、着るのはヴィルでしょ」

「リュークが選んだものを着たい」

「はぁ……」

ほら始まった。それって全部こっちに投げるってことだろ。面倒くさがりモード発動かよ。俺、今までヴィルが何を着てきたのか知らないのに選んでいいのか？　不安なんだが。

でもさ、見たところどれも素敵なんだよな。刺繍の模様とか、使われてる布とか、ファンタジー漫画とかに出てきそうなデザインで高級感のあるものばかりだ。まぁ、辺境伯としてそういうのを着ないといけないことは分かるけどさ。

「黒がいいですか？」

「リュークはどう思う」

「かっこいいと思いますけど……」

「黒でいい」

あ、はいはい。そんなに面倒くさいのか。本当に俺に丸投げだな。

しょうがないな、と一つ黒のものを選んだ。驚いていた仕立て屋さんに試着って出来ますか、と聞くと、どうぞご自由に！　と言われたので、行け、とヴィルに目で伝え、別室に行かせた。もちろん、服を持たせた執事と一緒にだ。

はぁ、これは一苦労だな。見たところアメロの仕立て屋さんも困っている雰囲気だ。こんなに荷物持ってきて、ここに来るだけでも大変だっただろうに。

だがしかし、俺は仕立て屋の心配をしている場合ではなかったのだ。

「あの、夫人」

「はい？」

「本日は辺境伯様の正装とお聞きしていたのであまり持ってきていないのですが、夫人のお洋服も数着ご用意しております。いかがでしょうか、ご覧になりますか？」

「あるんですか」

「はい。環境が違いますので普段着はメーテォス領の仕立て屋の方がよろしいでしょうけれど、首都にいらっしゃる際のお洋服などは我々をご利用してくださると光栄です」

「あ、なるほど。じゃあ見せてもらってもいいですか？」

まさか、見せてもらえるとは。アメロ用の正装やお出かけ用の洋服ってことだよな。

サササッ、とマネキンが並べられる。おぉ、どれも華やかだな。ヴィルのは暗めだったから余計に明るく見える。パンツドレスっていうのか。これ着て外に出たら寒そうだな。首都で着る用ではあるんだけどさ。ほら、首回りがハイネックじゃないし。

いつも着込んでるから最初は慣れないと思うな。でも首都に行くことってあまりないだろうかららな。

……なんて思いつつ、マネキンに着せられた服を眺めていたら……

「リューク」

「……」

……戻ってきたヴィルの姿に言葉を失ってしまった。

おいおいおいおいおいおいおいおい、誰だあれ。あのイケメン誰だよ!!　かっこよすぎだよあの人!!

つい、顔を手で覆ってしまったが……やべぇ、眩しい。なんなんだあの人は。あれ以上見てたら俺の目が潰れるって。眩しすぎて。誰かサングラスを持ってきてくれ。

「どうした」

そう言って近づいてくるヴィルに、くるっと回って背を向けた。いや、そうしなきゃ俺死にそうだもん。なんかさ、ヘアセットまでされちゃってたし。前髪、左残して右後ろに持ってってるし。

なんだよあれ、反則だろぉ……!!

「ククッ、耳まで赤くなってるぞ」

「うるさい」

「そこまで気に入ってくれたのであれば、これで決まりだな」

いや、多分どれ着てもこうなったと思います、はい。

あともう一つ言うのであれば……この人をこの状態でバラの間に連れてっちゃダメだ。多分十割増しになるから。俺どうにかなっちゃいそうだ。これ、殺傷効果があるって。ダメだ、この人を外に出しちゃダメだ。

「そういえばリューク、昨日の約束、忘れてないだろ？」

「……」

昨日の約束……ヴィルとの約束……あっ。

俺は今、窮地《きゅうち》に立たされている。

きっと顔も耳も真っ赤に染まっている。

「奥様、曲の準備はばっちりです！」

「だ、そうだぞ。リューク」

……そう、ワルツを教えてもらうという約束をしていたのだ。

でもさ、どうしてヴィルは髪、戻してないんだよ。おい、それわざとか？　わざとだよな。絶対わざとだよな!!

あ～も～どうして今日なんだよ!!　ついさっき、めっちゃかっけぇ殺人的な姿のヴィルを見たばっかだろ!!　それでいきなりワルツですか!!　俺を殺す気か？　殺す気だよな!?

「どうした、リューク」

「……わざとでしょ」

「さぁ？」

ソファーに座って顔を覆ってた俺の手をがっしり掴んで剥がしたヴィル。ニヤニヤしてるんだから丸分かりなんだよ、おい。

「それとも、ダンスより他のことがしたいのか？」

「ヴィルっ!!」

一体何を言いたかったのかは、考えないでおこう。うん、とりあえず俺、落ち着け。このワルツ教室の原因は全てこのヴィルだ。ヴィルが勝手に嫉妬《しっと》して、ダンスをしたいと言い出したんだ。だからこのダンスは俺が付き合ってやってるってことだ。そう、そういうこと！　この構ってちゃんを構ってやってるんだ。落ち着け。

「……さっさとやりましょう」

「ワルツは楽しんでやるものだぞ」

「これは授業でしょ、言い換えれば。ほら先生、お願いします」

「……ククッ、あぁ、今はそういうことにしておこう」

なんだよ、そういうことにしておくって。と、思ったけど言えなかった。ソファーから持ち上げられたからだ。

ようやく広い場所に降ろしてもらえたが、ここで気付いてしまったのだ。問題発生だ。

俺は、片手はヴィルの手を掴み、もう片方の手はヴィルの肩にのせなくてはいけない。ワルツの基本的なポーズだ。でも……

……身長が、足りない。あ、ヴィルの肩に届かないわけではない。宙ぶらりんになっているわけでもない。でも、もうちょっと身長が欲しいところだ。

「頑張って肩にのせずとも、ここにのせればいい」

「……バカにしてます？」

「してない」

ここ、とはヴィルの腕。いいのか、これで。というか、ヴィルがデカいのが原因なんだよ。俺が小さいというわけではない。そう、ヴィルがおかしいんだ。

「……俺にもハイヒールが必要になったのか……」

「ハイヒール？」

「……」

最近さぁ、俺の口は本当に緩いな。最悪だ。でも、これどう誤魔化したらいいんだ。本で読みました、はだいぶ使ったしな。

「……乳母に教えてもらった歌物語に出ていた靴です。身長の低いアメロが、男の人とダンスを踊る時に身長が足りなくて、靴に細工をして、背伸びした時のようにかかとを高くしたんですって」

「靴に細工か。面白いな。だがそれでちゃんと踊れるのか」

「気合いでしょ」

「ククッ、そうか、気合いか。愛の力ってところか？」

「さぁ？」

……上手く流せた？　ちょっとでたらめすぎたかな。まぁ、いっか。

俺も前世ではよくあんなかかとの靴履けるなって思っていた。あれでダンス？　いやいや無理無理。靴擦れとかヤバそうだし。

とりあえず今日は肩に手はのせず踊ります。

「……ごめんなさい」

「構わない。軽いから痛くもかゆくもない」

めっちゃ足踏んだけど。これがヒールだったら痛そうだな。

「次、右足を後ろ」

「ここ？」

「そう」

ヴィル、性格からしてスパルタっぽいかと思ってたのに、全然じゃん。ちゃんと優しく教えてくれる。ほら、鍛錬場にお邪魔させてもらった時、容赦なく吹っ飛ばしてたし。

「思い出したか」

「……なんとなく」

最後にワルツを踊ったのはだいぶ前だったし、しかも相手はこのでっかい大男だから大丈夫かなと不安ではあったけれど、でも、まぁなんとか？

「リューク、顔を上げろ」

「……んっ⁉」

音楽に合わせて踊っている最中にそう言われ、顔を上げた。そしたら、キスをされて。驚いて転びそうになったところで背中に手が回って抱っこされてしまった。

おい、何するんだと訴えようとしたが、そのままグルグル回り出した。

「ちょっ待って！　これワルツじゃないじゃないですか！」

グルグルが速いって‼　降ろせっ‼　目が回るぞこれ！

と思ってはいたものの、ヴィルがすごく楽しそうに笑っていたので言わないでおいた。後、顔が真っ赤になりそうなのを耐えるのもマジで頑張った。この野郎……

◇

今日は、バラの間で本を読んでいたところにヴィルが来た。何やらトレイを持った使用人を連れて。

「ここにいたか」

「高確率でここにいます」

「探す手間が省《はぶ》ける」

「あ、そうですか」

でもさ、用があるなら俺を呼べばいいんじゃないのか？　いっつも、ヴィルは自分から来るんだよな。別に呼びつけてくれていいのに。

ヴィルがソファーに座る俺の隣に座った。そして、目の前にあるローテーブルに使用人がトレイを置く。そこにあったのは……

「未完成だが、試作品だ」

「……マジですか」

棒があった。二本。サイズはペンくらい。これさ、もしかしなくてもさ、あれだよね。

「リュークの言っていたボールペンには程遠いが、どうだ」

「……」

「リューク？」

……思いっきり鉛筆ですやん。六角形だし。多分転がっちゃうからだと思うんだけどさ。すごいな、ボールペンの話をしたら鉛筆が出来ちゃったよ。

「試作品、ですか」

「あぁ。外側は木で、中は黒鉛などを合わせたものが入っているんだが、これでは使うたびに外側を削らなくてはならない。削ると短くなってしまうからどんどん書きづらくなる」

「あ、なるほど」

「それに、インクよりも色が薄い。インクの濃さに慣れていると読みづらい」

「確かにそうですね」

「だがインクを使うにはインク自体の改良が必要となってくる。もう少し時間がかかりそうだ」

え、ボールペン目指してくれちゃうの？　俺、ただポロッと口から出しちゃっただけなのに。それなのに作ろうとしちゃってるなんて。うわぁ、マジかよ。

「まぁでも、持ち歩けるという点に関しては最適ではあるな。インクとペンを持ち歩かなくて済むんだ。商会の作業員やうちにいる職人達、その他のやつらもきっと重宝《ちょうほう》することだろう」

「インクが乾くまで待たなくて済みそうですしね」

「これを作った職人も、量産が出来そうだと言っていたから、他のやつらに配ってやってもいいか」

「あ、全然いいですよ。というか俺に聞かなくていいですって」

「いや、リュークが言い出したんだから必要だろう」

そんなの別にいいのに。きっかけは俺でも、それを実現させようと考えたのはヴィルの方だし。でも、これで領地のみんなが仕事が楽になるのであれば嬉しいかな。みんな頑張ってるもんね。

「それでヴィル」

「……」

あ、俺が何を言いたいのか分かったな、この顔は。分かってるならちゃんと言えって。

「約束、覚えてます？」

「……」

「そろそろ、雪降りそうですよ。降る前にって言ってるじゃないですか」

「……今度、な」

「それ、何回目です？　もう五回は言ってますよね」

「……研究員達が」

「檻《おり》に入ってますから旦那様と一緒であれば安全だと思われますって言われました」

「……」

「あ、研究員達を叱らないでくださいね。俺が聞いたんですから」

檻《おり》、安全、研究員、そしてヴィルがこんなに渋っている。さて、これはなんの話か分かっただろうか。そう、それは……

「約束したじゃないですか。白ヒョウに会わせてくれるって」

「……」

この分だと、また今度なって言われそうだな。

仕方ないな、と思いつつも隣に座るヴィルに抱きついた。

「ダメ？」

「……はぁ、仕方ないな」

「やったぁ！」

そう、白ヒョウに会わせてもらうことでした！　一回会わせてもらったけどさ、研究の結果、やっぱりマタタビ効果は絶大だったと聞いたんだ。なら、お利口になった白ヒョウを見たいじゃん！

それで前々からお願いしてたのにさ、なかなか首を縦に振ってくれなかったんだよ。今度な、とかわされてばっかりで。けど今日こそはと思い、勝利したというわけだ。よし、これで白ヒョウに会えるぞ！

だけど、近くにいたピモにリュークの上着を持ってこいと指示するヴィルは、またため息をついていた。そんなに嫌か。

この前会った時は怪我を全くしなかっただろ。それにヴィルと一緒にいるつもりだから大丈夫だって。いざって時はヴィルを盾にして逃げるしな。

以前外にお出かけした時に貰った上着をヴィルに着せられ、前回と同じように抱っこをされてバラの間を出た。別に自分で歩けるのにさ、もしかしてまたこのままあの白ヒョウのいる地下に行くつもりか？　マジかよ。

「俺、ちゃんと足ついてるんですけど」

「危なっかしいからに決まってるだろ」

「そんな怖いもの知らずではないのでご安心ください」

「本当か？」

「本当です〜！」

それでも降ろさないのはどうしたものか。心配しすぎだっつうの。

外に出ると雪は降っていないがどんよりとした天気。そろそろ降ってくるかな？　とはいえ白ヒョウのいる建物は敷地内ですぐそこだから大丈夫か。

建物の中に入ると前来た通りちょっと暗めだ。階段を下りていくと騎士団の人達もいる。この前も一緒に来たよな、そういえば。

なんか動物の鳴き声が聞こえてくる。白ヒョウか？

「旦那様、お待ちしていました」

「どうだ」

「順調です。怪我人も今のところ出ていません」

地下では研究員が声をかけてきた。うん、マタタビ臭がかすかにするな。

あ、あった。白ヒョウが入ってる檻《おり》。けどさ、人も入ってない……？

「おすわり」

という声が聞こえた直後に、ニャウ〜ン、という白ヒョウの声がした。

……マジかよ。あれ、騎士団長だよな。え、しつけしてんの？　しかも白ヒョウはちゃんとお座りしていて素直だし、鳴き声からしてなんか嫌そうにしてない。すごいな、マタタビの効果絶大だな。

バシバシとヴィルの肩を叩いた。降ろせ、と。渋ってはいたが、ちゃんと降ろしてもらえた。だけど手は繋ぐらしい。別にいいけど。

「すごいですね！」

「奥様のおかげでここまで近づけることが出来ました。ですが、油断は禁物かと思われます」

「まだ分からないことばかりってこと？」

「はい。白ヒョウはネコ科の動物です。ネコ科の肉食動物が腹を見せるのは敵対心がないというサインですが、白ヒョウだけは違うというケースもあり得ますから。そこは研究あるのみです」

「なるほど」

じゃあ騎士団長や他のやつらにも腹を見せたってことか。ごろんして。うん、俺も見たかった。

「もうちょっと近づいていいですか」

「あそこまでだ」

「はぁ～い」

残念ではあるけれど迷惑はかけたくないので、ちゃんと守ります。

その時、あ、白ヒョウが俺の方を見たって思ったら腰を上げてこっちに向かってきた。まぁ格子があるからすぐ近くに来るのは無理なんだけどさ。もしかして俺には、もう敵対心全くない感じ？　会ったのだいぶ前だよな。今はマタタビ持ってないぞ？

ニャウ～ン、と鳴かれて、なんか手を伸ばされてる。え、なになに俺のこと好きなの？　なんか嬉しそうだしさ。

しかも、しっぽ立ってる。ぷるぷる震えてる。確かこれってさ、猫だと遊んでのサインじゃなかったっけ。

「……にゃ、にゃう～ん！」

と、試しに猫の鳴き方をまねてみた。俺、猫とか犬の鳴きまねが結構得意なんだよね。けどさ、白ヒョウに通用する？

隣のヴィルからの視線は痛かったけれど、通じたのか白ヒョウがまた高い声で鳴いた。なんだ、地球の猫と一緒じゃん。ただ図体がデカいだけ？　あとちょっとわんぱく？

「何をしてるんだ」

「遊んでます。ほら、めっちゃ楽しそうじゃないですか」

もう一声鳴いてみたら、ちゃ～んと返してくれた。やっぱり通じてる。だから一歩だけ前に出た。

にゃう～ん！　ともう一声鳴きながら。

「こら」

「大丈夫ですよ。ヴィルがいるから」

「……はぁ、ここからは絶対にダメだぞ」

「は～い」

まぁ、近づきたそうにしているのが一匹いるが。すんごくデカいやつ。

「だいぶ懐かれてるな。来たのは二回目か？」

「疑ってるんですか？　ヴィルに言わずに来たことは一回もありませんよ。同類だとでも思われてるんじゃないですか？」

自分でも、ここまで懐かれるとは思いもしなかった。じゃあこの後みんなで猫まねの講習会か？

「ヴィル、明日も来ていいですか」

「……俺とだぞ」

「は～い！」

白ヒョウと仲よくなろう大作戦、開始である！

第四章　招かれざる来訪者

今朝のヴィルさんはいつも以上に面倒くさかった。

「ヴィ～ル～、さっさと起きてくださ～い」

「……」

ぎゅ～っと力がこもっていて、絶対離さないぞと言っているように感じる。

いやいやいや、離せって。一日中このままでいるつもりか？

「そんなに行きたくないですか」

「……」

そう、今日は首都に行かなくてはいけない日。一年間の報告書をメーティォス辺境伯家当主であるヴィルが直接提出しなくてはいけないのだ。いつも丸投げされてる執事ではダメってこと。

「なら俺が行きますか」

「ダメだ」

即答じゃん。そんなに俺を行かせたくないのか。まぁ、俺が行くとなると実家へ帰るってことになるか……基本的にアメロは仕事をしないから俺が行ったら変だしな。それに表に出なかった分、きっと注目されることだろうし。面倒くさそ～。

「……はぁ、さっさと行ってさっさと帰ってきて、俺に構ってください」

「……」

「俺がしびれを切らす前に」

これならどうだと言ってみたら、効果あったみたいだ。クツクツと笑い声が聞こえてくる。これでスイッチ入ったか？　と思ったら顔を俺から離し上半身を起こして覆いかぶさってきた。それと同時に俺の肩を押して上を向かせ、キスをされた。おはようのキスか。

「あぁ。さっさと渡して帰ってくる。それまでいい子で待っていてくれ」

「は〜い」

またキスをされ、ようやくベッドから解放されたのだ。


「リューク、どうだ。変なところはないか」

「……ない、です」

この前選んだ服を着たヴィルは、これまで以上にヤバかった。これ、首都に行ったら黄色い歓声を浴びるぞ絶対。

というか、分かってて聞いてるだろ。ニヤニヤしてるし。なんて思って油断していたら、目の前にヴィルの顔があって目が合った。真っ赤な瞳。そして、フレンチキス。

「行ってくる」

「……」

ニコニコして、玄関から出ていった。ドアが閉まった瞬間、俺は耐えられずしゃがみ込んでしまう。

「……うちの旦那様……はぁぁぁぁぁ……」

もう、何かを言う気力もないくらい、余裕が全くない。やっべぇ、顔が熱い。耳も熱い。もし首都でお城勤務だったら毎日大変だっただろうなぁ……心臓いくらあっても足りない。

あの後ご褒美《ほうび》の約束までしちゃったしな……あの野郎、欲張りか。

「とりあえず、お飲み物をご用意しましょうか。冷たいお飲み物がよろしいですか？」

「……お願いします」

「かしこまりました、奥様」

……すんげぇ楽しそうだな、ピモ。なんだよ、今日も仲睦《なかむつ》まじくて屋敷内が平和で安心ってか？

そりゃよかったな。俺は安心出来ないが。

「バラの間な」

「かしこまりました。今日はどうなされますか？」

「勉強の続きするよ。せっかくヴィルが鉛筆くれたんだから使わなきゃね」

そう、あのボールペンの試作品は俺が命名したんだ。分かりやすいだろ？

「鉛筆は、我々もだいぶ助かっていますよ。ふたをすれば胸ポケットに入れて持ち歩けますからね。小さなメモ帳と一緒に皆使っています」

「そっか。よかったよ、役に立ってるなら」

忙しい時にわざわざペンとインクを持ってくる手間も省《はぶ》ける。大事な書類などはペンとインクでも、それ以外は簡単に済ませられる。言い出したのは俺だけど、ヴィルと作ってくれた職人さんに感謝だな。

使ってみたところ、書き心地はいい。前世のものよりはちょっと硬いかなって気はするものの、使いやすいから気に入ってるんだよね。だから勉強もはかどる。

今日はヴィルが帰ってくるまで勉強するつもりだ。ヴィルがいつ帰ってくるかは分からないけど、昼飯とかはどうするんだろ。その前に帰ってくるかな。と思いつつ勉強を始めた。


……の、だが。

「帰ってこないな」

「そうですね……」

お昼には帰ってくると思ったのに、全然帰ってこない。朝、さっさと行って帰ってくるって言ってたのに。何かトラブルでもあったか？

その時、誰かが走ってくるような足音が聞こえてきた。

だんだん大きくなってきて、ドアがノックされた。

「奥様っ!!」

入ってきた使用人はめっちゃゼーゼーと息切れをしてて、マジで走ってきたのがよく分かる。しかも、なんか切羽詰《せっぱつ》まった声だ。どうした、と聞くと……耳を疑うような言葉が出てきた。

「お客様ですっ!!」

「は？」

そんな予定、なかったよな？　もしかしなくても、デジャヴ？

「王族の紋章が刻まれた馬車がこちらに向かっています!!」

「……」

「もう二、三分でご到着されるかと」

「……は？」

何かの聞き間違いか？　それとも見間違いか？　いや、でもここのやつらはめっちゃ目がいいし、王族の馬車は派手だから見間違えることはないだろう。

王族の馬車ということは、確実に王族の誰かが乗っているということ。

じゃあ誰だ？　国王陛下・王妃殿下はまずないだろう。俺の兄弟の確率がだいぶ高い。

とりあえずそれは置いておいて、俺の現状を知られるとまずいな。

俺が結婚させられた目的は多分、厄介払い。そしてここが選ばれた理由は、生活するには厳しいところだから。さっさとくたばってしまえっていう意味でここに送られてきたんだろう。あぁ、あと持参金への返礼品目的？　まぁ失敗に終わったんだろうけどさ。

でも、こんなに楽しく過ごしていると知られたら目をつけられてしまうに違いない。ここに来ている時点で目をつけられている確率は高いが。

とりあえず、今つけてるピアスと指輪を外そう。絶対外すなと言われてはいるし、俺としても外したくはないが仕方ない。

「ピモ、全員に通達。王子が帰るまで俺と距離を取れ。王城の使用人ぽく俺と接しろ。いいな」

「……かしこまりました。テワール、タリシス、ボレスは下がらせますか」

「あぁ、すぐに頼む」

「かしこまりました」

ピモはやっぱり優秀だな。俺がちょっと言っただけですぐ分かっちゃうなんて。本当に助かるよ。

テワール達は離宮にいたが一応王城使用人だった。もしかしたら顔を見られている可能性もある。何故こんなところに？　と疑われるかもしれない。

「ではバラの間と白の間、大図書室、貴重品室を封鎖します」

「そんなこと出来るの？」

「王族が大っ嫌いな先代夫人が作った仕掛けでございます。ここにやつらが来た際にすぐ取りかかれるよう使用人達に言い聞かせていますので」

……すげぇな。そんなに大っ嫌いだったんかよ。てか封鎖ってどんな感じなんだろ。道を塞ぐとかじゃないよな。それだったら俺、迷子になるぞ？　まぁピモが教えてくれるだろうから大丈夫か。

じゃあ俺はさっさと出迎えに行こう。到着したのに俺が出てこなかったら何を言われるか分からないし。

でもさ、俺キャラ変えた方がいい？　だってここ普通の貴族じゃ耐えられないんだろ？　俺ここに来てそこそこ経ってるから、ちょっと弱々しい感じがいいか？　うん、まぁ、大人しくしていよう。

急いで玄関に向かうと、開いていたドアの向こうからめっちゃ厚着の男が、後ろに二人従えてやってきていた。そう、めっちゃ厚着。しかも豪華なやつ。

顔は本当に陛下に似ている。俺とは……似てないな。嬉しいことに。まぁ俺は母親似だから当たり前か。

俺と同じ色の瞳ではあっても、髪の色は違った。銀色ではなく緑色だ。となると、俺と一緒の色だという第一王子ではない。じゃあ……誰だ？　分からん。

でも、なぁんか、見たことが、あるような……ここに来る時ちらっと見たとか？　いや、なかったような……あ、陛下に似てるから？

「ようこそ、いらっしゃいました」

「悪いな、いきなり押しかけてしまって」

「い、いえ、寒いので、中にどうぞ」

そう思ってるなら来るなって。せめて一言言えって。今日来るって。何、報連相って知らないのか？　その年にもなって。報告、連絡、相談。これ常識よ？

……と、言いたかったが、言ったら大変なことになるのでお口にチャックだ。あ、睨んでもいないぞ。ちょっと弱々しい感じを出してみている。効果が出てるかは分からんけど。

後ろについているやつ二人は、従者と、お世話係のアメロといったところか。

こちらへどうぞ、とお客様を応接室にご案内したが……周りのやつら、ちっとも目を合わせないぞ。うん、俺の指示をちゃんと聞いてくれているんだ。あんなに短い時間しかなかったのに。ここの使用人達は優秀で安心だよ。

応接室にご案内した、そのタイミングで使用人達がお茶を持ってきてくれた。

「初めまして、リューク・メーティォスです」

「そうだな、初めましてだな。血は繋がっていても会ったことはなかったからな。ノエシス・ラ・トワレスティア。お前の二番目の兄だ」

「殿下っ!?」

「いい。俺と血の繋がった妹なんだから、そういうことは気にするな」

声を上げたのは、お客様の座るソファーの後ろに立つ従者。本来であれば、王族は自分で自己紹介はしない。連れてきた使用人に紹介させるのが普通だ。

「だいぶ遅くなったが、結婚おめでとう」

「……こ、光栄です」

本当にそう思ってるのか？　と疑ってしまうのだが。まぁそれは置いておいて……さて、この人は第二王子ということなら……今ドンパチやってる人じゃん。王位継承権ぶん取り合戦で。なんでその人がこんなところにいるんだよ。さっさと帰って王太子に剣でも向けてこいよ。

「そういえば、メーティォス辺境伯殿は今は留守か」

「朝早く、王城に向かいました」

「そうか、行き違いになってしまったか。今日はメーティォス辺境伯殿に話があって来たのだが……仕方ないな。いつ戻ってくるんだ？」

「た、多分……今日中には」

「そうか。ではそれまでここで待たせてもらうことにしよう」

……は？　ここで？　待たせてもらう？　いやいやいやちょっと待て、なんてこと言ってくるんだこのお坊ちゃんは。そんなのいいからさっさと帰れよ。後日にしろよ。

「せっかく可愛い妹に会えたんだ。話をしよう」

と、俺にニコニコ笑いかけてきた。俺に話があるって？　一体どんな話だよ。変な話じゃないだろうな。

その時、殿下が手を上げた。

「皆、下がれ」

「殿下っ！」

……下がれ？　え、使用人達全員を下がらせるつもり？　俺とアンタ二人きり？　いや、無理だって。一秒も無理だって。早くここから逃げ出したいんだが!?

「奥様」

ピモが声を上げると、殿下が冷たく言う。

「分からないか。せっかく兄妹水入らずなんだ。気を遣ってほしいんだが。それともお前達は監視役か何かかか」

「……」

……目力が、すごい。さすが王族の血を持ってるやつだ。なんか空気が寒くなったし。あ、俺も一応王族なんだけどさ。

でも、お客様はここの使用人達に命令は出来ない。俺がここの主だからだ。もう一人の主は今いないし。

仕方ない、だから、ここは俺がなんとかするしかない。

と斜め後ろに立つピモに視線を送り、全員を下がらせた。もちろん、お客様が連れてきた従者達も一緒に下がった。

これから何を言われるのか。結構緊張しているが、どうにかいけるか……？

「結婚生活はどうだ？」

「えっ」

「ほら、ここは首都とあまりにも違うだろう。こんなに雪が積もっているし、吹雪や大雪の日もあるそうじゃないか。あまりにも不便だろう」

「……皆さん、色々と教えてくださいますし、よくしてくださるので、大丈夫、です」

「正直に言っていいぞ」

そう言って、席を立った殿下。一体どんな答えを求めているのかは大体分かるが……どうしてそんなことを聞くのかというのが問題だ。

立ち上がった殿下は、テーブルを回って、あろうことか俺の隣に座った。そして、こちらを向く。

「お前も大変だっただろう。いきなりこんなところに連れてこられて、一人で取り残されて」

「……」

「周りには自分が知っている者は誰もいない。いるのは自分と考えが違う者ばかり。頭がおかしくなりそうな日々だっただろう」

　そう言いながら、頭を撫でてくる。

「俺は止めたんだ。いきなりこんなところに送るだなんて可哀そうだろうと。婚約を端折《はしょ》って結婚式もせず嫁《とつ》がされたんだから。だが聞き入れてもらえなかったんだ。そこは謝るよ」

　……本当にそんなことを思ってるのかこいつ。

「俺はな、父上にはうんざりしているんだ。他の妹達も他国に送り込み、繋がりを持とうと利用している。実の子供達をもののように扱う非道なお方だ。かく言う俺もその一人だが、二番目とあってまだ自身を守れる力があったからこれで済んでいる。だがまだ、王城には小さい弟達が三人いる。きっと将来、父上の政治の道具とされることだろう」

　そう、俺には十九人の兄弟がいて俺は十五番目。そして俺の弟は四人。確か、一番下は今年で五歳か？　可愛い歳だというのにそんな運命は可哀そうすぎだな。そこは同意見ではある。

「父上はもう六十九になる。血圧が高いから気をつけるようにと医者に言われているそうだ。本来ならもうご隠居なされる頃。だが父上は全くその気がないらしい。どうしてだと思う？」

「……分かり、ません」

「答えは、あまりにも貪欲すぎるからだ。王という地位を他の誰にも渡したくない。息子にすら、だ。しかしこれでは困る。俺達は父上のおもちゃじゃない。自分の人生は自分の思う通りに生きたいと思うのは当然だ。まぁ、この国の王子とあって多少制限はあるだろうが、幸せに生きられるのであればそれはいいことだろう」

「……」

「それで、考えた。父上は確かにこの国の頂点に立つお方だ。とは言っても何かをするには当然力が必要。だから、その力を削《そ》げばいいのでは？　とな」

力を削《そ》ぐ、ということは……一体何をするつもりなんだ？

「今、貴族界には四つの勢力が存在する。国王陛下を支持する者達、兄である第一王子を支持する者達、第二王子である俺を支持する者達、そして、中立だ。外から見ているだけの傍観者、と言ったところか。そして、その中立はこの中で一番強い勢力でもある」

「えっ」

「その理由は、メーティォス辺境伯が中立のうちの一人だからだ」

……マジかよ。まぁ、すごい家ってことは知っていたけど、そこまでか。確かに、こんなお遊戯合戦に付き合ってる暇なんてないって言いそうだもんな、ヴィル。

「隣国に睨みを利かせられるほどの軍事力を持ち、国土の四分の一を管理しているんだ。当たり前だな」

うん、そりゃそうだな。あんな白ヒョウ狩ってるし、こんなところでも戦えるんだから。

「メーティォス辺境伯が動けば、他の貴族達は静かになるだろう。そうしたら俺は父上を引退させ、この国の膿《うみ》を取り除きたいと考えている。父上が自分の欲のためだけに作った仕組み、国民へかけている負担は数多い。これ以上増やされる前にすぐにでも動かなくてはいけないんだ。今いる弟達の幸せのためにも。だから、メーティォス辺境伯の助力が必要なんだ」

すんげぇ話だな。でも、俺は国王陛下はずる賢い古狸だってぐらいしか知らないんだよな。ここの人達は王族嫌いだから、クソみたいなことをされてきたんだろうなとは思ってたけど。

この話は要するにヴィルに自分の方についてほしいってことだろ。どこまでが本当でどこまでが嘘なのかが分からないが。

でも、思った。

どうしてそれを俺に言うんだ？　だって俺は小さい頃、家庭教師もいなかったし外のことも知らないって分かってるはずだ。一応ここの夫人だから？　とは言っても夫人は仕事しないから意味ないし。

「少し難しかったか。お前には。まぁとりあえず、今王城にいる弟達は俺が守るから安心していい」

「あ、はい」

どうせ理解出来ないだろうって思ってるんじゃ？　これで自分の好感度を上げようとしてる？　俺のことも、他の弟達のことも心配してくれてる心優しいお兄ちゃんですって？

「ここはあまり外に出られないだろう？　いつもは何をしてるんだ？」

「本を読んでます」

「本か。字は？」

「小さい頃、使用人達に教えてもらいました」

「そうか。離宮の使用人達とも離れ離れになってしまって寂しいだろう。こちらに送ろうか」

「あ、いえ、大丈夫、です」

送る、とかって言ってさ、何か企んでないかって思っちゃうんだが。というか、そもそもここにもういるし。三人だけだけど。

「こっちの使用人や辺境伯殿とはどうだ？」

「……」

俺、どう答えたらいいんだ？　仲よくしてくれてます、とか？　いや、言っていいのか？

迷っていると、何を思ったのか同情したかのような顔で頭を撫でてきた。

いや、頭に手置くのやめてくれ。マジで。そこはヴィルだけの特権なんだぞ。

は～、さっさとヴィル帰ってこないかな。

そう思っていたのに……


ヴィルは、帰ってこなかった。

「王城にお泊まりになるとのことでした」

「えっ」

「何かあったのか。俺も戻りたいところではあるが……これではな」

外は、大雪。第二王子も、知らせに来てくれた首都のタウンハウスの使用人も、屋敷から出られなくなってしまったのである。

一体、何が起こったのだろうか。

当然、首都には戻れないので第二王子達は一晩ここで泊まっていくことになってしまった。だから急いで来客用の部屋を準備してご案内したわけだ。

さっさと帰ってほしかったところだが、こうなってしまってはもうどうしようもない。

俺は、ようやく部屋に戻って安心することが出来た。ピモも一緒だ。

「ついてきた従者達は？」

「至って普通でしたよ」

俺と第二王子と二人きりの時は大人しい様子だったようだ。別に怪しいわけではない、ということか。

殿下とはあの後も話をしたんだが……なんというか、お前は俺の親か？　と聞きたくなってしまいそうになった。

めっちゃ色々と褒めてきたんだ。後、弟達のことも楽しそうに話していた。元気でやってるらしいが……それは本当だろうか。なんか、俺はこの人のことをあんまりよく思えないというか、信じられないというか……そう思ったんだよな。なんでだか分からないけど。

「……第二王子、もしかして今日ヴィルが留守にするの知ってた？」

「だと思います。陛下に謁見するためには事前にお伝えしなくてはいけませんから、知っていた可能性はあります」

「じゃあどうしてこのタイミングで来たんだ？」

「……もしかすると、奥様にご用があったのではないでしょうか」

「俺？」

「はい。第二王子殿下は、旦那様のお力添えを必要としています。ですが旦那様、いえ、メーティス辺境伯は代々中立の立場にいました。国王陛下の代理人という任を与えられていますから国王陛下を支持するのは当たり前だと思われるでしょうが、それではバランスが保てなくなるからという理由でずっと中立の立場を守ってきたのです。まぁ、性格もあるでしょうがね」

うん、まぁあるだろうな。王族大っ嫌いで、啖呵《たんか》を切った当主もいたらしいし。

「ですから、ただ旦那様にお願いしたとしても断られるのは目に見えています。そこで、奥様です。奥様と関係を深めておけば、何度もここに来訪が出来ますし、旦那様と顔も合わせる機会も増えることになります。あわよくば奥様の方からお願いさせられれば、というところではないでしょうか」

「なるほど……でも俺、ヴィルとはあまり仲がいい感じには言わなかったぞ」

「あるいは、ここに何度も訪れて何かこの家の重要な情報を掴もうとしている、という可能性もあり得ます」

「……うん、ありそうだな。じゃあ、それは阻止した方がいいか？」

「旦那様も、先代方と同じく中立を守っています。現状をどうお考えなのかは分かりませんが、ここに第二王子が何度も来訪されると恐らく虫唾《むしず》が走るだのなんだのと言い出すことでしょう。以前、第二王子殿下とお会いした帰り、だいぶお怒りのご様子でしたし」

「……よく知ってんな」

「私、結構小さい頃からここで働かせていただいているんですよ？」

うん、さすがです。なら、さっさと追い出した方がいいな。でも、相手は第二王子だ。辺境伯であるヴィルより地位が高い。下手したら大変な事態になる。

でも要は、俺を懐柔《かいじゅう》するのを諦めてもらえばいいってことだよな。とは言っても、どうしたらいいものか。そこが難しいな。

「……ヴィル、大丈夫かな」

「大丈夫ですよ。だってあの旦那様ですよ？　大丈夫じゃないなんてことあり得ますか？　奥様から嫌いという呪いの言葉をかけられる以外で」

「……」

おいピモ、その話を出すな。お願いだから。

でもさ、王城にお泊まりってどういうことなんだろう。首都にあるタウンハウスじゃなくて、王城。ヴィル、朝あんなに嫌がってたのに、一体何があったのやら。

もしかして暴れた？　暴れたのか？　確かあのデカい剣は持ってってなかったよな。大丈夫だよな。王城の連中の心配をしてしまうんだが。

なんにしても、絶対今眉間にしわ寄ってる。うん。

とりあえず、ヴィルはまぁ大丈夫だろ。多分。それより俺の方だ。あの第二王子をどうしたものかな。そっちをちゃんと考えよう。

「……ん？　あっ……！」

「いかがしました？」

そういえば……と思い出した。昔の記憶だ。

あの記憶は、結構印象深かった。なんで忘れてたんだろ。

「……なぁ、ピモ。お願いがあるんだけど、いいか？」

「はい」

これから、第二王子と夕食を共にすることになっている。

さ、頑張んなきゃな。

◆

久しぶりに赴《おもむ》いた首都はいつもと変わらずうるさい。秋が終わりに近づいている今頃は、社交界シーズンの始まりとあって貴族達の馬車がいくつも目に入る。こんな光景を見るたびに呆れてしまうな。

毎年この日は実に億劫《おっくう》だと思っていたが、今回はいつも以上に機嫌が悪くなる。わざわざ俺が直接首都に赴《おもむ》いて古狸の顔を拝む必要性を全く感じられない。俺とリュークの時間を奪ったのだから、それ相応の代価を支払ってもらわねば気が済まないな。

「ヴィルヘルム・メーテォス辺境伯様でいらっしゃいますでしょうか」

「あぁ、陛下に謁見許可を頂いている」

「かしこまりました。ではこのままお進みください」

無駄に大きい王城、派手な装飾がされた正門、煌《きら》びやかなバラ園。なんとも見栄っ張りなところがよく分かる。

しかもこのバラ園は、ウチにある青バラを手に入れられなかったがために貴重な花々を全部取っ払ってバラ一色にしたのだ。実に分かりやすいやつらだ。

「どうぞ、旦那様」

「あぁ」

馬車を降りると、何人もの貴族達が目に入った。そしてコソコソと話す声も聞こえてくる。恐らく俺とリュークについてだろう。表にほぼ出てこなかった第十五王子と、なかなか首都に来ないメーテォス辺境伯の結婚。婚約もせず、式すら挙げなかったのだ。噂話の好きな貴族達にとって俺達の話はさぞかし面白いだろうな。

いつもなら虫の羽音にしか聞こえないが、一体リュークのことをどう言われているかは気になる。悪く言われているのであれば蹴り飛ばす必要があるからな。しかし、あれだけリュークを気に入ったルファが騒ぎ出さないのであれば大丈夫だろう。

「おやおや、メーテォス卿じゃないか」

「……お久しぶりです、公爵」

「卿と顔を合わせる時はいつも久しくなるな。さすが首都嫌いと言ったところか」

王城に来れば誰かしら声をかけてくると思ったが、まさかこいつか。

国王派の公爵。と言っても、やってることは中立と一緒だがな。だが、実に食えない人物でもある。

「遅くなってしまったが、結婚おめでとう」

「……光栄です」

「卿がいつ結婚するか心配だったのだが、安心したよ」

……お前は俺の父親か？　血も繋がっていない赤の他人のはずだが。

「遅くなってしまったお詫びと言ってはなんだが、一つ面白い話をプレゼントしよう。……ネラスティス伯爵がねぇ、赤いりんごを手に入れたそうだよ」

　赤いりんご、な。

　本当にこの人は、食えないお人だ。


「王国の太陽、国王陛下にご挨拶いたします。お久しぶりでございます、陛下」

「本当に久しいな、一年ぶりか」

　無駄に広い謁見室、無駄に装飾された派手な椅子にふんぞり返るこの国の王。いつもながら俺の虫の居所を悪くさせる天才だ。自信に満ち溢れた、俺を見下すかのような視線。顔を合わせるだけで頭に来るな。

「お主とはもう家族になったのだ、もう少し気楽にしてくれて構わぬぞ」

「いえ、礼儀というものがございますから」

「そうか。お主には隣国との境であるメーティオスを取り仕切る命を課してしまっているが故《ゆえ》、仕方あるまいな」

「……」

はぁ、リュークは今何をしてるだろうか。鉛筆を使って勉強してるらしいが、結構気に入ってくれているようだった。しかし、早くボールペンとやらを作ってやらないといけないな。

「それで、息子は元気か？　慣れない土地で苦労は多少なりともあるだろうが」

朝、ご褒美《ほうび》の約束をしたが、一体どんなご褒美《ほうび》をもらえるか楽しみだ。ご褒美《ほうび》のお返しも考えておかないといけないな。

「元気ですよ」

「そうかそうか、それはよかった」

ご褒美《ほうび》のお返し……首都でプレゼントを見繕うか？　いや、そんな時間があるならすぐにでもメーティオスの屋敷にいるリュークに会いに行きたい。今だって全部放り出して帰りたいくらいだ。

「息子とはあまり一緒にいてやれなかったのでな、息子に会いたいと思っているのだ。近々こちらに来るよう伝えてはくれないか」

「……」

「構ってやれなかったのが心残りなのだ。今更と思っても仕方ないが……頼むぞ、メーティオス卿。必ずだ」

……何を言ってるんだ、この古狸は。ついに頭がおかしくなったか？　いや、今更か。何故リュークを連れてこいと言ったのか、理由は分かり切っている。傲慢《ごうまん》さが際立つ男だ、本当に。

こんなところにリュークを連れてくると本気で思ってるのか？　この国の王だからとふんぞり

返っていると、後々椅子を蹴り飛ばされるぞ。

「……伝えておきます」

はぁ……帰りたい。


そしてようやくあの古狸から解放されたというのに……

「メーティォス辺境伯様。王妃殿下がお呼びです」

すぐこれだ。はぁ、勘弁してくれ。

「用件は」

「お話をしたいそうです」

「……あぁ、分かった」

本当に、面倒なところだ。


この国の王妃殿下は陛下に負けず劣らず本当に傲慢《ごうまん》なやつだ。

「久しぶりね、メーティォス卿」

「お久しぶりでございます、殿下」

座ってちょうだい、とソファーに座らされたが……分かりやすすぎるな。どうせ呼び出した理由はミンミンの織物の件だろう。あれだけ技術者を呼べと言われていればな。

「元気そうで何よりだわ。あの子は元気かしら。ここと全く違う地に赴《おもむ》いたわけだし、体調を崩したりしていない？」

「元気ですよ」

陛下と同じような中身のない質問をしてくるあたり、リュークのことをなんとも思っていないことは明らかだな。

「あら、卿が指輪だなんて珍しい。その宝石は？」

「……メーティォスで採掘された宝石です」

「そうなの？　とっても素敵だわ」

ちっ、今度はスノーホワイトに目をつけたか。よく見てるな。さすが、珍しいものには目がない王妃殿下と言ったところか。面倒だな。

さて、ミンミンの織物の技術者の件はどう断るか……

だが、予想もしなかったことが起きてしまったのだ。

「え……」

「っ⁉」

目の前のソファーに座る王妃殿下。彼の口から垂れた……血。これは……――毒だ。

「殿下っ⁉」

「殿下っ‼　早く医者をっ‼」

「毒⁉」

そして王妃は、気を失いその場に倒れた。

俺はなんともない。となると、まだ口をつけていないこの紅茶だ。臭いを嗅ぐと……無臭。無臭で色の出ない毒はよく暗殺で使われる。心当たりがいくつかあるが……

「辺境伯」

「私はなんともない。早く殿下をお運びしろ」

くそっ、油断した。

俺が毒を盛られるのであれば、耐性はつけているから猛毒でもない限り死ぬことはないだろう。

だが、同席していた俺が口をつける前に相手が倒れたとあっては、俺も犯人の候補として挙げられてしまう。

これでは帰れないではないか。

「メーティス辺境伯、王妃殿下毒殺未遂の罪で身柄を拘束させていただきます」

数十分後、俺は牢屋行きとなった。さて、これはどうしたものか。

なるほどな、こういうことか。

国王陛下謁見の前に公爵が言っていた言葉。

『……ネラスティス伯爵がねぇ、赤いりんごを手に入れたそうだよ』

俺が犯人だと決まった理由は、使われた毒がメーティスでしか手に入らない毒草だったせいだ。

その毒草には見当がつく。赤い実がなり、赤いりんごと呼ばれる植物だ。

ネラスティス伯爵は、派閥としては国王陛下側にずっといたが、以前から第二王子と内通してい

ることを掴んでいた。とはいえ、こちらは中立。それが分かったところで俺に影響はなかったから
そのままにしていたが……そういえば、あのストーカー男がいなかったな。俺が王城に行けばいち
早く接触してくる男、第二王子が。
さて、まんまと本当の犯人の思い描いた通りになったわけだが……
「……実に不愉快だ」
第二王子がここにいないとなると、何やら面倒なことになっていそうだ。
「リュークとの時間が待ってるんだ、こんなところで油を売っている暇はないな」
これ以上帰りが遅くなるとへそを曲げられてしまう。まぁ、そんなリュークも可愛いが……構っ
てもらえなくなってしまうからな。
ここは貴族を入れる独房のため、監視は一応いるものの、大体が腕っぷしの強くない者ばかりが
回される。ここから出てしまえばどうとでもなる。ではどう出るか。これは鍵がないことには開け
られない。だが……この独房の鉄格子、細すぎるな。
「……こんなもの、生まれたての白ヒョウですら逃げ出してしまうぞ」
がっしり掴んで引っ張れば、簡単に曲がった。これなら俺でも通れる。
こんなところにまで金をかけられないようなバカだとは思わなかったな。
とにかく、アイツらの耳にはメーティオス卿が毒殺未遂で捕まったと入っていることだろう。なら
早急に片付けるようケツを叩いてやった方がいいな。
待っていてくれ、リューク。

◇

いつもの食堂。だけど、今日はいつもと違う人と食事をしている。俺より身分の高いお客様でこの国の第二王子である彼は、テーブルのお誕生日席に座っている。普段なら向かいにヴィルがいるはずなのに今日はいないから少し寂しい。

「やはり、首都とは違った料理ばかりだな。食材も違うのか。新鮮だ」

「お口に、合うといいのですが……」

「あぁ、とても美味しいよ。ここのシェフは腕がいい」

今日の料理は、普段と違って豪華なものばかり。しかも、普段以上の量が並んでいる。まぁ、殿下に合わせるのであればこうなる。普通の貴族の食事は、食べきれないくらい沢山の料理が並べられ、残すことが当たり前なのだ。

でもさ、なんで俺の教えた料理が一つもないんだ？　妹さんにはお出ししたのに、殿下には出さないのか。なんかしきたりとか？　俺そういうの知らないから、後で料理長に聞いてみよう。

「ナイフとフォークの使い方、とても上手じゃないか。練習したのか」

「え？　あ、はい」

「そうか、頑張ったな」

すんげぇ子供扱いだな。こうしておけばいいって思ってるのか？　バカにしやがって。

そんな時、鳴き声が聞こえてきた。

ウォ〜〜〜〜ン‼

そんな感じの鳴き声が。

「……今のは？」

「え？」

「え？　今、聞こえただろう」

「な、なんのことです？」

「えっ」

そう、確かに聞こえた。だが、あえて知らないふりをしたのだ。

聞こえてきたのは、白ヒョウの遠吠えだ。

殿下が近くにいる従者と世話係に視線を向けると、二人とも聞こえましたとばかりの目で殿下に頷いてみせた。まぁそうだろうな。でも、周りにいるこっちの使用人達は、ざわざわとしつつも何が起きたのかとしらを切っている。

実は、これは俺の指示だ。騎士団長と副団長達にお願いして今いる白ヒョウ二匹を外に出し、遠吠えをさせているのだ。あ、そうそう。もう一匹ヴィルが捕まえてきたんだよ。今度は小さめのメス。本に書いてあったような標準サイズでよかった。

でも、もうそろそろ二匹共帰すそうだ。そしてまた他の白ヒョウを捕まえてくると言っていた。いろんなデータを取りたいらしい。

この遠吠えをさせたのは、まぁいたずらみたいなもの。これ、等間隔で一晩中やってもらうつもりだ。だから、従者と世話係は何かあった時のために殿下から離れないことだろう。夜動かれて屋敷の中を散策でもされたらたまったもんじゃない。

まぁ、うるさくて寝られない人が出てくるだろうが、今日だけだから我慢してくれ。俺も寝られなさそうだし。それにず〜っとついていなくてはいけない騎士団達にもちょっと申し訳ない。白ヒョウを外に出しちゃってるんだから仕方ないけど。

でも、外に出したとしても一応簡単な檻《おり》の中に入ってるから危険度は低い。だから大丈夫。

これでさっさと帰ってほしいところだが……どうかな？

とりあえず、これでビビってくれると嬉しいけど。雪の中だから外には出ないだろうし、窓から覗いても見えないところでやってもらってるから確認出来ないと思う。さて、どうなるかな。

「……どうしました？」

「あ……あぁいや、なんでもないよ。初めて食べる料理だから、ついいつもより味わって食べてしまうな」

「それはよかったです」

こいつ、結構ビビりか？

まぁ効いてくれてるのなら万々歳だけどさ。

けど、さ……

「妹と酒を楽しめるのはいいものだな。普段は飲むのか？」

「あ、いえ、そんなには……」

「そうかそうか。じゃあ今日は楽しもうじゃないか」

まさか酒を飲まされるとは思わなかった。しかも年代物のワインだ。本当はヴィルがいないから開けたくなかったんだけど、お客様の要望だから仕方なかったんだ。

「メーテォス卿は普段どんな感じなんだ？」

「え？」

「俺から見ると、鍛錬ばかりしているようなイメージなんだが……お前が見てる彼の姿はどんな感じだ？」

「……仕事ばかり、してます」

「ほぉ、そうか。まぁ確かに彼の管理している領地は広いから仕事は山積みかもしれないな。仕事が忙しいということは、食事は一緒にとらないのか？」

「……」

これ、どう答えればいいんだ？　一緒に食べてますって言っちゃっていいのか？

「いつも、一緒です」

「そうか、それはよかったじゃないか。普段はどんな話をするんだ？」

「……」

なんか事情聴取でもされてる気分だな。しかも、酒めっちゃ注がれちゃってるし。飲んで空《から》にするとすかさず入れられちゃうし。その上、飲まないと色々と言われて飲まなきゃいけない雰囲気にされちゃうし。

　こういう手、いつも使ってるのか？　そういう場はありそうだし、普段は口が堅いけど酔わせればポロリと喋ってくれるやつとかいるしな。一体俺に何を喋ってほしいのやら。

「あまり、喋らない、です」

「そうか。だがメーティオス卿とお前はまだ会って数ヶ月だから仕方ないな。そんなにがっかりしなくても大丈夫だ」

　いや、してないですって。というか、なんか俺が殿下に相談している雰囲気になってないか？

「まぁ、彼は少々愛想がなくて態度が悪いところもあるが、ちゃんと話せば分かってくれることだろう」

「……」

「いつも一緒に食事をしているのであれば、話しかけるタイミングは多少なりともあるだろう。夫婦なのだから、もう少し距離を縮めた方が生活もしやすいことだろうし……」

「……」

　あー、やっべぇ、頭グルグルしてきた。これ、だいぶヤバいんじゃないか……？　俺、酒に酔ったことは前世でもまぁまぁあったけど酷い酔い方はしないタイプだった。でもいきなりこんなに飲まされるとさ、やばいんだって。しかもこの体はまだ十九歳で、そんなに飲んでこなかったし。

「あぁ、なら俺も間に入ってやろうか。お前より俺の方が先にメーティオス卿と顔を合わせているからな。どうだ？」

「……」

「何回か酒を一緒に飲んだこともあるんだ。だから俺がいた方がいいか」

「……うっぜぇぇぇぇぇぇ……」

「……」

「……ヴィルのこと知ったような口利きやがってぇ……俺の方がよぉぉぉぉく知ってるっつうの……なんだよ、ヴィルに相手にしてもらえなかったからって俺のところに来たのか？　うっわぁ可哀そうなこった！」

「殿下！　奥様が酔ってしまわれたようです！　本日はここでお開きとさせていただけないでしょうか！」

「……そうだな、顔が赤くなっている。気付いてやれずすまなかったな」

奥様、奥様、とピモが俺の肩を軽く叩いてきた。けど俺、今結構ヤバいんだよ。頭グルグルするし。

「俺が連れていこうか」

「ご厚意感謝いたします。ですが我々の仕事ですのでお構いなく」

「……あぁ」

そうしてやっと、やっと食堂を出ることが出来たのだ。

殿下がお泊まりって決まったタイミングで、以前俺が使っていた部屋も準備させていたので、ピモにそこへ連れてってもらった。だって、夫婦仲があまりよくないって設定なのに一緒の寝室を使ってたらおかしくないか？　だからすぐに準備させたわけだ。

くらくらする頭で、ピモにおぶられようやく部屋へ。部屋のソファーに降ろしてもらい、ドカッと座って背もたれに背を預けた。はぁぁぁぁぁぁ、と息を吐いて、ようやく安心出来たような気分になった。

「大丈夫ですか、奥様」

「……あの野郎……飲ませやがってぇ……」

「大丈夫じゃなさそうですね。お水をご用意いたしますね」

「夜、アイツの部屋に怪奇現象でも起こさせろ」

「かしこまりました」

……ん？　かしこまりました？　今そう言った？

「いいですか、奥様。今日はもう部屋から出てはいけませんよ。お休みになってください」

「ん？」

「いいですね」

「あ、うん」

なんか、すげぇ必死だな、ピモ。

「なぁ、ピモ。俺殿下の前で何言った？」

「大したことはおっしゃっていませんでしたよ」

「マジ？」

「はい。ですからご心配なさらず」

まぁ、ピモがそう言うのなら別にいいけど。

そういえば、あの野郎、ヴィルとの食事に自分を混ぜろって言いやがってたな。マジでここに入り浸《びた》るつもりか？　ふざけんな。虫唾《むしず》が走るわ。しかもなんか自分の方がヴィルのことを分かってるかのような話し方してさぁ。無性に殴りたくなったわ。

そう思っていたら、外から白ヒョウの遠吠えが聞こえてきた。

「……はぁ」

さっさと帰ってこい、バカ。

◇

この感覚は、よく知ってる。そう、二日酔いだ。

頭がグワングワンしてる。まぁ、あんなに飲んだんだからそうなるわな。いや、飲んだじゃなくて飲まされた、か。

頭を押さえつつも、上半身を起こした。あ～、マジで痛い。それにしても外明るいな。雪、止んだのか。

ピモを呼ぼうと思って呼び鈴を取ろうとしていたところで、呼び鈴の隣に紙があったことに気がついた。これは、メモだ。

メモには、『昨晩はずっと動いていませんでした』と書いてあった。昨日は俺と別れた後、殿下と従者、世話係は動いてなかったということだ。あ、ちゃんと鉛筆を使ってる。

今回、俺からの伝達をいち早く全員に回せたのは鉛筆とメモを使ったからだそうだ。だいぶ優秀だな。きっと、その鉛筆も来訪者全員に見せていないことだろう。知られちゃうのはまずいのかどうか分からないけど、まだ試作品だしな。


「おはようございます、第二王子殿下」

「……あぁ、おはよう」

「お加減はいかがでしょうか。よく眠れましたか?」

「……あぁ、そうだな」

お、驚いてる。俺が態度を変えたせいか。ちょっと弱々しい感じを出して全部受け身だったのを戻したんだから、そうなるか。

昨日は一晩中白ヒョウに吠えてもらったから朝どんな顔で出てくるかなとちょっと期待してたんだけど、さすが第二王子。顔には出さないな。まぁそれじゃなきゃ王宮なんかにいられないか。

「昨日は悪かったな。大丈夫か」

「見ての通り問題ありません。ご心配いただき光栄です」

やっぱり、昨日なんか言ったかな、俺。見定められているようで怖いんだが。笑ってるけど、疑ってる?

そして、着席してもなかなか朝食が出てこないことにも不審がっている。

「——そういえば殿下」

「殿下、ではなく兄と呼んでくれと昨日言っただろう。いきなりすぎて少し恥ずかしいか？」

「お友達、いるんですってね。ネラスティス伯爵、だったかな。とっても仲がいいって聞きました」

その話を切り出した時、殿下は眉毛を動かした。顔はやっぱり笑顔だが。確か、表向きには疎遠らしいから、まぁそういう反応になるよな。

「お金渡しちゃうくらい♡」

「なんのことだ？」

これは、俺にヴィルの件を伝えに来てくれたタウンハウスの使用人から聞いたことだ。第二王子がここに来訪していると伝えたところ、それはまずいと教えてくれた。こういう事情だから彼とは距離を取ってくださいって。

でも、ここまできてしまえば撃退するしかない。どーせこの家はすごいらしいから、何やらかしてもまぁ大丈夫だろう。ヴィルがなんとかしてくれるって信じてます。

「確かに、彼とは以前顔を合わせる機会があった。話が合ったので周りがそれを見て噂をしたのだろうな。だがずっとここにいるからあまり貴族とは会っていないだろう？　この話、誰から聞いたんだ？」

普通そう思うだろうな。関わった貴族となると、ヴィルの妹さんだけか。ここの魔法装置の通行履歴を調べれば分かると思う。でも、妹さんの家も公爵家ですごいらしいから大丈夫か？

「今度一緒に会ってみようか。彼はフレンドリーだからきっと話しやすいと思うぞ」

「なんの話するんです？　あ、渡したお金で何をしたのかって話？」

「……社交界で飛び交う噂というものは必ず尾ひれがつくもの。それが本当か嘘か、見極めるのも大切なことだ。まだお前には難しいと思うが、俺の方から教えてあげるのもいいかもしれないな」

あ、自分ではっきりとは言わないんだ。これは嘘だ、って。

「そうそう。私、思い出したんですよ。私達、今回が初めてではなかったですよね」

「ん？」

「顔を合わせるの」

あぁ、この顔からしてきっと覚えていないんだろう。だけど、俺は昨日思い出した。

「十一年前、俺が八歳の頃でしたね。偶然お会いしました。殿下がこうおっしゃったのを覚えています。――何故ここにこんなやつがいるんだ。躾《しつけ》が出来てないじゃないか。って」

「ッ⁉」

そうだ。俺が離宮から抜け出したあの日。使用人に見つかって戻される時。偶然こいつと出くわした。まるでゴミを見るような目で俺を見ていて、俺の兄弟はこんなやつなのかとがっかりしたのを覚えている。幼少期であっても中身は一応大人だったから、ちゃんと覚えてる。

「何を言ってるんだ。俺がそんなことを言うわけがないだろ。恐らくそれは兄である第一王子ではないのか？　俺と似ていて歳も近いからな。彼の性格上そう言ってもおかしくない」

なんだよ。どうせ誤魔化せるって思ってるのか？　なわけないだろ。第一王子は髪も瞳も俺と一緒だし、ここに来る前に王城の謁見室でちらりと会った。これで見間違えるわけがない。まぁちゃんと会った機会がないから性格は知らないけど。

「どういう考えか知りませんが、俺を取り込もうとするのはやめてください。俺はもうメーテォスの人間です。一応血は繋がっていますが、殿下の便利な道具ではありません。言いたいことがあるなら回りくどいことはせず直接旦那様にどうぞ」

「とりあえず落ち着こう、リューク」

「その名前で俺を呼んでいいのは――」

「――リューク」

その声と、扉の開く音でそちらに目を向けた俺達。

入ってきた人物は、カツカツと靴を鳴らし、俺の横まで歩いてきた。

そして、俺の肩を抱き……

「何やら楽しそうな話をされていたようですね、殿下」

「戻ったか、メーテォス卿」

ヴィルが、帰ってきた。

「なかなか戻らないから心配したぞ」

「ええ、少々トラブルがありまして。ですが無事解決したのでご心配なさらず、殿下」

「心配くらいするさ。俺の義弟なんだから」

やっぱり、この家に入り込もうとしてる感じか。

「お気持ちはありがたいですが……それよりもすぐ戻った方がいい。ネラスティス伯爵が貴方を待っていますよ。――王宮騎士団総括殿に剣を突きつけられながら、ね」

その瞬間、殿下の顔がこわばった。剣を突きつけられて、だなんてただ事じゃない。しかもその伯爵、あの賄賂《わいろ》渡したとかいうやつだ。じゃあそのお金で何したんだろ。すんごく気になる。それに、トラブル？　剣が出てくるほどヤバい話なんだろ？　怖いんだが。

「……そうか、報告感謝する」

そう言って、殿下は従者達を連れて食堂を出ていった。帰ってくれるのか？　それならありがたいのだが。

それよりも……

「遅い」

「悪かった、リューク」

しびれを切らす前に帰ってこいって言ったよな。というか、えらい目にあったんですけど。そんな不満を顔に出していたら、体を持ち上げられ、俺が座っていた椅子にヴィルが座ってから膝に乗せられた。その後キスをされる。

まぁ、なんとかなったからいっか。結果よければ全てよしってやつか？　ヴィルの方が大変そうだったし。

「何があったんです？」

「それよりそっちだ。何か言われなかったか」

「あの古狸を蹴り飛ばすからヴィルに仲間に入ってもらうよう、俺から頼ませようとしてきました」

「……」

あ、眉間にしわが寄った。つんつんしてみたけど、不満げな顔だ。

「白ヒョウ達、頑張ってくれたんですよ。後でめっちゃいいご飯あげに行きましょうね、一緒に」

「何をしたんだ、一体」

「一晩中遠吠えして、脅かしてもらいました。俺らは、そんなの聞こえます？　ってすっとぼけてましたから、不気味がって多分昨日あいつら寝てないですよ」

「……ククッ、可愛いことするじゃないか。白ヒョウを勝手に外に出したことはいただけないがな」

「騎士団長達が頑張ってくれましたし、被害も出てませんよ」

檻《おり》にも入ってたし、この屋敷は周りに他の家がないから近所迷惑にもなっていない。それに、仲間を呼んでいるわけでもないから他の白ヒョウは集まってこなかった。全然問題はなかったわけだ。

「それで、ヴィルは？　器物損壊とかしてないでしょうね」

「あったが解決した」

「えっ」

あったの？　あったの？　何か壊したのか!?　え、じゃあ賠償金とか請求される感じ!?

「王妃殿下毒殺未遂の容疑者にさせられていた」

「……マジですか」

え、ヴィルが事件の容疑者!?　お泊まりじゃないじゃん!!　捕まってたんじゃん!!　おいっ!!

どういうことだよ!!

「俺とお茶を飲んだ王妃殿下が血を吐いて倒れたんだ。そのお茶に入っていた毒が、ここでしか入手出来ない毒物だった」

「……それでなんでこんなところにいるんですか」

「言っただろう、伯爵が剣を突きつけられていると」

「だいぶ展開早くないですか。昨日の今日でしょ」

「炙《あぶ》り出した」

「捕まってたんでしょ」

「何、別に俺が動かずとも周りのやつらは自分の役目をきちんとわきまえている。ただそれだけのことだ。早く戻るためにケツは叩いてやったがな」

周りって、誰のことだ……？

でもさ、昨日言ってたよなあいつ。メーテォス辺境伯の力はすごいって。もしかして、その事件解決に協力したのって、中立派の人達か？　てかそのどや顔はやめて、お願いだから。

「じゃあ犯人は、さっきの伯爵？」

「結論から言うと、主犯は第二王子、伯爵は捨て駒だ」

えっ、第二王子!?

「伯爵に指示し、牢屋に入れられた俺を出してやることで借りを作ろうとしたのだろう。吹雪で王宮に早く戻れなかったのは誤算だったのだろうな。早く出てきてしまうのではないかと焦っていたことだろう」

な、るほど……そういう事情だったのか。まぁ、この土地をよく知らない人は天気を読めないからな。

でも、どうなったとしても伯爵は捨てられる運命だったのか。どんな人なのか知らないけれど、第二王子にいいように使われて可哀そうだな。

待てよ、つまり第二王子のやってること、古狸と一緒では？　親子揃ってやること一緒って……俺の前で言っていた綺麗事は全部嘘だったのか。あんなやつが自分の兄だなんて、改めてがっかりだな。

とはいえ、少しではあってもヴィルのことは心配していた。でも、いらぬ心配だったな。

「……おかえりなさい」

「あぁ、ただいま」

そう言葉を交わして、キスをした。うん、無事に帰ってきてくれてよかった。

ヴィルが近くにいると、本当に安心するな。今回の件があったから、余計そう思う。

「それで、リューク。あの古狸から伝言を預かった」

「陛下からですか」

「あぁ。近いうちに絶対に謁見に来ること、だそうだ」

「……」

……マジ？　え、あの古狸に会いに行かなきゃいけないの？　えぇ、いやなんだけど。

「俺じゃダメらしいぞ。本人が来い、だそうだ」

「……」

「行きたくないか？」

「はい、絶対」

「じゃあ、解決策が一つ」

……なんか、嫌な予感がするんだが。

「俺の子供を産んでくれ」

「……マジですか」

「あぁ、マジだ。さすがに妊婦をわざわざ呼び出すようなことはしないだろう。もしそれでもダメなら、俺が行って暴れて帰ってくる」

マジかぁ……てか、暴れ……？

「さ、どっちか選べ」

……どっちも恐ろしいな。けど……

「ヴィル似の子供がいいです」

「なら、頑張ろうか」

はーいがんばりまーす。

まぁ、妊婦になるってところにだいぶ違和感というか、不安というか、危機感？　を覚えるんだが、頑張る以外ないな。一応俺アメロだしな。そういう運命なんだから仕方ない。それにあの古狸に会うのと妊婦になるのどっちがいいって言われたら、迷わず妊婦になる。

「……リューク」

「はい？」

「今度、結婚式を挙げようか」

……結婚式？　あ、そういえばしなかったな。この世界にはちゃんと結婚式というものがあるんだっけ。婚姻届を出すだけで結婚は出来るんだけど、式を挙げるかどうかは自由だったか。そこは地球と一緒だな。

「今、ミヤばぁに服を頼んでいるだろう。あれが出来上がったら結婚式の衣装を頼もう。俺のタキシードはリュークが選んでくれ」

「それが狙いですね」

「いや？　どうだろうな」

絶対そうだ。そういう顔してる。

「でも、どこで挙げるんです？　首都？」

「ここにも教会はある。ちゃんとしたやつだから心配するな」

「雪が降ったら？」

「夏なら天気は安定する。だから問題ない」

もうそろそろで冬になるから、夏まで時間がある。なら、それまでに準備とかしないとってことか。

結婚式かぁ。俺、パンツドレスだよな。前世だったらタキシードのはずだったのに。まぁ、しょうがないんだけど。でも、それもいいかな。

このＢＬの世界に転生してから今まで、色々なことがあった。というか、色々と濃すぎた。

厄介払いでここに嫁《とつ》がされた時は、後がないと危機を感じていた。けど、もうそんなことはない。むしろ、ずっとここにいたいと思ってる。

めっちゃパワフルで元気いっぱいなメーティォス領の領民達。俺に優しくしてくれる屋敷のみんな。なんか懐いてくれちゃってる白ヒョウ。そして、俺を愛してくれる旦那様。みんなに囲まれて過ごせて、本当に幸せだ。

ここは、まだまだ俺の知らないことが沢山詰まってる。だから、沢山知りたい。俺の知らないこと、全部。

もちろん、ヴィルの隣で。

「ヴィル」

「ん？」

「愛してます！」

「……あぁ、俺も愛してる」

◇

俺が初めてメーティォスに来て三度目の夏が来た。今ではこの生活にすっかり慣れて楽しい毎日を送っている。

コンコン、と執務室のドアを叩くと、部屋の主の声がした。そしてドアを開け中に入る。

「なんだ、リュカも来たのか」

「パパに会いたかったんですって」

リュカ、と呼ばれたのは俺の腕の中にいる小さな赤ん坊のこと。ヴィルと同じ黒髪赤目で、顔は俺に似てるかな？　そう、俺とヴィルの子供である。

「おいで」

「パパ～！」

「なんだ、リュカ」

椅子から立ち上がりこちらに来てリュカを抱くヴィルの姿はもう完全に父親である。最初はだいっっっぶぎこちなくてつい笑ってしまったくらいなのに。

「すみません、仕事中に。でもリュカがパパ、パパって何回も呼ぶもんでつい連れてきちゃいました」

「別に構わない。それに構ってくれるうちに構ってもらわないと、そのうちにそっぽを向かれてしまうからな」

「それ、本当に信じてるんですか？　人それぞれですって何回言いました？」

「何度も子供の世話をしたことがあるアイツが言ってるんだ。癪《しゃく》に障るがな」

アイツ、とはピモのおばあさまのことである。おばあさまは子供を二人出産し、その後ピモ含め三人の孫の世話まで経験したベテランだ。ヴィルが信じるのも無理はない。

まぁ、今はパパがいいって言ってるけど……一応俺も構ってもらえてる。リュカがどんな風に成長していくのか楽しみなのと同時に……リュカにそっぽ向かれて落ち込むヴィルも見てみたい気がする。ヴィルには悪いが、絶対面白いことになるに決まってるしな。

「まぁ、もしリュカが構ってくれなくなったら、リュークに構ってもらうがな」

「俺、リュカの世話で忙しいんですけど」

「ピモに任せればいいだろ」

「ちゃんとパパやってくださいよ」

「なんだ、放ったらかしか？　黙って仕事しろ、だなんて意地悪は言わないでくれ」

そう言ってキスをしてきた。……リュカの前ではやめろと一体何回言ったことか。軽く謝ってまたしてくるからもう諦めてるけど。今のリュカはパパに抱っこされてだいぶご満悦のようで、気にしてないから大丈夫そうかな。

「今日で大体仕事が片付くから、明日は三人で過ごそうか。何をしたいか考えておいてくれ」

「え、大丈夫なんですか」

「問題ない。明日も晴れるだろうから、外に出るか？」

「それもいいですね。どこに行くか、決めておきますね」

「あぁ」

こんなに早く、自分の家族が増えるとは思ってなかった。

この幸せな日々が、ずっと続きますように。

この作品に対する皆様のご意見・ご感想をお待ちしております。
おハガキ・お手紙は以下の宛先にお送りください。

【宛先】
〒150-6019 東京都渋谷区恵比寿 4-20-3 恵比寿ｶﾞｰﾃﾞﾝﾌﾟﾚｲｽﾀﾜｰ 19F
（株）アルファポリス　書籍感想係

メールフォームでのご意見・ご感想は右のＱＲコードから、
あるいは以下のワードで検索をかけてください。

アルファポリス　書籍の感想　検索

ご感想はこちらから

本書は、「アルファポリス」（https://www.alphapolis.co.jp/）に掲載されていたものを、
改題、改稿、加筆のうえ、書籍化したものです。

厄介払《やっかいばら》いで結婚《けっこん》させられた異世界転生王子《いせかいてんせいおうじ》、辺境伯《へんきょうはく》に溺愛《できあい》される

楠ノ木雫（くすのき しずく）

2024年 11月 20日初版発行

編集－反田理美・森 順子
編集長－倉持真理
発行者－梶本雄介
発行所－株式会社アルファポリス
〒150-6019 東京都渋谷区恵比寿4-20-3 恵比寿ｶﾞｰﾃﾞﾝﾌﾟﾚｲｽﾀﾜｰ19F
TEL 03-6277-1601（営業） 03-6277-1602（編集）
URL https://www.alphapolis.co.jp/
発売元－株式会社星雲社（共同出版社・流通責任出版社）
〒112-0005 東京都文京区水道1-3-30
TEL 03-3868-3275
装丁・本文イラスト－hagi
装丁デザイン－AFTERGLOW
（レーベルフォーマットデザイン―円と球）
印刷－中央精版印刷株式会社

価格はカバーに表示されてあります。
落丁乱丁の場合はアルファポリスまでご連絡ください。
送料は小社負担でお取り替えします。

ISBN978-4-434-34829-7 C0093